Christine Orban



# SOUMISE

Albin Michel

« Blaise ne pouvait plus aimer personne
qu'il n'aimait sa sœur. »

Gilberte Périer, *La Vie de Monsieur Pascal*

« … il y avait une si grande correspondance
entre leurs sentiments qu'ils convenaient de tout ;
et assurément leurs cœurs n'étaient qu'un cœur. »

Gilberte Périer, *La Vie de Monsieur Pascal*

# Introduction

Alors que je relisais *Une chambre à soi*, un mot banal, qui ne m'avait rien évoqué la première fois, m'a soudain frappée. C'est lui qui a tout déclenché. En quelque sorte, Virginia Woolf m'a donné l'idée et la volonté d'écrire ce livre.

La romancière est invitée à l'université de Cambridge pour une conférence, sa voix d'Anglaise snob résonne dans la salle : « Laissez-moi imaginer, puisque les faits précis sont si difficiles à établir, ce qui serait arrivé si Shakespeare avait eu une sœur merveilleusement douée, appelée, mettons, Judith. »

Douée. Le mot n'a l'air de rien mais il a cheminé en moi. Derrière ce mot, je sens la souffrance d'une femme empêchée malgré son talent, le scandale d'un siècle où les hommes régnaient. Coïncidence, au même moment je remarquai dans une biographie consacrée à Pascal que le même adjectif qualifiait Jacqueline, la sœur de Blaise.

J'imaginai aussitôt deux destins de femmes écrasées par leur siècle, l'une née au XVI^e^, l'autre au XVII^e^ siècle, l'une sœur d'un dramaturge, l'autre d'un savant. Le destin de l'hypothétique sœur de Shakespeare est tracé d'avance par Virginia Woolf, elle sera invitée par ses parents à « raccommoder les chaussettes ou à surveiller le ragoût et à ne pas perdre son temps avec des livres et des papiers ». Que pouvait-elle faire d'autre ? Pendant ce temps-là, sur le banc d'une école, son frère William lisait Ovide, Horace et Virgile – et courait à Londres tenter sa chance au théâtre.

Je n'ai pas eu à inventer la vie de la petite sœur de Blaise. Elle était douée, admirée pour son talent littéraire et son caractère, à commencer par son génial frère. Blaise fut éduqué par son père, qui lui enseigna le latin, le grec et les mathématiques ; Jacqueline par sa sœur, qui lui apprit juste à lire et à écrire. C'était une âme forte, « un sacré tempérament », et pourtant soumise, quand ce n'était pas à son père et à son frère, à la religion sous sa forme la plus sévère, le jansénisme. Elle avait tous les dons pour entrer dans la gloire et la renommée. Mais elle était née femme dans un siècle fait pour les hommes, dominé par les hommes. Née dans une société dont les grandeurs n'étaient pas les siennes. Entièrement sous le joug de ses règles et de ses traditions tant que celles-ci ne la détournaient pas de l'accomplissement de sa foi, mais d'une volonté de fer quand sa soif d'absolu était en jeu. Elle a subi sa vie sans se plaindre puis elle l'a choisie avec l'ardeur d'une obstinée. N'en doutons pas : elle n'aurait pas regretté son destin comme effacé, gommé. C'est à peine si l'on sait que Blaise Pascal a eu une sœur de cette trempe qui a séduit Anne d'Autriche, Richelieu et Corneille, pas moins. Sans Victor Cousin pour la réhabiliter et François Mauriac, imperturbable misogyne, pour la critiquer, elle passe dans les livres consacrés à son frère comme un détail sans beaucoup d'importance. Face à un grand soleil, une petite ombre.

Les faits sont là, dispersés dans de nombreux ouvrages et des correspondances. Je suis partie à la découverte de Jacqueline. Chaque fois que je la retrouvais au détour d'une anecdote, au milieu de sa famille ou au chevet de son frère, j'avais l'impression de mieux la cerner. Je vivais ses contradictions – car elle en avait – et ses tourments. La petite Jacqueline est dévouée et entêtée, humble et orgueilleuse, les plus admirables vertus, et humaine, si humaine, dans les aléas de sa courte vie.

Jacqueline et Blaise, deux êtres exceptionnels, s'aiment et se déchirent. Il fallait soulever le voile des non-dits dans leur relation. Car ces deux-là forment un couple, et le plus étonnant, c'est que le dominé n'est pas celui que l'on croit.

Raconter Jacqueline, c'est affronter un paradoxe : donner une lumière extérieure à celle qui vivait pour l'effacement, l'ombre et le renoncement.

J'ai voulu faire renaître une vie. « Faire renaître une vie, c'est accepter que quoi qu'on fasse, on reconstruise toujours le monument à sa manière, un pied dans l'érudition, l'autre dans (...) cette magie sympathique qui consiste à se transporter en pensée à l'intérieur de quelqu'un », écrit Marguerite Yourcenar dans ses notes.

C'est avec passion et modestie que, transportée dans un autre temps, j'en ai tenté la gageure.

# Portraits

Commençons par la fin. On peut voir le masque mortuaire de Blaise Pascal à la bibliothèque de Port-Royal. Le seul que j'avais auparavant tenu entre mes mains était celui de Chopin. J'étais alors étudiante en droit et stagiaire chez un commissaire-priseur qui le mettait en vente. Le masque de Blaise Pascal, protégé par de la mousse, repose aujourd'hui dans une boîte numérotée 161006/03 et fermée par six vis. Il s'agit de l'original, celui commandé par sa sœur Gilberte. C'est le visage de Pascal quelques instants après sa mort, lavé et préparé selon les rites de l'époque. Les marques de l'âge et de la maladie ont été gommées, écrasées par le poids de la cire et du plâtre.

Le visage est lisse, pas de poils de barbe prisonniers du plâtre comme sur celui du virtuose. Ses paupières scellent définitivement son regard et des cheveux épars entourent son bonnet. La transpiration et la fièvre sont passées par là. Sur ses tempes, des veines apparentes semblent encore palpiter.

C'est à partir de ce visage de Pascal mort que je vais l'imaginer vivant. Il existe deux portraits posthumes de lui, celui peint par son ami Jean Domat et celui de François

Quesnel. Il n'a jamais cédé à la vanité de poser. Il n'est donc pas surprenant que sa sœur et son beau-frère aient permis qu'on retienne de lui cette ultime image, l'unique trace de l'« effrayant génie ». Ce visage capturé dans sa dernière expression. Maquillage de théâtre pour la dernière représentation de celui qui refusait les artifices de son vivant. Les aurait-il acceptés une fois mort ? Probablement pas, bien qu'il n'ait laissé aucune instruction en ce sens. On peut penser qu'il aurait détesté son portrait peint par François Quesnel, détesté ce camouflage d'un mort maquillé en vivant, ses lèvres trop rouges, ses joues trop colorées et cet air de faux contentement qui lui va si mal. La famille l'approuva.

Blaise se méfiait des reproductions de la nature que l'on admire plus que l'original et méprisait l'homme ou la femme qui s'exhibaient. L'apparence n'est rien. Qui peut représenter un crâne dans lequel tant d'inventions, de pensées, de calculs se sont multipliés ?

Et Jacqueline, quelle image avons-nous de sa jeune beauté ? De la charmante Jacquette, la ravissante espiègle, « parfaitement belle et d'une humeur douce et gaie, la plus agréable du monde », demeure seulement le portrait d'une religieuse cistercienne engoncée dans une camisole à faire peur. C'est ainsi qu'un peintre anonyme voit sœur Jacqueline de Sainte-Euphémie : assise, la tête enfoncée dans les épaules, elle n'a plus de cou, elle est massive, raide, prisonnière de son terrifiant vêtement blanchâtre, une croix rouge lui barre la poitrine, un voile noir lui couvre la tête. Elle n'a plus d'âge, la prière a aspiré sa jeunesse, éteint sa gaieté. Elle ne pose pas, elle est posée comme un objet, la statue de plâtre qu'elle est devenue.

Ses traits sont lisses comme ceux de son frère sur son masque mortuaire, terrifiants, parce qu'elle est vivante, son sourire est contraint, sa peau n'a pas de couleur, c'est la peau d'une personne qui n'est plus.

On ne sait pas pourquoi Jacqueline aurait accepté d'être immortalisée aux yeux du monde après y avoir renoncé. Pierre Nicole – ami de Blaise – considère que se laisser peindre est pour une religieuse « un excès d'amour-propre et de vanité », une femme est un objet négligeable et « perverti ».

La remarque n'a rien à voir avec la religion, juste avec la misogynie – le terme n'est pas employé à l'époque mais le sentiment est là, omniprésent en ce XVII$^{e}$ siècle.

Bienvenue au XVII$^{e}$, le siècle de Jacqueline Pascal, poétesse, épistolière *douée* et sœur d'un génie.

Jacqueline et Blaise se ressemblent-ils ? Étrange exercice que de comparer un masque mortuaire à un portrait pour traquer les ressemblances entre un frère et une sœur. Entre les traits d'une vivante et ceux d'un mort. Les deux visages expriment la profondeur et la spiritualité. Jacqueline, c'est Blaise en plus avenant. Son visage est plus rond, ses traits moins anguleux, moins sévères. L'ironie chez elle a été combattue mais elle est encore là, au coin des lèvres prêtes à sourire. Son regard est plein de douceur, sûrement moins noir, moins perçant, que celui de Blaise, mais tout aussi clairvoyant. Oublions la camisole et attardons-nous sur ce visage tant il donne confiance, malgré quelque chose d'imperceptiblement déchiré. Comme un combat étouffé.

# La ruche

La maison des Pascal est une ruche. J'aime cette idée d'une famille-ruche, une famille où tout le monde s'aime, où chacun s'active dans son coin. Les filles aussi ont un lieu où se retirer. Jacqueline dans sa chambre fait des rimes. Elle a huit ans et déjà naît « cette réputation d'esprit qui ne la quittera plus ». Ses poèmes sont sincères, influencés par la phraséologie sentimentale de l'époque, mais loin du mouvement précieux qui s'annonce.

Le soir, la famille se réunit autour d'un feu de cheminée pour commenter les travaux de la journée ; l'atmosphère est chaleureuse, les chandeliers sont allumés, les tables juponnées, les fauteuils recouverts de tapisserie brodée par leur défunte mère.

Le père récolte avec bonheur un poème, un théorème, une chanson. Les enfants ont été élevés dans la religion, mais selon une pratique moins sévère que dans d'autres familles. Chez les Pascal, on croise des libertins, il faut entendre par là des hommes affranchis de toute doctrine religieuse, loin des personnages licencieux tournés vers le plaisir au sens du XVIII$^{e}$ siècle.

Antoinette Begon, la mère des enfants, est morte en

1626. Elle avait trente ans. On sait peu de chose d'elle sinon qu'elle souffrait de céphalées, comme son fils plus tard. Jacqueline vient de naître, Blaise a trois ans et Gilberte six. Son mari, Étienne Pascal, se retrouve seul pour élever ses trois enfants. Il les éduquera lui-même. Aucun n'ira à l'école, il donnera des cours dans leur maison de Clermont, une vieille et triste cité d'Auvergne. Il est jeune, veuf, austère et intransigeant.

Il n'y a rien d'anormal à ce que les filles, Gilberte et Jacqueline, soient éduquées à la maison. Elles auraient pu l'être à « faire des puddings et à tricoter des chaussettes, à jouer du piano et à broder des sacs », mais non, chez les Pascal, on ne condamne pas les filles aux travaux domestiques.

Peu de gens s'en offusquent. Le siècle n'est pas encore prêt à entendre les reproches d'un Fénelon sur « l'éducation des filles, soumises à la coutume », et surtout « au caprice des mères », qui décident de tout « et surtout de donner à ce sexe peu d'instruction ». Son livre, *Traité de l'éducation des filles*, ne remportera d'ailleurs aucun succès à sa sortie en 1687.

Une chose est sûre, c'est que la famille Pascal est une famille particulière, Étienne Pascal est en avance sur une époque où presque seules les femmes ecclésiastes ou abbesses ont accès à la réflexion, aux études et à l'écriture. Ses filles sauront lire et écrire, et il se chargera lui-même de leur donner quelques notions de calcul. Jacqueline est si brillante qu'Étienne aurait un instant envisagé d'aller plus loin. Mais elle est une fille, et il préfère se concentrer sur Blaise. Gilberte est chargée de transmettre son savoir à sa sœur cadette. Mais, tradition oblige, c'est lui, le père, qui se réserve le privilège d'éduquer son fils.

Gilberte apprendra à lire et à écrire à sa petite sœur. Le professeur a douze ans, l'élève sept. Juste cinq années de plus pour asseoir son autorité sur Jacqueline. Gilberte reproduira patiemment la méthode utilisée par sa mère et perfectionnée par son père. L'idée ingénieuse est de lire des poèmes à Jacqueline, de l'accoutumer ainsi aux rimes des stances. C'est une révélation. Jacqueline prend l'habitude de raconter sa vie en poèmes, de cultiver ses émotions. Elle apprend les vers, les déclame, aidée par son sens inné de la tragédie. Demander, supplier, tout en demeurant humble et respectueuse, sera un jour et pour une raison vitale son rôle le plus essentiel. Elle deviendra une grande épistolière et, avec le temps, la digne sœur de Blaise Pascal. Celle que Victor Cousin admire écrira « des pages entières que lui envieraient les plus grands écrivains avec infiniment d'esprit et dans le cœur des traits admirables ».

Étienne Pascal ne se préoccupe pas non plus d'arranger une alliance pour ses filles, comme cela se fait à l'époque. Il n'utilise pas le mariage éventuel de Gilberte ou de Jacqueline pour créer un lien avec les familles puissantes de l'époque, pour consolider une union politique ou s'approprier un bien. Gilberte épouse Florin Périer sans y être contrainte, supposons par amour. Jacqueline évince deux prétendants. Si sa mère pieuse et dévouée avait vécu, elle lui aurait rappelé les devoirs d'une femme : s'occuper d'un mari, des enfants et des détails domestiques. Mais le père, lui, ne l'oblige à rien.

# Changer de vie

En 1631, Étienne Pascal décide de changer de vie et de s'installer avec sa famille à Paris. Il vend sa demeure et sa charge de président de la cour des aides de Montferrand. Probablement veut-il quitter la province dans l'intérêt de son fils et se rapprocher des cercles scientifiques.

Étienne loue une maison rue de la Tixeranderie, non loin de l'Hôtel de Ville, où il emménage au début du mois de janvier 1632. Il apporte avec lui une partie de l'héritage de son père Martin : deux diamants qu'il vendra plus tard, un tableau représentant Pyrame et Thisbé, huit tapisseries de Felletin, deux gravures en taille-douce à thème religieux. De quoi réchauffer l'atmosphère de la maison. Son frère Brémond a pris le reste. Le quartier du marché aux blés de leur enfance s'éloigne, Paris les attend.

La différence avec le calme de Clermont est spectaculaire. Paris est une fourmilière, les commerçants, les camelots grouillent partout. Les chiens sont en liberté et se promènent jusqu'à l'intérieur des églises.

Après deux ans rue de la Tixeranderie, le 16 avril 1634, la famille traverse la Seine, le Pont-Neuf vient d'être construit. Elle s'en va rue Neuve-Saint-Lambert, en face de l'hôtel de Condé près de Saint-Sulpice, dans le voisinage de Madame Sainctot et de Le Pailleur. Une femme du monde et un mathématicien. À peine le temps de lier amitié, les Pascal repartent pour la rue Brisemiche, près de Saint-Merri. Mais les anciens voisins demeurent des amis, et la stabilité familiale n'est point menacée. Les différentes maisons ne modifient pas leurs habitudes. Le soir après le repas, Jacqueline récite ou chante des romances du Moyen Âge de sa voix fragile, enfantine.

L'époque est riche en événements de toutes sortes. En 1633 a lieu le second procès Galilée ; deux ans plus tard, Cavalieri invente sa théorie des invisibles, ancêtre du calcul intégral. En 1635, Richelieu déclare la guerre à l'Espagne. C'est à ce moment-là qu'Étienne, fort de ses connaissances en mathématiques, réussit à se faire admettre dans quelques cercles scientifiques. Le temps venu, il pourra ainsi faciliter l'accès de son fils aux réunions de l'académie Mersenne, la future Académie des sciences. Marin Mersenne, philosophe, mathématicien, religieux, est une des figures les plus influentes de la révolution scientifique.

Étienne croit en cet enfant, les signes qu'il donne ne sont pas trompeurs. Blaise le sait et ne peut décevoir ce père si dévoué. La science au XVIIe siècle est une histoire d'hommes. Étienne s'investit tout entier auprès de son fils. Il faut dire que Blaise est particulier, même à table il trouve des motifs d'intérêt au moindre phénomène : par exemple la résonance d'un plat, d'un verre heurtés par un couteau devient une vraie source d'interrogation. Blaise est toujours à l'affût, il n'abandonne jamais, cherche jusqu'à ce qu'il trouve et manifeste « une netteté d'esprit admirable pour discerner le faux ».

Parce que son père lui avait interdit les mathématiques avant qu'il ne possède le latin et le grec comme le français, le petit Blaise s'y exerçait en cachette.

Un jour, pendant son heure de récréation, Étienne surprend son fils assis dans la salle où il a l'habitude de se divertir ; l'enfant est si concentré qu'il n'entend pas son père entrer. Il tient un bout de charbon à la main et s'applique à dessiner des figures sur les carreaux, il cherche par exemple le moyen de tracer un cercle parfaitement rond, un triangle dont les côtés et les angles sont parfaitement égaux. À la question pressante du petit Blaise : « Qu'est-ce que c'est, la géométrie ? », le père a répondu simplement : « L'art de faire des figures. » Et Blaise, n'y tenant plus, a réussi, à l'aide de barres et de ronds, à faire des figures tout seul.

Quelques années plus tard, le jeune Pascal, par ses propres moyens, retrouva la 32e proposition d'Euclide et s'en attribua à lui seul la découverte.

Gilberte, toujours prête à choisir la version qui magnifie son frère, confirme cet exploit. La version d'André Le Gall est plus raisonnable. Pour lui, le jeune Pascal est « un pilleur de bahuts interdits », il aurait volé Euclide dans les affaires de son père, l'aurait lu, puis le surdoué l'aurait gardé dans sa prodigieuse mémoire et restitué en une seule fois. Selon Pierre Nicole, Blaise n'oubliait rien de « ce qu'il avait une fois compris par raison ». L'image demeure flatteuse, sans contredire la version d'André Le Gall, plus vraisemblable que celle de l'enfant solitaire qui réinvente la géométrie.

Le père et le fils deviendront des figures incontournables du monde des sciences. Le père entraîne le fils, dont les progrès seront presque les siens. Il est son mentor, son imprésario, dirait-on aujourd'hui. Au point d'éveiller le doute chez Descartes, sceptique sur la capacité d'un enfant de douze ans de découvrir le théorème d'Euclide.

Un élève aussi brillant aurait dû être envoyé au collège. Mais le génie décelé chez ce fils qui jongle avec les théorèmes encourage le père à continuer son enseignement : il sera son unique maître. Un siècle plus tard, un autre père, celui de Wolfgang Amadeus Mozart, apprendra lui-même le solfège à son fils. Avec les résultats que l'on connaît : à onze ans, Mozart compose son premier opéra, *Apollo et Hyacinthus*, une comédie destinée aux élèves du lycée de Salzbourg. Quand Blaise écrit, en 1634, son premier ouvrage, un *Traité des sons*, il a onze ans.

Quels meilleurs professeurs que ces deux pères-là ? L'un donne des cours de musique, l'autre de géométrie, l'un présente son fils à la cour de Vienne, l'autre à l'académie Mersenne. S'agit-il d'amour ou d'ego paternel ? À moins que le tyran ne soit pas le père, mais le génie de l'enfant.

# Sur la pointe des pieds

C'est après avoir entendu son fils formuler ses axiomes et conduire ses démonstrations qu'Étienne Pascal aurait couru chez son ami Le Pailleur, savant en mathématiques, pour lui raconter la scène en pleurant, « pas d'affliction mais de joie ». Son fils est un génie ! Les suppositions du père se confirment. Cet enfant à la santé fragile sera un être au-dessus du commun. Étienne est récompensé. Il ne voit pas ses enfants seulement avec les yeux de l'amour ; tous sont exceptionnels. Gilberte développe le don de la pédagogie, Jacqueline en est le brillant exemple. Elle ressemble à Blaise par l'intrépidité de son âme, et ses dons littéraires sont prometteurs. La science et la littérature seront représentées dans la famille Pascal. Le père en rêve, qui éduque ses enfants selon des méthodes bien à lui. Aux trois, il communique le goût de l'étude, de la réflexion, de la recherche, du dépassement et, d'une certaine façon, de l'aventure. Il excite leur curiosité sur toute chose, transforme en jeu les sujets les plus sérieux. Les enfants doivent s'interroger en permanence, ne rien admettre sans comprendre, mis à part la foi, l'autre grande affaire de leur vie. La foi, c'est la grâce, la raison n'intervient plus. Blaise, le bon élève, résume ainsi l'idéal de la connaissance selon son père : il faut connaître un peu de tout puisque l'on ne peut tout savoir.

Entre Blaise et Jacqueline, les inséparables, s'établit une concurrence complice et joyeuse. Blaise se souvient de toutes les leçons de façon impressionnante, tandis qu'elle, la petite sœur surdouée, ne se rappelle que ce qu'elle aime. Et elle aime la répétition des sons, les syllabes semblables qui font penser à une chanson. La musique des mots l'envoûte, elle retient par cœur les sonnets et quatrains, elle épuise Gilberte en lectures : « Quand vous voudrez me faire lire, faites-moi lire dans un livre de vers, je dirai ma leçon tant que vous voudrez. »

Jacqueline émerveille sa famille, elle est belle, elle est gaie, elle déclame les poésies apprises et d'autres de son invention. Elle s'exprime en rimes aussi bien qu'en prose, les vers lui viennent naturellement pour traduire les événements de sa journée en poèmes. Tous les soirs, il y a duel entre Blaise et Jacqueline, théorèmes contre poèmes.

Le frère et la sœur se donnent en spectacle devant Étienne et Gilberte, leurs premiers admirateurs. Jacqueline ne peut que se faire remarquer et elle y parviendra. Est-ce la compétition qui la stimule, la trop grande émotion de son père devant les découvertes de son fils ? Les propositions d'Euclide ont fait grand bruit dans la famille. En récitant par cœur des poèmes de Ronsard auxquels elle mêle les siens, veut-elle rivaliser avec son frère ? Blaise est un enfant génial, c'est Le Pailleur qui l'a dit. Génial, le mot résonne aux oreilles de Jacqueline. Il faudra grimper jusque-là pour rejoindre Blaise. Jusqu'à ce niveau d'excellence.

Être la préférée de son frère est déjà pour Jacqueline une récompense. Il la regarde avec admiration. Lui qui peut se montrer impatient, péremptoire par moments, ne l'est jamais avec sa sœur. Il est sous le charme de Jacquette, de deux ans sa cadette et si petite. À treize ans, elle semble en avoir huit. Quand Blaise s'approche d'elle pour la féliciter, elle se hausse sur la pointe des pieds pour recevoir un baiser, elle monte jusqu'à lui – plus qu'un symbole. Elle sait y faire, la petite orgueilleuse : ne point paraître impressionnée, telle est sa conduite; tenir le génie à distance. Apprendre, réciter, inventer et parvenir à être appréciée de celui que tout le monde vante. Les relations vont vite s'équilibrer au point que bientôt elle le dépassera en assurance et en autorité. Blaise a régné sur Jacqueline un temps.

Si Blaise est son modèle, elle ne se prive pas de le provoquer : en versifiant, elle défie sa méfiance envers l'imagination. Plus que les compliments de Gilberte et de son père, les éloges de son frère lui donnent des ailes. Avec ses vers, son esprit, sa diction, son sourire, elle va conquérir le grand monde et devenir la digne sœur de Blaise Pascal.

## Science et poésie

Étienne dut s'absenter quelques jours en Auvergne. Il emmena Gilberte et laissa Blaise et Jacqueline aux bons soins de Madame Sainctot, qui avait deux filles. Veuve d'un conseiller du roi, compagne du poète Vincent Voiture, coureur de jupons et boute-en-train des salons à la mode, elle menait une vie amoureuse qui ne l'empêchait pas de bien éduquer ses enfants. Dans la cour de la maison, les trois petites filles inventèrent et jouèrent une pièce de théâtre en cinq actes. Jacqueline dirigeait la troupe. La pièce était si aboutie dans son écriture que Madame Sainctot trouva des acteurs qui acceptèrent de se joindre à elles pour une présentation devant un public. L'excitation des jeunes filles était à son comble.

Madame de Morangis, née Philiberte d'Amoncourt, épouse du très dévot maître des requêtes Antoine Barillon de Morangis, autre voisine des Pascal et amie du duc de Roannez, était présente. Intriguée par l'enfant poète, elle lui demanda de composer quelques vers, décidée à la présenter à la Cour, avec une idée derrière la tête. Elle se doutait que la reine serait sensible aux dons d'une fillette, mais elle devait vérifier que l'enfant improvisait aussi spontanément qu'on le disait.

Philiberte adorait les poèmes de Jacqueline, en redemandait, pour elle mais aussi pour ses amies. La petite ressemblait à une poupée, son corps était bien proportionné, son visage charmant, son regard plein de vivacité et d'espièglerie, elle fascinerait la reine.

Le lendemain, au château de Saint-Germain où elle avait ses habitudes, Madame de Morangis vanta auprès d'Anne d'Autriche les talents de la jeune Pascal. La reine avait entendu parler du savant de quinze ans, mais pas de sa petite sœur.

– Cette famille compte donc deux prodiges ? demanda-t-elle.

– Oui, Votre Majesté, un garçon et une fille…

La reine espérait bien sûr avoir un fils, mais l'idée qu'une femme soit aussi brillante qu'un homme ne lui déplaisait guère. L'annonce de la grossesse royale après vingt-deux ans de mariage avait été un grand événement en France. Pendant des années, ses relations avec le roi Louis XIII, son époux, avaient été difficiles ; elles étaient apaisées maintenant, même si la reine demeurait une épouse délaissée, qui s'ennuyait. Cette nouvelle distraction était bienvenue.

Madame de Morangis se précipita chez les Pascal pour apprendre la nouvelle à Jacqueline : la reine la recevrait dans deux jours. Jacqueline était affolée, elle aimait lire ses poèmes en famille mais elle n'avait jamais imaginé qu'ils la conduiraient jusqu'à la reine. Sa place n'était pas à la Cour. En l'absence de son père, son frère décidait pour elle. Celui qui se produisait devant les savants de l'académie devait l'autoriser à se produire devant la reine.

Une jeune fille de bonne famille ne se donnait pas en spectacle, mais la petite Jacqueline ne détestait pas résister au poids des traditions. Convaincre son frère pour se convaincre elle-même qu'elle pouvait être à sa hauteur. Toujours l'idée de grimper jusqu'à lui, jusqu'à son niveau d'excellence.

Nous sommes en 1638, Blaise a quinze ans, Jacqueline, treize.

Elle l'a vu tracer dans la cour des ronds, des barres, des dessins qui ne ressemblaient pas à ceux des autres enfants, elle a entendu les cris de son père transporté de joie parce que les figures de Blaise répétaient « jusqu'à la trente-deuxième proposition du premier livre d'Euclide ». Elle a écouté d'éminents scientifiques expliquer que Blaise étonnerait le monde entier et que son nom traverserait les siècles futurs, à l'égal de celui d'Archimède. Elle a vu la fierté de son père quand il a emmené sa progéniture à l'Academia parisiensis, un cercle d'hommes où aucune femme ne siège.

Jacqueline veut l'égaler par ses propres moyens. Gilberte a été chargée de lui apprendre des mots, pas des chiffres. Les mots remplaceront les sciences et la géométrie. Elle les aimera, les apprivoisera, ils seront sa liberté, ils traduiront ses émotions, ses désirs, ses peines et ses joies, tous les sentiments qui ont agité son âme. Blaise et Jacqueline auront chacun leur domaine d'excellence.

La poésie pour elle, le calcul pour lui.

Les drôles de dessins de Blaise l'intriguent, elle aimerait connaître la signification des formes qu'il trace au sol et recopie sur un papier, mais le domaine des sciences est celui des hommes. Elle ne s'en étonne pas. L'étonnement aurait sonné le début d'une rébellion, et Jacqueline est soumise à son siècle, or son siècle a oublié les femmes. La rébellion est du temps perdu. Gagner l'estime du père et mériter les mêmes cris d'admiration que Blaise, telle est son ambition, elle ne dépasse pas le cercle de la famille.

La barre est déjà placée haut à l'intérieur du clan.

Blaise joue de ses facultés avec une facilité immense. Il est sûr de lui, intransigeant. La petite Jacqueline, elle, se montre plus modeste, c'est pourtant la seule qui ose le réprimander quand trop d'assurance le gagne. Elle est déjà son métronome. Un seul regard d'elle et Blaise redescend sur terre, retrouve la juste mesure.

Jacqueline s'emporte contre son arrogance et Blaise s'excuse, admire la perspicacité et la bonté de sa sœur, son modèle, l'être le plus pur qu'il ait rencontré. Il peut blesser des esprits moins vifs sans s'en apercevoir. Il faut comprendre vite ses raisonnements, il s'impatiente pour un rien. Lui qui ne semble avoir de plaisir qu'à étudier admire Jacqueline qui travaille sa mémoire, sa diction et écrit sur les événements de sa vie. Blaise apprécie l'écriture, cependant il désapprouve les ambitions théâtrales. La représentation est un divertissement, « tel que la chasse, le jeu ou la danse », qu'il méprise déjà. Les idées de Blaise sur les femmes ne sont pas en avance sur le siècle quand il s'agit de sa sœur. S'il ne la dissuade pas de se produire au château de Saint-Germain-en-Laye, c'est par amour. Jacqueline ira donc voir la reine. La permission est accordée.

Les enfants prodiges marchent main dans la main vers une haute destinée. Mais les inséparables sont décalés.

Jacqueline devance son frère dans le goût de la littérature et dans son amour débordant de Dieu.

Il la rejoindra avec un temps de retard.

Elle l'admirait dès le début, et lui l'admirera jusqu'à son dernier souffle.

# Mal de mère

Que sait-on de la mère des enfants Pascal ? Qu'elle était « très pieuse et très charitable », selon l'expression de sa petite-fille Marguerite Périer, qui ne l'a pas connue et qui tient sûrement ces mots de sa mère Gilberte. Comment était-elle physiquement ? Elle ressemblait à Gilberte, sa fille aînée : visage de madone, cheveux noirs plats, demi-sourire à la Joséphine de Beauharnais, regard doux mais triste.

Antoinette Bégon a dix-huit ans en 1614 quand elle épouse Étienne Pascal. À la fin de l'année 1617, elle donne naissance à une fille, Antonia, morte en bas âge. La tradition familiale mentionne aussi la naissance d'un garçon né en 1619, décédé peu de temps après son baptême.

Deux enfants morts. À cette époque, deux nouveau-nés sur trois ne survivaient pas à l'âge de un an. Les raisons de leur mort ne sont pas connues, on ne sait pas si Antoinette a bénéficié des « méthodes modernes », c'est-à-dire si des sages-femmes formées par des chirurgiens l'ont aidée à accoucher – comme le souhaitait une ordonnance de 1560 – ou si elle a été abandonnée aux mains de matrones n'ayant pour toute formation que leur propre expérience.

Les grossesses suivantes sont plus heureuses. Gilberte est baptisée à l'église Saint-Pierre de Clermont le 3 janvier 1620. Blaise naît trois ans plus tard, le 19 juin 1623, et Jacqueline deux ans après Blaise, le 5 octobre 1625. Les avancées médicales sont en plein essor, Ambroise Paré s'est penché sur le sujet des accouchements et les effets sur la mortalité infantile se font ressentir. On peut imaginer qu'Étienne a dû cette fois faire appel à des professionnels pour assister son épouse, même contre la volonté de celle-ci.

Le couple veut plusieurs enfants. Antoinette descend d'une famille de laboureurs de Gerzat qui doit son ascension sociale à la réussite du père dans le commerce. Un statut qui lui a permis de donner une bonne instruction à ses enfants. Il est donc probable que c'est elle qui a appris à lire et à écrire à Gilberte, puisqu'à cette époque son mari était conseiller du roi, président de la cour des aides de Montferrand.

Mais voilà qu'Antoinette meurt au printemps de l'année 1626, quelques mois après la naissance de son cinquième enfant. On sait qu'elle souffrait de maux de tête, qu'elle était fragile psychiquement, mais la cause de sa mort n'est pas connue. Sa fille aînée, Gilberte, a six ans, Blaise trois ans, Jacqueline à peine cinq mois quand elle disparaît. Étienne, fracassé par la disparition de sa femme, se demande comment s'organiser sans elle, avec ses trois enfants et son travail. Gilberte, très naturellement, prend soin de sa petite sœur, elle répète les gestes de sa mère. Jacqueline n'a pas de souvenirs de sa mère, juste des bras de Gilberte qui joue avec elle comme avec une poupée. Le premier enfant de Gilberte, c'est Jacqueline. Mais celui qui réagit le plus douloureusement à la mort de sa mère, c'est Blaise. Il s'enferme dans son monde et refuse pendant des jours que quiconque l'approche. Le soir au coucher il attend les baisers de sa mère. L'a-t-elle abandonné ? La conscience de la fragilité des êtres humains s'installe, pour ne plus le quitter. L'enfant hurle, se contorsionne ; fièvre, paralysie, on le croit mort. La disparition de sa mère pourrait être à l'origine de sa dépendance affective excessive, anxieuse, qui se fixera plus tard sur Jacqueline.

La mère d'Antoinette, qui habite non loin, propose à Étienne de venir l'aider. Elle adore ses petits-enfants, Jacquette en particulier. Pendant les six années où elle survivra à sa fille, elle viendra tous les jours les voir et les désignera légataires particuliers dans son testament.

Louise Delfaut, la fidèle servante des Pascal, fait partie de la famille. Elle a été le témoin privilégié des malheurs d'Antoinette – la perte de deux enfants –, mais aussi de son bonheur auprès d'Étienne.

Elle est présente le soir de la mort soudaine d'Antoinette, de l'arrivée tardive du médecin. Dans l'ambiance agitée et inhabituelle de la maison, les pleurs d'Étienne, le chagrin de la grand-mère, c'est elle qui couche les enfants, étonnés de la trouver à cette heure de la nuit. Ils pleurent, réclament leur maman, aucune étreinte n'a sa douceur ni son parfum. Blaise se met en colère, il hurle. Celui qui à douze ans calculera la somme des angles d'un triangle a l'intuition qu'une chose terrible se passe et qu'on la lui cache. Louise ne laissera aucun témoignage.

Si Antoinette avait survécu, il est probable que Blaise se serait moins inquiété pour Jacqueline, peut-être même aurait-il pu la quitter pour prendre épouse.

Plus il sera malade, plus Jacqueline s'occupera de lui. La maladie a du bon, elle sollicite l'attention. La petite sœur de Blaise devient par ses soins la maman de Blaise. Il développera un attachement démesuré à son égard, transfert de l'amour qu'il portait à sa mère. Jacqueline cumulera les deux rôles, sœur et mère à la fois. L'amour fraternel succédera à l'amour maternel. Un amour qui les unira toute leur vie.

## Une prédisposition naturelle au sublime ?

Vers l'âge de un an, Blaise avait été donné pour mort. Étrange veillée funèbre. Un sort lui aurait été jeté. Nous sommes au XVII$^{e}$ siècle, les histoires d'ensorceleuses courent les rues. La sorcellerie est un fléau, et les procès se multiplient.

Marguerite Périer, la fille de Gilberte, évoque dans ses *Mémoires* cette drôle d'affaire. Elle n'était pas encore née au moment des faits, puisqu'ils se passent en 1624 et que Marguerite Périer naîtra en 1646. Sa mère Gilberte lui aurait raconté cet épisode. Marguerite est moins prudente que sa mère, plus bavarde, plus fantasque. Est-elle crédible ? Elle a peu connu Blaise et Jacqueline, une vingtaine d'années les séparent. Mais elle rend compte dans ses *Mémoires* de cette chose très extraordinaire qui arriva à son oncle.

Blaise tombe malade à environ un an. Il ne guérit pas. Une nuit, son corps se raidit à tel point que son père le croit mort. Selon Marguerite, Étienne, prêt à tout pour sauver son fils, se met à douter de l'efficacité des médecins. Est-ce que la vieille femme soupçonnée d'avoir jeté un sort à son fils a le pouvoir de l'annuler ? Un sort parce que Antoinette aurait refusé de faire l'aumône à cette femme qui avait une mauvaise réputation ? « Ma grand-mère était, quoique très jeune, très pieuse et très charitable ; elle avait grand nombre de pauvres familles à qui elle donnait une petite somme par mois, et entre autres les pauvres femmes à qui elle faisait ainsi la charité, il y en avait une qui avait la réputation d'être sorcière… »

La mode était aux traités de démonologie qui expliquaient la magie noire et justifiaient les supplices utilisés dans les procès en sorcellerie. Étienne n'aime pas ces histoires, il ne veut pas y croire, mais comment ne pas demander de l'aide à la sorcière quand la médecine est inefficace ? Il n'a plus le choix, il va tenter la sorcellerie.

Il convoque la jeteuse de sorts, la menace, la supplie, va jusqu'au chantage au bûcher. Pendant la discussion, « l'enfant paraissait mort toujours. Il n'avait ni pouls, ni la moindre expression ; il devenait froid ». Il faut aller vite. Le père devient plus pressant. La « sorcière », contrainte, finit par cracher la recette : pour effacer le sort jeté sur ce pauvre enfant, « il fallait que quelqu'un mourût pour lui et transporter le sort ». Hurlements d'Étienne, qui refuse de tuer un homme, même pour sauver son fils. Des tractations s'engagent, la sorcière finit par modifier sa recette. Elle propose une bête, Étienne Pascal offre un cheval, puis, pour éviter de grands frais, ils s'entendent sur un chat. Un matou voltige de la fenêtre des Pascal et s'écrase au sol, mort. Un enfant de moins de sept ans doit aussi cueillir neuf feuilles de trois sortes d'herbes afin que la femme prépare un cataplasme à poser sur le ventre de Blaise. Ce soir-là, quand Étienne rentre du palais, la maison est en larmes, l'enfant est mort.

Blaise mort ! Étienne se précipite sur la sorcière et lui administre un soufflet. La dame jure que « l'enfant paraîtrait mort jusqu'à minuit, qu'on le laissât dans son berceau jusqu'à cette heure-là et qu'alors, il reviendrait ». La famille n'a d'autre choix que de suivre ses consignes jusqu'au bout.

L'enfant n'avait « ni pouls ni sentiment » et pourtant, vers minuit, il « commença à bâiller ».

Blaise survécut. « On le prit, on le réchauffa, on lui donna du vin avec du sucre », il téta sa nourrice et, vers six heures du matin, quand enfin il ouvrit les yeux, il se mit à hurler en voyant son père et sa mère enlacés.

Selon André Le Gall, le témoignage de Marguerite Périer – qui s'enorgueillit d'avoir hérité les dons d'écriture de sa tante Jacqueline – est « exact pour l'essentiel et faux pour le détail ».

Vrai, faux ? Toujours est-il que la plume de Marguerite court quand elle répète ce qu'elle a sûrement entendu de sa mère : face à ses parents, Blaise « souffrait les caresses de l'un et de l'autre en particulier, avec plaisir ; mais aussitôt qu'ils s'approchaient, il criait, se débattait avec une violence excessive ».

Cet état persiste une année pendant laquelle le petit Blaise se rend compte assez vite de l'avantage des symptômes corporels : on s'occupe de lui. Il monopolise toute la famille. De ce point de vue, la maladie fonctionne bien. Blaise est au centre de toutes les attentions. Sa méthode est efficace puisqu'en retour il obtient de l'affection, mais la contrepartie est chère et invalidante. On peut imaginer les conséquences, sur un garçon aussi sensible, de la mort de sa mère alors qu'il n'a que trois ans : il gardera le souvenir d'un bonheur furtif, d'un amour indissociable d'une douleur.

Pas un livre sur Blaise qui n'évoque l'agitation de l'enfant quand ses parents se rapprochent. Antoinette est une jolie femme aux yeux noirs comme ceux de son fils, ses traits sont fins, ses cinq grossesses l'ont épanouie, elle dégage une douceur sensuelle.

Devant une scène banale de bonheur conjugal, le petit garçon pleure. À la vue de sa mère dans les bras d'Étienne, une sorte de chaos intérieur l'agite, il se met à hurler comme si elle était victime d'une agression.

Des scènes qui auraient fait le bonheur d'autres chérubins ont peut-être causé ses traumatismes. Viennent ensuite de sévères indispositions sans qu'aucune cause organique soit découverte, mais quelle confiance peut-on accorder aux diagnostics de l'époque ? Blaise ne parle pas encore assez bien, son corps demeure pour lui la seule façon d'exprimer la souffrance.

Il n'oubliera jamais le soir où la mort a fait effraction dans sa vie de petit garçon en le privant de la personne qu'il aimait le plus au monde. Les traces de ce drame ne s'envoleront pas. Elles surgiront à travers divers aspects de ses souffrances et les mécanismes de défense perdureront. Céphalées, maux de ventre, rages de dents, convulsions. Si une partie de ces maladies sont psychosomatiques, Blaise se sent-il responsable de la disparition de sa mère ?

Le lien entre son malaise et cette déchirure est facile à faire, mais le rapport entre l'amour que se portaient ses parents et son état est plus compliqué. Sexualité enfantine perturbée, Œdipe mal digéré, les médecins ont émis beaucoup d'hypothèses, curieux de découvrir les raisons de ses trop nombreuses maladies. Comme ses subites paralysies et son étrange aquaphobie, qui apparurent six à sept jours après qu'il eut ouvert les yeux : Blaise ne pouvait voir de l'eau sans entrer « dans des transports d'emportement ».

Le grand génie ne dominait-il pas ses névroses ? Dès que ses parents s'embrassaient, souffrait-il d'une crise aiguë de jalousie ? Les psychanalystes n'existent pas encore ; il y aura bien Monsieur Singlin, le directeur de conscience de Port-Royal, sorte de psy à la mode janséniste qu'imposera Jacqueline à son frère, mais on peut douter de « son travail en profondeur » tant il était impressionné par Blaise. Ont-ils abordé la question du mal-être de Blaise ou seulement celle de l'existence de Dieu, de la grâce qui devait le toucher lors de cette Nuit de feu où il rédigea le Mémorial ?

Le docteur Cabanès, médecin et historien, se demande dans *Grands névropathes* si le génie n'est pas une névrose. Il en dresse une liste étendue, y figurent Dostoïevski, Hugo, Molière, Chopin et Pascal : « Pascal était un de ces hommes dont on dit qu'ils sont une âme revêtue d'un corps » ; la dégénérescence physique engendrait le perfectionnement moral. « La maladie, qui n'est chez le vulgaire que la déchéance, est, chez les grands chercheurs d'idées, une prédisposition naturelle au sublime. »

La naissance de sa petite sœur Jacqueline n'a pas arrangé les choses. Blaise se disloque, les symptômes se multiplient, l'arrivée sur terre de celle qui sera son unique amour le torture. Leur mère meurt juste après sa venue au monde. Il adore celle qui a compliqué sa vie. Les douleurs s'inscrivent dans son corps, dans sa mémoire. Après quelques années de répit, ses souffrances physiques redoublent. À partir de l'âge de dix-huit ans, elles s'installent, avec de très courtes périodes de rémission, jusqu'à son dernier soupir.

Écrire sur ses souffrances, ce n'est pas chercher à s'en débarrasser mais les cultiver, entretenir les souvenirs douloureux. Pascal se penche sur cet homme misérable, ce ver de terre, ce roseau, « le plus faible de la nature », cet homme qu'une goutte d'eau, une vapeur, suffit à tuer, même s'il finit par relever la tête, parce que l'homme sait ce qui le tue alors que « l'univers n'en sait rien ». Vengeance, consolation, bras de fer de l'humain frémissant contre l'imbécile univers ? Blaise Pascal se mesure partout, il pense en guerrier. Ce corps frêle a l'esprit rebelle. Le doute et le désespoir, la joie et la dérision traversent ses écrits. Pas un jour sans que son corps se rappelle à lui, il décrit ce qu'il expérimente en lui-même, sa faiblesse immense qu'il combat par la pensée, toute sa grandeur est là : « Si l'univers peut écraser l'homme, l'homme est plus noble que ce qui le tue, car il sait qu'il meurt. »

Jacqueline aurait pu développer les mêmes fragilités que Blaise, elle a perdu plus jeune que lui l'image sécurisante de parents. Le sein de sa mère fut remplacé par un biberon. La petite cognait ses dents contre une corne en étain percée, terminée par un morceau de cuir. L'étain semblait à la grand-mère plus propre que la corne de vache encore en usage dans les campagnes. Gilberte connaît les gestes de l'amour maternel, elle en a suffisamment reçu pour les transmettre. Elle les reproduit pour Jacqueline, qui les reproduira pour son frère. La chaîne d'amour et d'entraide de la fratrie Pascal se met en place.

La destinée des femmes est d'élever les enfants, même dans une famille en avance sur son temps. Les filles se plient à cette coutume.

Gilberte hérite de Jacqueline, une enfant facile, alors que Jacqueline héritera de Blaise, un enfant à problèmes. Blaise a toujours mal quelque part, toujours besoin d'une compresse ou d'un bain. Elle soigne sans relâche son aîné de deux ans. Lorsque son ventre se déchaîne, Jacqueline lui prépare des purges, quand ses pieds deviennent froids comme du marbre, elle lui enfile des chaussons remplis d'eau-de-vie pour faire revenir la chaleur. Les vapeurs lui montent à la tête ? Blaise boit de l'eau tiède, seule boisson qu'il peut ingurgiter, et encore, grâce à un goutte-à-goutte, c'est ainsi qu'il se désaltère. « Un malade peut, peut-être, mieux faire qu'un homme bien sain ! » Il n'oubliera pas ces mots, ils continueront de résonner en lui quand elle sera partie.

« Un véritable supplice et qui faisait mal au cœur à tous ceux qui étaient auprès de lui, sans jamais qu'il s'en soit plaint », observe Gilberte. Jacqueline l'aide à se lever, à se laver sans faillir, sans cesser d'admirer ce frère en perpétuel combat contre lui-même, qui feint d'ignorer son corps. « Dieu fait grâce à ceux à qui il soustrait la vie par le menu. La vie lui aura très tôt enseigné le seul bénéfice de la vieillesse », bien avant qu'il confronte ses idées à celles de Montaigne, il éprouve ses méditations, la mort n'emportera « qu'un demi ou un quart d'homme ».

Les hommes ne peuvent guérir de la mort, alors « ils se sont avisés pour se rendre heureux, de ne plus y penser ». Mais « l'effrayant génie » ne ressemble pas à tous les hommes, il ne cesse d'y penser.

# L'enfance en cachette

Une enfance sacrifiée ? Non, parce qu'elle est une enfance heureuse. Même si Blaise ne joue pas. Il ne se mêle pas aux autres garçons de son âge. Il n'a ni couru, ni galopé, il n'a pas chassé, il n'a pas grimpé aux arbres. Sa santé fragile lui interdit les sports violents. Plus robuste, aurait-il été moins savant ? Jacqueline est une enfant plus turbulente que Blaise, elle aime déclamer, jouer au théâtre mais aussi à la poupée, longtemps, jusqu'à l'âge de quinze ans, sans que personne s'en inquiète... C'est ainsi qu'elle volait à l'étude le temps de bercer le bébé qu'elle n'aurait jamais. Quand elle repose la poupée dans le berceau, c'est pour écrire des vers qui intrigueront Richelieu et Corneille.

Tel n'est pas le seul paradoxe de cette future sainte.

Après le dîner, les enfants Pascal écoutent leur père. Gilberte et Blaise se tiennent sur des chaises, Jacqueline préfère s'asseoir à leurs pieds, les jambes dissimulées sous sa longue robe noire, le menton posé sur ses genoux. Quand le père développe un problème de mathématiques, les filles écoutent, sans avoir les clefs nécessaires pour comprendre. Mais elles sont intriguées par la relation entre ce père et ce fils, le bonheur d'un professeur dépassé par son élève. Blaise prend la parole, il emploie des mots à la fois inconnus d'elles et lumineux. Les yeux du père trahissent son admiration.

Gilberte et Jacqueline sont heureuses dans cette famille simple et unie. Tous les soirs sous leur toit, au coin du feu, il se produit quelque chose d'immense. Blaise évoque la géométrie projective et le livre qu'il commence à écrire, l'*Essay pour les coniques*. Sous ces mots étranges et nouveaux, Jacqueline devine que le raisonnement est tout-puissant, qu'il mène toujours quelque part et qu'il suffit d'être attentif et de chercher à comprendre.

Après les démonstrations de Blaise, le père demande à Jacqueline de réciter des poèmes. Gilberte, livre à la main, vérifie que sa petite sœur ne se trompe pas. Mais non, elle ne se trompe jamais : sa mémoire étonne tout le monde. Entre les vers de Du Bellay et de Ronsard, elle glisse ses créations. Elle connaît les règles de composition d'une stance ou d'un sonnet et sait mêler l'émotion à la rigueur des constructions.

Blaise et Jacqueline ne sont pas des enfants comme les autres. Blaise est déjà reconnu à l'Académie des sciences, Jacqueline le sera bientôt auprès des puissants du royaume.

À l'ombre d'un frère savant et d'un siècle qui se veut « Grand » mais qui ignore les femmes, Jacqueline joue son rôle. Elle se bat pour exister à côté de Blaise, pour ne pas être écrasée par son époque.

Blaise et Jacqueline se ressemblent, ils partagent cette rigueur qui peut paraître antinomique avec leur tempérament de feu. Le même sang coule dans leurs veines. Victor Cousin, infatigable admirateur de Jacqueline, écrit :

« Elle avait quelque chose de la trempe du génie de Pascal, sa naïveté, sa vivacité, sa finesse, sa gravité, son énergie (...). L'extrême facilité de Jacqueline à tout mettre en vers, et à improviser sans cesse des sonnets, des quatrains, des stances de toute espèce (...). Jacqueline avait reçu du ciel l'inspiration et la puissance poétique. »

Pour Jean Mesnard, les poésies de Jacqueline « les moins inspirées » ont au moins le mérite de manifester « une grande aisance dans le maniement d'un langage poétique ». François Mauriac voit les choses plus sévèrement en ce qui concerne la poésie, mais consacre un livre à « la personne que Pascal aimait le plus au monde ». Comment les séparer ? Ils sont imbriqués. Loin de lui reconnaître le talent de poétesse que lui accorde Victor Cousin, Mauriac, qui a la dent dure, convient que Jacqueline montera aussi haut que Blaise : « Elle faisait (outre des vers) cent autres jolies choses, comme des billets qu'elle écrivait à ses compagnes, les plus jolis du monde. Elle avait des reparties les plus justes que l'on eût pu souhaiter. Cependant, tout cela ne diminuait rien de la gaîté de son humeur, et elle jouait avec les autres de tout son cœur... » Une enfant admirable mais, ajoute Mauriac, « une enfant orgueilleuse ».

L'orgueil, n'était-ce pas l'unique façon pour une petite sœur de ne pas se laisser engloutir par un frère génial ? Blaise lui racontait ses entretiens avec des savants, avec ces hommes plus âgés, plus éminents que lui, qui le traitaient comme s'il était l'un des leurs. Répondre à une invitation d'Anne d'Autriche serait une occasion d'être admirée par Blaise. Elle aussi aurait des choses extraordinaires à lui raconter. Accepter un rendez-vous au-dessus de sa condition, un rendez-vous intimidant, c'était refuser le sort fait aux femmes et honorer ce père qui avait voulu instruire ses filles. Mais ne serait-ce pas aussi une vanité ?

Il ne s'agit pas de cela pour Jacqueline, mais d'un passage. Elle se rendra au palais comme Blaise se rend à l'Académie, pour briller à ses yeux. Question d'équilibre. Elle se reprochera ces mondanités plus tard. Sans plus. De toute façon, si elle s'était enorgueillie de cette invitation, Pascal l'aurait remise à sa place à son tour. L'un et l'autre sont vigilants. Que la petite sœur prenne garde à ce monde où l'« on n'aime personne que pour ses qualités empruntées ». Blaise se méfie des rois qui créent des honneurs, ces « savonnettes à vilains », pour mieux régner sur les courtisans. Jacqueline ne vise à conquérir aucun poste, simplement l'estime de son frère. Elle n'a pas besoin de ses mises en garde. Elle sait où elle met les pieds, ses réticences en sont la preuve. Blaise et Jacqueline sont faits de la même chair. « Les femmes sentent de la même façon que les hommes. » Jacqueline a devancé Virginia Woolf.

# La fuite du père

L'année 1638 va bouleverser la vie des Pascal, pourtant si bien réglée. Étienne avait placé sa fortune dans des rentes sur l'Hôtel de Ville censées lui assurer un revenu suffisant pour élever ses enfants sans travailler. Mais voilà que la France, qui s'est engagée depuis 1635 dans la guerre de Trente Ans, ne peut plus s'acquitter des dépenses militaires et continuer à servir de manière régulière les rentes promises. Catastrophe. Le chancelier Séguier, magistrat, constate que le coût des guerres oblige à surseoir au paiement des intérêts. Les libelles se multiplient et accusent Richelieu de se servir dans les caisses de Louis XIII et de s'enrichir aux dépens du royaume.

Les créanciers lésés par le non-respect unilatéral du contrat protestent et se réunissent le 24 mars devant l'hôtel Séguier, rue Saint-Antoine. Étienne est furieux et inquiet. Richelieu, pour parvenir à maintenir l'ordre, demande qu'on embastille les meneurs.

Étienne Pascal aurait été identifié parmi eux. Faisait-il partie de la manifestation ? Certains biographes l'affirment, d'autres pas. Il se cache dans un premier temps chez Le Pailleur. Qu'il ait ou non manifesté, il a perdu de l'argent, il est mécontent. Il comptait sur ses obligations pour assurer à sa famille une vie confortable. Il ne possède pas d'autres biens et il loue sa maison à Paris. Trois des meneurs sont embastillés. Par crainte d'être arrêté, Étienne s'enfuit en Auvergne. Il a raison : il y aura une perquisition rue Brisemiche. Les trois enfants assisteront à la scène, ils seront choqués, mais bien traités, ce qui n'était pas toujours le cas.

C'est alors que Jacqueline fait savoir à son père que la reine Anne d'Autriche l'a invitée pour l'entendre réciter ses poèmes. Étienne lui conseille d'accepter et de profiter de l'occasion pour demander sa grâce. Jacqueline n'ira plus à la Cour pour se mesurer avec son frère mais pour tenter de sauver son père. C'est une lourde mission pour son âge. Ce sauvetage passera par une mascarade, et ce sera encore plus difficile. Elle est invitée pour distraire la reine, il faudra donc jouer le jeu, mettre sa peine à distance, sinon elle n'y parviendra pas.

Madame de Morangis l'encourage. Elle a déjà rencontré l'illustre cardinal de Richelieu, celui que Marie de Médicis rend responsable du conflit militaire entre la France et l'Espagne, dont elle aurait voulu se débarrasser. Quand elle priera son fils de choisir entre « un valet et sa mère », Louis XIII choisira le valet. Richelieu, l'homme fort du royaume, pourrait aider Étienne, mais il est difficile à rencontrer, même s'il habite le parc du Luxembourg dans cette maison offerte jadis par Marie de Médicis. Chaque chose en son temps. Anne d'Autriche se présente comme un premier pas prometteur.

Étienne, menacé de prison pour avoir manifesté contre les autorités judiciaires, ne peut revenir auprès de sa famille. Seul le roi ou l'un de ses ministres pourrait l'amnistier.

Cette fois, toute hésitation est balayée. L'amour filial est plus fort que tout. Jacqueline accepte l'invitation par quelques stances destinées à Madame de Morangis :

*Poétiques pensées qui ranimez ma veine,*
*Ah, vous me surmontez ; hélas ! je n'en puis plus.*
*Je m'abandonne à vous, ma résistance est vaine.*
*Bon Dieu, d'où me naît (donc) cette insolente envie…*

Le rendez-vous est pris. Quelques jours plus tard, un carrosse les attend rue Brisemiche. Madame de Morangis en descend pour chercher Gilberte et Jacqueline. Elle s'est habillée à la mode espagnole : taffetas bleu nuit, manches bouffantes et taille haute. Un ample col en dentelle d'organdi blanc déployé comme un éventail recouvre ses épaules. Pas un centimètre de chair n'apparaît. Elle rend ainsi hommage à la reine Anne d'Autriche, fille du roi Philippe III d'Espagne, infante d'Espagne et du Portugal, reine de France et de Navarre. Un détail auquel celle-ci sera sensible.

Si Madame de Morangis a l'air d'un personnage de *La Belle au bois dormant*, Jacqueline, si vive, n'est pas la belle endormie. Sans baguette magique, son tour est venu. Louise Delfaut, domestique chez les Pascal, sait coudre, elle a taillé une sorte de traîne dans une ancienne étoffe ayant appartenu à la mère. L'ampleur dans le dos est accrue par des plis plats qui donnent à Jacqueline une allure de princesse. Comme il ne restait plus de tissu, la robe de Gilberte a été copiée sur le même modèle par une couturière de Paris dans une étoffe similaire.

Louise a bouclé leurs cheveux en de longues anglaises avant de les coiffer. Gilberte a eu droit à la garcette, une frange de cheveux aplatie sur le front, et à deux bouffons crêpés sur les oreilles. Des boucles dites serpenteaux encadrent le visage de Jacqueline, le reste de sa chevelure a été attaché en un petit chignon natté dans le bas de la nuque.

Les fillettes sont métamorphosées, Madame de Morangis est rassurée. Les coiffures et les robes sont de bon goût, la légère extravagance du manteau à plis compense l'austérité de la couleur. Madame de Morangis leur noue autour du cou un ruban de velours agrémenté d'une agate pour l'une et d'une tourmaline pour l'autre, et le tour est joué, elles pourront affirmer avec discrétion leur position sociale.

Jacqueline se tient droite. Elle ne va pas simplement divertir la reine, elle a une mission, éviter la prison à son père. Ses poèmes voleront au secours d'Étienne, quitte à passer pour une dévergondée : « Me blâme qui voudra… ! » La Jane Eyre de Charlotte Brontë, deux siècles plus tard, s'exprimera ainsi. De quoi pourrait-on blâmer la petite Jacqueline ? Jane voulait acquérir plus d'expérience, Jacqueline espérait défendre son père. Être un personnage de conte de fées ne la faisait pas rêver. La destinée lui offrait un détour. Seulement un détour.

## En route pour le château

Madame de Morangis, Jacqueline et Gilberte sont dans le carrosse. La route est longue jusqu'à Saint-Germain-en-Laye. Après leur avoir fait répéter quelques révérences, Madame de Morangis doit leur raconter l'histoire de cette reine délaissée qui passe pourtant pour une des plus grandes beautés de son siècle. Le roi a la réputation d'être austère, souffreteux, sans grande personnalité, soumis à la volonté de sa mère, puis de son ministre Richelieu, et surtout de préférer la chasse à la compagnie de son épouse.

Après vingt-deux ans de mariage et bien des crises avec Louis XIII, son royal époux, la reine attend enfin un enfant. Miracle ! Philiberte de Morangis en a les larmes aux yeux, elle-même, après treize ans de mariage avec Antoine, espère toujours. Le royaume craignait de voir se reproduire les troubles sanglants du XVI^e siècle, causés entre autres par le défaut d'héritier. Henri IV et sa première épouse, Marguerite de Valois, demeurèrent mariés vingt-sept ans sans enfant et s'ensuivra la dissolution du mariage. Anne d'Autriche, elle, ne sera pas répudiée, elle échappera au sort de celle que l'on surnommera la reine Margot.

Le trac de la petite Jacqueline augmente au fil du récit de Madame de Morangis. Il fallait sortir de la ruche, prendre des risques. Était-ce cela avancer dans la vie ? Blaise s'imposait-il ce dépassement de soi quand il allait à l'académie Mersenne ? Fallait-il en passer par là pour rivaliser avec les hommes ? Cette question était récurrente pour Jacqueline, elle s'apercevait qu'en dehors du cercle familial, la condition des filles était bien différente de celle des garçons. À la maison, même si seul Blaise avait droit aux mathématiques, les petites filles étaient dignes d'intérêt. Mais jamais Jacqueline n'avait imaginé rencontrer des personnes de cette importance. Blaise fréquentait des scientifiques, des penseurs, ils échangeaient leur savoir presque d'égal à égal, il avait l'habitude. Mais elle ? À l'extérieur de chez elle, elle risquait d'être écrasée.

Madame de Morangis poursuit son récit : la France exulte de joie, sauf Marie de Médicis, jalouse de l'influence que sa belle-fille, une fois mère, pourra avoir sur le roi Louis XIII, son fils.

Toutes les familles ne sont pas aussi harmonieuses que la famille Pascal, et surtout pas les familles royales. Anne d'Autriche a été fiancée à dix ans et mariée à quatorze. Un mariage décidé par son père le roi d'Espagne Philippe III de Habsbourg. Gilberte et Jacqueline savent que cela se passe ainsi dans les royautés, et parfois même dans les foyers. C'est une situation difficile, mais les deux sœurs auraient été prêtes à se soumettre à la décision de leur père. Tel a été aussi le sort de Madame de Morangis et de Madame Sainctot, l'une et l'autre sont malheureuses en ménage, comme la reine, longtemps délaissée. Est-ce la destinée des femmes ?

Jacqueline n'envisage pas sa vie en dehors de sa famille. Elle n'a aucune envie de se marier… Madame de Morangis la réprimande comme si elle était sa fille : comment peut-elle s'exprimer ainsi ? Depuis quand les femmes décident-elles de leur sort ? Jacqueline serre entre ses mains un petit sonnet sur les espérances que la France fonde sur le prince à naître, quelques vers écrits à l'avance, au cas où l'inspiration ne lui viendrait pas.

La chance a enfin souri à Anne d'Autriche, la reine de trente-sept ans. Un âge limite pour devenir mère. Si elle donne naissance à un garçon, elle acquerra le statut de mère de l'héritier du trône et assurera la régence du royaume de France au cas où le roi, qui a le même âge qu'elle, venait à mourir.

Madame de Morangis, très au fait de ce qui se passe à la Cour, raconte aux jeunes filles que le roi a fait le vœu de consacrer son royaume à la Vierge, et si l'enfant est un garçon, un futur roi, Louis XIII instituera à perpétuité une procession à la date du 15 août. Ce n'est pas tout : une médaille sera frappée à l'effigie de la Vierge, et Philippe de Champaigne peindra un grand tableau représentant le roi offrant à celle-ci le sceptre et la couronne de France.

## Au château de Saint-Germain-en-Laye

Elles franchissent toutes les trois les marches de l'imposant palais de style médiéval. Des mousquetaires en casaque bleue montent la garde.

Madame de Morangis tient la main des jeunes filles impressionnées, comme si elle était leur mère.

Jacqueline a vu le Louvre, le palais du Luxembourg, mais de loin, cette fois, elle pénètre dans un château où s'affairent des centaines de personnes au service du roi et de la reine. Ce n'est pas sa poésie qui l'encourage, mais Blaise. La petite sœur relève la tête. Une fille de treize ans, ce n'est pas grand-chose. Le faste du lieu ne fait qu'accroître son sentiment d'être déplacée, sentiment qu'elle doit surmonter pour sauver son père.

À peine sont-elles entrées dans l'immense hall qu'un chambellan les avertit que la reine s'est évanouie. L'accouchement est prévu dans deux mois, la mort du bébé serait un drame national. Madame de Morangis, Jacqueline et Gilberte récitent le *Notre-Père*. Remue-ménage au château, la reine est l'objet de tous les soins. Honoré, le chirurgien, est installé dans l'antichambre. Bouvard, le médecin du roi, est à ses côtés. Depuis le début de sa grossesse, l'archiatre qui a succédé à Héroard est bien occupé, entre la grossesse de la reine et la santé du monarque. Dans la nuit, la royale entérite chronique s'est encore réveillée. Bouvard venait d'administrer au roi une purge et une saignée quand il a fallu courir au chevet de la reine. Mais, après l'avoir examinée, il l'autorise à recevoir.

Jacqueline, sa sœur et Madame de Morangis entrent dans un des salons aux murs couverts de tapisseries d'Aubusson à décor de verdure et d'oiseaux. Anne-Marie-Louise d'Orléans et sa suite ne tardent pas à arriver. Ce petit monde s'installe autour de la gamine.

Gilberte raconte cet épisode. Mademoiselle de Montpensier, fille de Monsieur, frère du roi Louis XIII, a deux ans de moins que Jacqueline. D'un abord facile, elle interroge l'invitée : comment lui vient l'inspiration ? Pourquoi écrit-elle ? Que lit-elle ? Autant de marques d'intérêt que lui porte la nièce du roi.

Jacqueline ne peut s'empêcher de comparer sa situation à celle de son frère, à l'aise au milieu des savants de l'académie Mersenne. Elle doit se comporter de même. Elle observe le plafond, pas de ciel, pas d'anges, mais des peintures guerrières pleines de la colère et de l'énergie des combattants. Mademoiselle ne la lâche pas du regard. « Votre frère écrit aussi ? » Non, elle ne cherche pas à copier son frère, si c'est ce que Mademoiselle veut insinuer, d'ailleurs il n'écrit pas. Il dessine et calcule.

Mademoiselle est intriguée. Jacqueline lit Ronsard et Du Bellay ! Elle veut la mettre à l'épreuve. La future Grande Mademoiselle, future princesse frondeuse, et plus riche héritière d'Europe, ordonne du haut de ses onze ans : « Puisque vous faites si bien des vers, faites-en pour moi. » Elle est chez elle, elle a tous les droits. Personne ne lui en impose. Elle ne rencontre en face d'elle que docilité et modestie.

Est-ce un avant-goût de ce qui attend Jacqueline auprès de la reine ? Non. Elle ne le sait pas encore, mais la petite Anne-Marie, qui se rangera aux côtés de son père contre le gouvernement de Mazarin, est déjà autoritaire, et pourtant, ce jour-là, c'est Jacqueline qui l'impressionne.

Alors ?

Jacqueline respire fort. Pour la première fois, ce n'est pas Blaise le centre d'intérêt, c'est elle, Jacquette.

Mademoiselle tape du pied, elle attend ses vers…

Jacqueline rêve de se retirer dans un coin comme un animal traqué. Ce qu'elle entrevoit de sa situation ne lui plaît pas. Mais le moment est mal choisi pour réfléchir. Elle doit rassembler toutes ses forces pour séduire l'importune puis sauver son père.

À l'abri des regards, elle rédige l'épigramme, les mots lui viennent avec une grande facilité. Elle doit prouver qu'elle n'a rien préparé à l'avance. L'ambiance est au doute, alors Jacqueline improvise. Mademoiselle, conquise, demande une autre épigramme, cette fois pour Madame de Hautefort, et Jacqueline endosse en souriant le rôle de singe savant.

Puis les jeunes filles, pleines de vitalité et d'espièglerie, sortent en courant dans les jardins du château et se mettent à jouer à saute-mouton, à la marelle, abandonnant une activité pour une autre, avant que Mademoiselle, qui dirige les opérations, propose à Jacqueline de la suivre dans la salle du jeu de paume ; c'est la mode, elle va lui donner une leçon en attendant l'arrivée de la reine.

# La reine

Les portes du cabinet royal s'ouvrent. La reine apparaît, imposante, parce qu'elle est grosse et que sa robe constellée de pierres jaunes scintille comme un soleil. Plusieurs dames composent sa suite. À ses côtés, son amie Madame de Rohan – devenue Madame de Chevreuse –, surintendante de la maison de la reine, considérée comme nuisible par Richelieu et responsable, selon le roi, des décolletés de la reine qui séduisirent le duc de Buckingham ; Madame de Motteville, femme de chambre et confidente, que la disgrâce du Cardinal ne tardera pas à renvoyer dans sa province natale. Elles encadrent la reine. Une dizaine de dames se tiennent derrière, à distance de traîne. Voilà le tableau.

La reine murmure quelques mots à la surintendante, telle Chimène à sa gouvernante. Mais elle ne cherche pas refuge auprès d'elle. L'acte I du *Cid* semble s'ouvrir devant leurs yeux, mais la nouvelle héroïne n'est pas en plein désarroi, elle porte le futur roi.

Jacqueline est aux premières loges. Cheveux blonds bouclés formant le fameux casque doré décrit par Madame de Morangis, l'actrice principale s'avance, suivie à pas mesurés par les dames de sa cour habillées d'amples robes taillées dans de riches étoffes, les cheveux relevés en nattes.

Les rois ne sont jamais seuls et sont enviés – à tort – pour cela. Elle qui aime le silence de sa chambre se demande comment cette femme peut vivre en éternelle compagnie ; Madame de Morangis lui a expliqué que dès son réveil une cohorte de dames l'aident à choisir les robes de la journée et la suivent jusqu'à sa toilette. C'est cette compagnie incessante que les hommes envient ?

Lectrices et conseillers-secrétaires lisent et écrivent pour elle, lui ôtent le plaisir merveilleux de prendre le temps de s'imprégner d'un texte. Blaise pense qu'un roi sans divertissement est réduit à sa condition d'être humain et doit se sentir aussi misérable, s'il s'ennuie, que le commun des mortels. Misérable… Blaise a-t-il déjà rencontré un roi ?

Le moment est venu d'oublier les conversations avec son frère et d'effectuer la révérence fraîchement apprise. Basse, très basse, « en habile », comme dit Blaise, en honorant la royauté « non par la pensée du peuple qui s'incline devant les personnes de grande naissance », mais en demeurant lucide, comme l'*habile* de Blaise grâce à la « la pensée de derrière ». L'habile dissocie l'homme et la fonction, l'être et l'apparence. Il n'est pas dupe, mais il joue le jeu de la société.

Jacqueline se penche en avant, s'applique selon les instructions de Madame de Morangis ; il faut se baisser sans s'abaisser, disait-elle, sans affectation, sans posture extravagante. La révérence ne doit être ni courte ni précipitée, mais basse et grave. Sur les lèvres de Jacqueline se dessine un sourire, elle pense à son frère et se moque d'elle-même.

La reine observe avec une curiosité amusée la petite fille dissipée. À mi-voix, avec délicatesse et bienveillance, elle la prie en français, mais avec un fort accent espagnol, d'improviser un poème. Jacqueline a oublié le sonnet qu'elle avait préparé, trop impressionnée d'être en face de la mère d'un futur roi ; elle se lance dans une « Épigramme sur le mouvement que la reine a senti de son enfant », les mots lui viennent naturellement :

*Cet indicible enfant d'un indicible père*
*Déjà nous fait tout espérer*
*Quoiqu'il soit encore au ventre de sa mère,*
*Il se fait craindre et désirer,*
*il sera plus vaillant que le dieu de la Guerre*
*Puisqu'avant que son œil ait vu le firmament,*
*S'il remue un peu seulement,*
*C'est à nos ennemis un tremblement sur terre.*

L'« indicible enfant », « plus vaillant que le dieu de la Guerre », sera Louis XIV.

La reine espère un fils. Jacqueline prend le risque de se tromper et prononce ces mots avec l'assurance d'une voyante. L'époque aimait les devins. Catherine de Médicis, lointaine cousine de Marie de Médicis, la veuve d'Henri IV, voyait le monde à travers les prédictions de Côme Ruggieri, l'astrologue en qui elle avait entièrement confiance.

La reine applaudit et demande à Jacqueline d'offrir un poème à Mademoiselle de Montpensier, comme si la petite pouvait fournir autant de poèmes qu'elle voulait. Lorsqu'une diseuse de bonne aventure franchissait les murs du palais, tout le monde tendait la main. Le même phénomène se produit avec Jacqueline : chaque dame de la Cour demande un poème, comme s'il pouvait l'éclairer d'une prophétie. Cette fois, Mademoiselle de Montpensier ne l'inspire pas. Jacqueline ne sait que dire, alors elle se moque de sa situation et de sa muse qui l'abandonne :

*Muse, notre grande Princesse*
*Te commande aujourd'hui d'exercer ton adresse*
*À louer sa beauté, mais il faut avouer*
*Qu'on ne saurait la satisfaire…*

Elle rit, s'excuse de ne pas avoir mieux fait, s'arrête un temps, puis elle enchaîne rondeaux, quatrains, chansons, sonnets, stances, sérénades. La petite varie les genres, elle passe avec la plus grande aisance de l'octosyllabe à l'alexandrin, devant une assemblée médusée.

La reine lui demande qui lui a enseigné la poésie. Jacqueline vante les talents de sa sœur Gilberte, son professeur ici présent, et en profite pour parler de leur père qui, à la mort de leur mère, a abandonné sa charge afin d'instruire ses enfants. Chez eux il y a une bibliothèque, et le soir elle lit à haute voix Ronsard et Du Bellay, et encore d'autres poètes plus récents, Abraham de Verneuil, Malherbe, Voiture, et des comédies de Corneille, son père et son frère l'écoutent avec indulgence.

– Votre frère, Blaise Pascal ?

Un respectueux silence tombe sur l'assemblée. Mais c'est Dieu que Jacqueline remercie à haute voix et avec gratitude ; c'est à Lui qu'elle doit le privilège de la poésie.

La reine, sous le charme de celle qu'elle surnomme déjà

« la petite merveille », manifeste le désir d'être seule avec la poétesse. Même loin de sa Cour et de ses gardes, le visage de la reine demeure celui d'une personne habituée à être entourée « une personne avec suite », selon les mots de Blaise, et elle les fait siens.

Le moment est venu d'évoquer l'affaire de son père. Mais tant de bienveillance de la part d'une souveraine l'empêche d'en tirer parti. Il lui faudrait plus de temps, or les dames de la Cour veillent et ne tardent pas à proposer la fin de l'entrevue.

Mademoiselle attend Jacqueline pour l'emmener une fois encore dans le parc. Cette fois, c'est pour jouer aux quilles, ce jeu qui, selon son oncle, Louis XIII, prépare à la guerre. Mademoiselle lance les boules avec énergie. C'est simple, il suffit de penser que chaque quille est un ennemi ou un péché. Jacqueline choisit un péché. Malgré ses prières du soir, elle a forcément beaucoup à se faire pardonner, d'être ici par exemple. Mais sa mission justifie sa présence au palais, et elle lance sa boule sans trembler.

Fin de la récréation. Les routes sont dangereuses, il faut rentrer avant que la nuit tombe. Madame de Morangis et les filles Pascal remontent dans le carrosse mis à leur disposition par la reine. Jacqueline, déçue, prie pour être invitée à nouveau, cette fois elle sera moins intimidée et elle aura le courage d'évoquer son père.

Madame de Morangis lui dit de ne s'adresser aucun reproche. Elle connaît Anne d'Autriche et elle est en mesure d'affirmer que la reine a apprécié Jacqueline et que d'autres occasions se présenteront. D'ailleurs, mieux vaut ne rien demander la première fois.

Arrivée rue Brisemiche, Jacqueline se laisse tomber sur son lit. Elle serre sa poupée entre ses bras. Le ventre proéminent de la reine l'a impressionnée, voudrait-elle de ce bonheur un jour ? Aimerait-elle devenir une épouse, une mère ? une dame de cour ? une poétesse ? les deux, les trois, tout à la fois ? Chez elle, on parle de Théodore Agrippa d'Aubigné, de Jean de La Fontaine. Mais jamais son père ni son frère ne citent Louise Labé. Les femmes poètes, même celles de la Renaissance, n'ont pas de place dans leur panthéon. Comment Jacqueline pourrait-elle imaginer en avoir une en dehors du cercle de famille ?

Le soir même, elle écrit un long poème à la gloire de son père, dans lequel elle vante ses mérites et son innocence.

Ces pages arrachent des larmes à Étienne. Le poème est si affectueux, si efficace, qu'il décide de le faire imprimer.

Le bruit commence à courir que Jacqueline, « surdouée comme son frère, le savant », est devenue « la coqueluche de la reine ». Même Louise Delfaut ne dément pas les rumeurs, la fidèle servante en tire même quelques avantages auprès des marchands, un poulet par-ci, de la farine par-là, la gloire de la jeune fille rejaillit sur elle.

La situation est délicate. Jacqueline doit trouver un moyen de plaider l'innocence de ce « cher père » qui se serait comporté comme un ennemi du royaume.

*C'est en vain qu'ils te font la guerre*
*Ils peuvent ravir ta présence à nos yeux*
*Mais ton âme à jamais vivra dans les cieux*
*Et ton renom au-dessus de la terre…*

Au marché du cloître Saint-Médéric, selon les derniers bruits, Étienne aurait fait partie des quatre cents mécontents qui le 24 mars 1638 s'en sont pris au chancelier Pierre Séguier et à l'intendant des finances Claude Cornuel, qu'ils jugent responsables de leur faillite. La reine, qui sera régente à la mort de Louis XIII, ne dirige pas encore le pays et ne se préoccupe ni de la politique, ni des lourdes charges financières de la guerre avec l'Espagne, et encore moins de la réaction des rentiers lésés. Mais la future mère pourrait être émue par une enfant qui craint pour la vie et les rentes de son père et veut en informer le roi.

Étienne ne tarde pas à retourner à Jacqueline le texte imprimé, elle pourra le remettre à la reine. La jeune fille le découvre avec une étrange sensation ; elle n'écrivait pas avec calcul, ni en vue d'une impression. C'est aussi la raison du ton naturel de la jeune poétesse. Les auteurs femmes ne signent pas leurs œuvres, Madame de Scudéry aura recours à son frère Georges pour publier ses premiers ouvrages. Jacqueline ne tire aucune gloire de son poème imprimé. La sphère publique appartient aux hommes.

Jacqueline est de nouveau invitée au château de Saint-Germain-en-Laye. La reine apprécie son talent, sa spontanéité enfantine, la pureté quasi religieuse de chacune de ses paroles. Mais cette fois, son innocence sera entamée par sa mission. Madame de Morangis, qui partage les secrets de la famille, a fait parvenir ses écrits à la reine. Une relation utile n'est plus aussi pure.

Jacqueline effectue une révérence gênée. Anne d'Autriche ne fait aucun commentaire sur la lettre transmise par Madame de Morangis. Est-elle déçue ? Elle s'attendait à des remerciements et reçoit des doléances. À moins que, trop occupée à préparer la naissance de son enfant, elle n'ait pas trouvé le temps de lire la lettre et ne l'ait donnée à l'un des ministres de son mari. Son enfant doit naître début septembre, elle ne pense plus qu'à lui.

La tension est d'autant plus grande que la reine, arrivée presque au terme de sa grossesse, reçoit Jacqueline allongée. Son lit est monumental, les colonnes drapées aux quatre coins du baldaquin s'élèvent jusqu'au plafond, le dais couvert de brocart rouge brodé d'or coiffe la reine dans sa chemise de dentelle blanche.

Un homme bien renseigné aurait pu rassurer Anne d'Autriche : Étienne Pascal n'est pas un ennemi de la Couronne. S'il a commis une action répréhensible, c'était sans mauvaise intention, juste pour exprimer l'injustice de sa situation. Madame de Morangis aurait dû savoir que l'avis de la reine a peu d'importance, à quoi bon plaider la cause d'Étienne Pascal devant elle, elle ne participe pas au Grand Conseil. Un jour viendra.

Jacqueline chante des romances du Moyen Âge. La sensibilité profonde de sa voix berce la reine. Un instant, elle oublie les intrigues du palais et sa mésentente avec le Cardinal.

# La petite vérole

Étienne a le cœur déchiré, loin de sa famille. Il ne cesse de prendre des nouvelles de ses enfants. Pas un jour sans leur écrire, sans questionner Blaise sur l'avancement de ses recherches et Jacqueline sur ses nouveaux poèmes. Malgré son absence, la ruche est toujours en activité, chacun dans sa chambre à sa table de travail, comme il le leur a appris. Jacqueline a choisi la pièce la plus modeste, malgré l'insistance de Blaise pour lui laisser la plus grande, l'important était d'être tout près de son frère. S'il tousse, elle l'entend. Gilberte est plus éloignée.

Toujours les mêmes rites, l'absence du père ne faisant que resserrer l'intimité. Après le travail, la fratrie se retrouve aux heures des repas. Louise Delfaut cuisine tout en surveillant le groupe d'un œil. Elle est une espionne bienveillante aux ordres du père.

Un matin d'octobre 1638, Jacqueline ne rejoint pas Blaise et Gilberte autour de l'épaisse table en bois où son bol de lait est servi. Le frère et la sœur s'inquiètent, la petite dernière est toujours la première levée. Ils se rendent dans sa chambre et la trouvent allongée dans son lit, livide, le front brûlant. Prise de vomissements, elle ne peut pas se lever. Gilberte et Blaise s'affolent, ils lui apportent une bassine et des compresses.

Jacqueline n'est jamais malade, contrairement à Blaise. Que se passe-t-il ? Gilberte va avertir le médecin, les épidémies de typhus, de rougeole, de fièvre maligne courent les rues. Blaise, qui se déplace moins vite, reste près de sa sœur.

Au bout de trois jours, des pustules rouges envahissent le visage de Jacqueline, son crâne sous sa chevelure et les extrémités de ses membres. Blaise, Gilberte et Louise devinent ce dont elle souffre, il y a eu quelques cas de petite vérole non loin de chez eux. Cette maladie qu'ils n'osaient imaginer.

Le médecin en tenue d'épouvantail à moineaux arrive enfin et confirme le diagnostic : les éruptions cutanées sont typiques de la petite vérole, la maladie, surnommée la « mort rouge », est très contagieuse. Elle tue autant que la peste.

Il n'y a rien à faire qu'à prier et à isoler la malade. Tout le monde doit s'éloigner, la maladie est transmissible, l'inhalation des gouttelettes de salive expulsées lorsque Jacqueline tousse ou éternue pourrait leur être fatale. Le médecin insiste, décompte les morts, pour inciter Gilberte et Blaise à s'installer ailleurs. L'un et l'autre refusent. Pas question de laisser Jacqueline.

Les enfants se relayent à son chevet, à peine protégés, tandis que la maladie suit son cours, irréfrénable, fièvre, maux de tête, difficultés respiratoires, intenses douleurs musculaires, et l'horreur des pustules qui commencent à se remplir de pus, avant d'éclater et de devenir des croûtes noires. Le médecin les avait prévenus, cette dernière étape s'accompagnera d'une augmentation de la fièvre, de confusion, de délire, et parfois même d'hallucinations. Si Jacqueline survit, elle sera défigurée.

Cette maladie est une sorte de défi, elle inspire à Blaise ses plus belles pensées. L'amour pour sa sœur est au-dessus de sa beauté perdue. Il ne parvient plus à travailler, il s'éloigne de la géométrie, Jacqueline délire, parle à son père comme s'il était présent. Malgré sa souffrance, Blaise s'interroge sur son amour pour Jacqueline. Si les gens s'aiment pour des « qualités empruntées », lui aime Jacqueline au-delà de l'apparence. S'il l'aime uniquement pour sa beauté, son jugement, sa mémoire, ses talents, l'aime-t-il vraiment ? Ces qualités peuvent disparaître après sa maladie. Et alors, que se passera-t-il ?

Rien ne changera, il en est sûr. Il l'aime non seulement pour les qualités qui enthousiasment ses admirateurs, mais au-delà. Elle peut perdre sa beauté, sa vivacité, il l'aime pour ce qui ne se voit pas, pour « ce qui fait le moi », son âme.

Blaise brave les interdits du médecin, pénètre dans sa chambre à petits pas pour ne pas la réveiller si par chance elle s'est endormie. Il essuie la sueur sur son front. Les réflexions que la maladie éveille en lui lui serviront plus tard.

Jacqueline divague, Blaise la rassure. Croit-il vraiment à ce qu'il dit ?

Gilberte signale dans son carnet : « Jacqueline malade jusqu'à l'extrémité. »

Depuis quelques jours, une odeur fétide règne dans la chambre. Louise, un fichu sur la tête et une étoffe nouée autour de la bouche, pénètre à son tour dans la pièce et demande à Blaise de s'éloigner. La servante dépose une bougie sur la table de chevet de la petite malade, afin que l'odeur de la cire couvre celle de la maladie.

Le lendemain, Louise laisse échapper un cri en pénétrant dans la chambre. Les pustules ont changé de couleur, elles sont devenues sombres comme l'ébène. Un masque grêlé, cartonné, terrifiant, semble couvrir la face de la malade. Le joli visage rieur de Jacqueline a disparu, le voilà dramatiquement écorché.

Quand enfin elle reprend conscience, d'une voix à peine audible, elle supplie son frère de partir.

Jacqueline malade ? À peine Étienne l'apprend-il par une missive de Blaise qu'il fait atteler les chevaux. Il ne peut demeurer plus longtemps loin de sa petite. Il a déjà vécu la perte de deux enfants, sans compter le souvenir de Blaise donné pour mort à l'âge de un an, qu'importe s'il prend le risque d'être emprisonné. Il viendra veiller sa fille avant de s'enfuir de nouveau, comme le proscrit qu'il est devenu.

Jacqueline se jure de réaliser son destin si elle survit. Quel destin ? Il se dessine doucement en elle : quoi qu'il advienne dans sa vie, elle doit demeurer au plus proche de sa vérité.

La reine demande régulièrement des nouvelles de la petite enchanteresse. Cette maladie qui tue ou défigure effraie tout le monde, mais pas la fratrie. Blaise et Gilberte continuent à se relayer au chevet de Jacqueline. Puis, au bout d'une semaine terrible, une semaine entre vie et trépas, la fièvre tombe. Les croûtes disparaissent, le visage demeure rougi, mais Jacqueline se lève, vacille, son frère l'aide à faire ses premiers pas. Gilberte, Blaise et Louise sont indemnes. Blaise enlace sa petite sœur. Jacqueline marche vers son père qui vient d'arriver. Elle est sauvée.

## Le nouveau visage de Jacqueline

La santé revient à Jacqueline, mais les marques de la maladie demeureront indélébiles.

Jacqueline ne s'est pas encore vue. Elle passe la main sur son visage, la sensation n'est pas la même qu'avant la maladie, elle sent des creux, des ondulations, ses pommettes se brisent par endroits. Plus un seul petit espace lisse, la maladie a tout envahi.

Elle s'imagine affreuse, affreuse à faire peur. Gilberte et Blaise la voient au-delà de l'apparence, le regard déformé par l'amour.

Elle doit affronter son nouveau visage. Avoir ce courage. Jacqueline court vers la chambre de son père, où se trouve le miroir fabriqué par un maître verrier vénitien. Un objet rare, au cadre massif, au fronton de feuilles d'acanthe sculptées dans du bois de noyer, qu'il avait offert à son épouse. Le face-à-main va lui montrer son nouveau visage. Gilberte l'accompagne.

Celle-ci oriente le miroir vers sa sœur, Jacqueline ferme les yeux, retient son souffle, puis elle les rouvre et se découvre en silence. Aucun mot ne sort de sa bouche et, selon Gilberte, malgré les meurtrissures qui sillonnent son teint blafard, « elle n'en fut point bouleversée ». Elle est en vie, puisque Dieu l'a voulu. Elle accepte sans effroi celle qu'elle a vue dans le miroir, ce miroir qui treize ans auparavant avait reflété le joli visage de sa mère. La voilà marquée par la maladie que Dieu lui a envoyée.

Les prétendants, les directeurs de théâtre se détourneront si l'envie lui prenait de les solliciter, mais qu'importe. Seul compte Blaise. Aucune commisération, aucun apitoiement, puisque rien n'a changé dans le regard de Blaise.

À peine sortie de l'enfance, Jacqueline doit renaître. Renaître laide après avoir été belle. Laide ? Non, elle ne le sera jamais, ses yeux ne perdront pas leur brillance, ni son sourire sa lumière.

Gilberte pleure, pas elle. La vraie vie n'est pas dans le miroir, lui dit-elle. Dans le monde auquel elle aspire, l'apparence n'a pas d'importance.

Elle a treize ans, elle imagine déjà une autre vie, une existence qui l'a toujours tentée et qu'elle tient encore secrète au fond de son cœur. La maladie est un message de Dieu qui va l'emmener vers son chemin. Jacqueline remercie Dieu, au lieu de Lui en vouloir ; et plus Il la châtie, plus elle L'aime ardemment. Dans cette humilité qui dépasse l'entendement s'installe la croyance de Jacqueline :

(…) *Votre souveraine beauté,*
*Du haut du ciel, a visité*
*Le plus petit ver de la terre.*

« Ver de terre », l'expression vient de Jacqueline. Blaise la reprendra, développera l'idée en l'élargissant à d'autres, à la comparaison nécessaire avec l'homme, et poussera l'amoindrissement jusqu'à « l'imbécile ver de terre ».

Jacqueline dans sa prière remercie Dieu de l'avoir visitée en lui envoyant cette maladie :

*Oh ! que mon cœur se sent heureux,*
*Quand au miroir je vois les creux*
*Et les marques de ma vérole :*
*Je les prends pour sacrés témoins,*
*Suivant Votre sainte parole,*
*Que je ne suis de ceux que Vous aimez le moins.*

L'intégrité de Jacqueline est atteinte mais pas sa joie de vivre. Pas sa reconnaissance, son acceptation, quoi qu'il advienne dans sa vie. Jacqueline balaie le superflu et demeure dans sa vérité.

# La providence frappe à la porte

Après avoir affronté l'épreuve du miroir, Jacqueline sait que l'épreuve du public est compromise. Si l'idée de devenir un jour comédienne l'a effleurée quand elle jouait dans la cour de Madame Sainctot, elle l'a vite balayée. Elle n'est pas morte, elle est juste morte à une certaine vie. La beauté, cette *promesse de bonheur*, ne sera pas sienne. Ses bonheurs seront ailleurs.

Jacqueline était dans cette sage résolution quand Madame de Morangis, l'amie providentielle, à qui elle écrivait que ses « divines vertus n'ont point de pareilles », frappe à sa porte.

Nous sommes en mars 1639. Il fait encore froid, Jacqueline ouvre la porte, enroulée dans un châle. Les deux amies s'étreignent. Madame de Morangis ne l'avait pas revue depuis sa maladie. Ses yeux balayent son visage sans exprimer le moindre signe de compassion.

Jacqueline est attentive à sa réaction. La commisération lui est insupportable. Madame de Morangis n'émet aucun commentaire. Elle lui donne des nouvelles de la reine, du petit Louis, né en septembre, qui se porte à merveille, pour le plus grand bonheur des souverains, mais elle ne lui transmet aucun rendez-vous avec la souveraine. Elle vient lui parler d'un projet, une éventualité dont il n'a jamais été question auparavant : un rôle dans une pièce de Georges de Scudéry, le célèbre auteur de théâtre et frère de Madeleine, la romancière, encore plus célèbre que lui.

Jacqueline l'écoute. Elle ne l'a pas regardée ? Comment Madame de Morangis peut-elle lui proposer un rôle ? Comment peut-elle imaginer qu'elle acceptera de se montrer ainsi défigurée ? Madame de Morangis, qui devine les pensées de la petite, la prend dans ses bras, la rassure, la maladie ne lui a pas ôté son charme. Mais Jacqueline refuse, la proposition est insensée, elle est au bord des larmes, son amie si délicate n'a rien compris à la situation.

Madame de Morangis a très bien compris. Elle lui demande de s'asseoir à côté d'elle dans le salon et, les mains glacées de Jacqueline entre les siennes, elle lui dit que Dieu l'a épargnée parce qu'Il l'aime, que sa mère, si elle était là, lui dirait qu'elle n'a rien perdu, que sa beauté intérieure est plus forte que tout et qu'elle rayonne à l'extérieur. Il n'est pas question d'abandonner son rêve de jouer au théâtre, d'ailleurs Georges de Scudéry est de son avis, Jacqueline en est capable, il a donné son accord. Il ne reste plus qu'à convaincre Mondory, le célèbre comédien, le Cid de Corneille, qu'elle a déjà croisé dans le salon de son père. Mais Jacqueline refuse. Si Scudéry a donné son accord, c'est parce qu'il ne l'a pas vue. Madame de Morangis réfute cet argument et, comme Jacqueline s'obstine, elle en avance un autre : Richelieu sera là, la pièce se déroulera en son théâtre, où seront conviés des jeunes comédiens. Elle lui fait entrevoir l'intérêt qu'il y a à accepter : Richelieu reconnaît l'intérêt social du théâtre, défend la littérature. L'Académie française a été instituée trois ans auparavant pour contrôler un groupe de « gens de lettres et d'un mérite fort au-dessus du commun », ainsi que l'insinua l'abbé de Boisrobert. L'homme d'État se méfie des regroupements et préfère enrôler les littéraires en une institution dont il s'érigera le protecteur. Le pair de France finance aussi trois troupes de théâtre, procède à la réhabilitation et à la protection des comédiens et viendra en personne assister à la représentation de Georges de Scudéry. Cette pièce peut être un fer de lance pour sa carrière. Jacqueline n'est pas intéressée, elle finit par supplier Madame de Morangis de ne plus insister : quel pourrait être l'avenir d'une comédienne au visage moucheté ?

Alors Madame de Morangis avance un dernier argument : seul Richelieu, « le plus grand serviteur que la France ait eu », selon Louis XIII, peut aider son père à retrouver sa liberté. Cette fois, l'argument est imparable. Richelieu est mieux placé que la reine pour ce genre d'affaire, et la petite est dans ce cas capable de surmonter toutes les difficultés. Elle se présentera au public défigurée, si Mondory l'accepte, et donnera à son père une grande preuve d'amour et d'abnégation. Elle a échoué une fois, une nouvelle chance se présente, elle doit tenter de la saisir.

# Jacqueline joue devant Richelieu

Mondory a entendu parler de la jeune poétesse, mais il hésite. Sa troupe de professionnels remporte des succès dans tous les théâtres où elle se produit, il ne peut prendre le risque de distribuer une jeune fille sans expérience un soir où Richelieu sera présent.

Madame de Morangis s'est engagée auprès de Jacqueline. Il faut convaincre Mondory. Celui-ci est auvergnat, comme la famille Pascal, mais cela ne suffit pas. Elle sait que la nièce de Richelieu, la duchesse d'Aiguillon, doit accompagner son oncle. Elle obtient un rendez-vous avec la duchesse sans difficulté et lui demande, avec son habituelle diplomatie, si Jacqueline Pascal, dans le rôle de la fille d'honneur du roi Tigrane, ne serait pas selon elle une bonne idée.

Le plan réussit. La plupart des acteurs seront des jeunes gens. La duchesse, qui encourage l'éducation, la culture et le théâtre en particulier – Corneille lui avait dédié *Le Cid* –, approuve aussitôt. Le Cardinal quant à lui est très favorable aux comédies jouées par des enfants. L'idée de mêler une fillette à des professionnels ne pourra que lui plaire. Jacqueline ainsi soutenue, Mondory sera plus facile à convaincre.

Le comédien auvergnat cède. Jacqueline jouera et, plus encore, il propose de parler lui-même au Cardinal de la situation d'Étienne Pascal. La duchesse s'offre à l'accompagner. Jacqueline tente de se défiler : si Mondory et la propre nièce de Richelieu se chargent de plaider la cause d'Étienne, elle n'a plus à se produire. Mais s'ils échouaient ? Alors Jacqueline se reprocherait éternellement de ne pas avoir tenté elle-même de sauver son père.

Jouer, c'est plaider sa cause, et elle y mettra tout son cœur. Le Cardinal est l'homme fort du royaume, il a tenu auprès de Marie de Médicis un rôle déterminant, malgré l'aversion passionnelle qu'il a fini par lui inspirer ; il continue à jouer son rôle de principal ministre auprès de son fils, le roi Louis XIII. C'est bien lui qu'il faut convaincre de l'innocence d'Étienne.

Cette fois, c'est l'homme qui dirige le pays d'une main de fer qu'il faudra séduire. Il sera assis en son théâtre, au premier rang. Il ne s'agit plus de réciter des poèmes en petit comité, il faudra apprendre un texte, jouer comme une comédienne professionnelle devant une salle pleine.

Mondory, fondateur de la troupe du Théâtre du Marais, est connu pour son exigence, c'est lui qui a monté les premières pièces de Corneille. Richelieu le soutient et le respecte. Jouer la comédie avec celui qui a été Rodrigue à la première du *Cid* ajoute à l'embarras de Jacqueline. Le plus difficile sera d'oublier son visage, et de se donner entièrement à son texte.

Blaise craint pour sa sœur mais ne peut la retenir. Le même impératif, sauver leur père, les réunit.

Le soir de la représentation, Gilberte et Madame de Morangis accompagnent Jacqueline jusqu'aux coulisses. Madame de Morangis l'aide à se maquiller, elle a acheté chez un apothicaire du blanc de céruse, un mélange de graisse et de cire associés à quelques produits minéraux, principalement du camphre. Elle sort de son sac une enveloppe de papier bleu contenant la pâte en forme de pain ; le mélange, appliqué en couche épaisse, doit combler les crevasses, couvrir les rougeurs et les aspérités de sa peau et ainsi en dissimuler les imperfections.

Un peu de rouge sur les pommettes, une ou deux mouches, et le tour est joué, on ne voit presque plus rien. La distance entre la scène et le public gommera le reste des marques. Madame de Morangis prend Jacqueline dans ses bras et la serre contre elle avant de la laisser monter sur les planches.

La petite orpheline est émue. Est-ce cela avoir une mère ? La sienne n'aurait pas trouvé convenable que sa fille jouât au théâtre. Depuis l'absence d'Étienne, Madame de Morangis et Madame Sainctot se sentent responsables de Jacqueline. Les deux femmes n'ont peur de rien, elles lui transmettent leur audace ; sa mère considérait la modestie comme la qualité féminine par excellence, elle n'aurait pas approuvé cette mise en avant.

Quand vient son tour d'entrer en scène, Gilberte lui donne un dernier coup de brosse, tandis que Madame de Morangis la poudre légèrement, et les deux femmes l'embrassent encore en lui souhaitant bonne chance.

Georges de Scudéry, à moitié paralysé, est monté sur

scène avant le début de la pièce, il remercie « le Grand Cardinal et l'incomparable duchesse d'Aiguillon » d'être présents à cette représentation – un soir du mois d'avril 1639 – de *L'Amour tyrannique*.

Il a eu de la chance. Corneille, son rival, avait été écarté. L'Académie française lui reproche « en particulier le non-respect des unités ». Cette règle que Boileau dans *L'Art de la poésie* résume en ces termes :

*Qu'en un lieu, qu'en un jour, un seul fait accompli*
*Tienne jusqu'à la fin le théâtre rempli.*

Une éclipse passagère, Corneille sera finalement élu, mais l'éclipse tombait bien.

Le rideau va se lever, Scudéry regagne avec difficulté sa place dans la salle après avoir jeté un regard reconnaissant à l'homme en rouge qui se démarque du public.

Mondory apparaît, non loin de la petite Pascal. Ils sont à Thèbes, dans une des salles du palais royal. Elle est Cassandre, fille d'honneur d'Ormène et du roi Tigrane. Intérieurement, Jacqueline se fait violence, puis se lance. Du haut de ses treize ans, alors qu'elle a l'air d'en avoir huit, elle prononce sentencieusement sa première réplique :

*Exemple merveilleux de l'amour conjugal.*

Puis :

*Que vous faites bien voir que rien ne vous égale,*
*Puisque dans les rigueurs, et dans le changement*
*Ce cœur toujours constant aime si chèrement.*

Elle semble s'adresser à elle-même :

*Sous les maux de l'esprit, le corps enfin succombe*
*Et la force vous manque et le teint vous pâlit.*

Madame de Morangis lui a fait répéter le texte, elle le connaît par cœur. Tandis que Jacqueline joue, elle le prononce en elle-même, comme pour lui souffler les mots en cas de panne. Mais la petite ne bute pas, sa diction est parfaite. Richelieu sourit d'aise, Madame de Morangis, assise sur la même rangée, l'observe, enchantée.

Même si elle intervient brièvement, Jacqueline se donne avec conviction et oublie la petite vérole :

*Oui, Madame, fuyons de ces funestes lieux…*

Le ton de la petite comédienne est un peu grandiloquent, ses mouvements sont exagérés, mais qu'importe, le Cardinal a l'air heureux. La pièce est un succès. Les applaudissements redoublent quand Jacqueline reparaît sur scène. À peine le rideau baissé, les nombreux gardes présents pendant la représentation s'approchent du Cardinal afin qu'il échappe à la foule. L'homme le plus important du royaume est invisible tant on le protège.

Mondory tire Jacqueline par le bras et ils courent tous deux à sa rencontre. La duchesse d'Aiguillon s'aperçoit du départ de son oncle, fend le mur formé par les gardes et le retient. Jacqueline et Mondory sont là.

Le moment le plus important est arrivé, l'occasion est exceptionnelle, Jacqueline doit parler au Cardinal. Si elle n'y parvient pas, son père demeurera en exil. Seul cet homme a les moyens de l'absoudre.

Mondory s'approche de Richelieu, les hommes se connaissent et s'estiment. Après les félicitations d'usage que Richelieu lui adresse, Mondory le prie de l'entendre sur une affaire particulière et lui expose le problème en des mots simples. Il dit qu'une grande injustice est en train de se produire en France. Un homme supérieur, d'une grande probité et d'une intégrité scrupuleuse, est poursuivi pour avoir participé à une émeute qu'il a tout fait pour empêcher. Peu importe la vérité, Mondory persiste à plaider l'innocence d'Étienne Pascal devant sa fille, que le Cardinal a eu le plaisir de voir jouer.

Son Éminence observe la petite Jacqueline qui tient la main de Mondory, la fillette, qui était concentrée sur la plaidoirie de Mondory, supplie à présent le Cardinal du regard. L'homme enveloppé d'une cape rouge – visage triangulaire, barbichette en pointe, moustaches relevées – est impressionnant. La croix de l'ordre du Saint-Esprit se balance sur sa poitrine quand, attendri par tant d'amour filial, il lui demande depuis combien de temps elle n'a pas vu son père.

À cette simple question, la gamine se met à pleurer doucement, le visage entre les mains.

Richelieu était lui aussi dévoué à son père, grand prévôt de France. Il était entré dans les ordres pour conserver à sa famille le bénéfice de l'évêché de Luçon. Il devine que la petite est montée sur les planches, malgré ses cicatrices, pour le rencontrer. En politique, le Cardinal a mené de durs combats pour renforcer le pouvoir royal. Remords, états d'âme sont pour lui des pertes de temps, il avance. Et là, devant cette gamine suppliante qui a joué de toute son âme, devant cette petite fille courageuse qui a surmonté sa gêne pour sauver son père, il se laisse gagner par l'émotion. Il regagne son siège et lui demande de s'asseoir sur ses genoux. La scène est inhabituelle. Il faut dire que Jacqueline, si chétive, a l'air si jeune. Le grand monsieur de rouge vêtu, le prélat au bouc pointu et à la blanche moustache, la prend par la main.

Mondory, stupéfait, recule pour ne point gêner cet aparté, tandis que Jacqueline, résolue à sauver son père, se retrouve sur les genoux de l'homme le plus puissant du royaume. Le Cardinal, le cou enserré par une collerette qui lui monte jusqu'au menton, entoure la jeune fille de ses bras protecteurs.

Pourtant, Richelieu est un homme de son temps. Il se méfie de ces « animaux étrangers » que sont les femmes. « On croit parfois qu'ils ne sont pas capables d'un grand mal, parce qu'ils ne le sont d'aucun bien. »

Le mot « misogyne » est rare au XVII^e^ siècle, mais la chose s'impose à tous. Lui qui a tant fait pour la culture, qui a construit une académie, une imprimerie royale, qui a bâti ici et là des dômes et des colonnades, des pilastres, des vitraux, des clochetons, des cimaises, ne se demande pas pourquoi les filles ne vont pas au collège comme les garçons. Pourquoi elles n'ont pas la même éducation. L'idée ne lui traverse même pas l'esprit. La question de l'égalité des sexes ne l'effleure pas, bien à son aise dans son siècle d'hommes. La faute en reviendrait-elle au caractère de Marie de Médicis ? Il l'a servie, il a mesuré sa déraison et regretté son manque de modestie et de retenue.

De là à étendre le comportement de la reine mère à celui de toutes les femmes ! La petite Jacqueline l'a cependant ému au point qu'il la serre dans ses bras, la félicite, lui reconnaît tous les talents. Mais elle n'est pas venue chercher des compliments. Indifférente aux éloges, elle ne le lâche pas des yeux. Gilberte livre dans ses *Mémoires* la suite du dialogue :

« Monseigneur, j'ai une grâce à vous demander.

– Demandez-moi ce que vous voulez, je vous l'accorderai. »

Richelieu n'a pas souvent prononcé cette phrase.

Jacquette se met à réciter à l'oreille du prélat un poème et finit par le supplier d'accorder à son père le grand honneur de le rencontrer à son retour. Le Cardinal est abasourdi et charmé par l'audace de la petite.

Jacqueline prend des risques. Richelieu pourrait accepter la visite d'Étienne Pascal et saisir l'occasion pour l'emprisonner. Il en a fait embastiller, des nobles et des grands bourgeois, des personnalités de marque, au point d'avoir transformé la Bastille en prison d'État.

Cette fois, telle n'est pas son intention ; son regard ne ment pas. L'homme qui a affronté les malices du grand monde, la calomnie, les manigances, et même celles d'une reine contre son fils, ne tendra aucun piège à une fillette venue lui demander de l'aide.

Non seulement il décide de rencontrer Étienne Pascal, mais il invite les trois enfants à l'accompagner. Il reverra avec plaisir la petite Jacqueline et son frère Blaise, auquel il la prie de transmettre « de grands compliments sur sa science ». Jacqueline promet, le Cardinal l'embrasse.

Ce « vrai miracle des cieux » est l'œuvre de Madame de Morangis et de ses « divines vertus », qui « n'ont point de pareilles ».

# Après la représentation

Le spectacle de Jacqueline sur les genoux de l'homme le plus puissant du royaume sidère Mondory. Le buffet est dressé. La petite, un peu étourdie, chancelle. Cette épreuve achevée, elle espère que plus jamais elle n'aura à s'imposer un tel défi. Pas même si Corneille lui offrait un rôle. Le rideau est tiré. Son pauvre visage a dû fendre le cœur du Cardinal. Sans cette disgrâce, aurait-il été aussi affectueux ?

La nécessité de travailler aurait changé le destin de Jacqueline. Mais Étienne a protégé la fratrie de l'angoisse matérielle. Les jeunes Pascal sont des enfants rois. Étienne leur a transmis le goût de l'étude, pas celui de l'argent. Jacqueline a entendu parler avec admiration de Christine de Pisan, une philosophe qui, à la mort de son mari, avait dû écrire et publier pour gagner sa vie ; de Marie de Gournay, orpheline de père à treize ans, élevée par sa mère, qui lui enseigna la couture et le catéchisme. Sans ressources, elle n'en devint pas moins écrivaine, éditrice, traductrice, et subvint seule à ses besoins. Jacqueline n'a pas à surmonter de difficultés matérielles. Elle admire ces femmes qui se sont battues pour survivre dans un monde d'hommes. Sa bataille est d'un autre ordre. Blaise connaît sa détermination ; s'il ne l'encourage pas à persévérer au théâtre, ce n'est pas à cause des traces laissées par la maladie, mais parce qu'il juge sévèrement la comédie, qu'il range dans la « littérature de salon ». Et puis, les mimiques exagérées de sa sœur sur scène ont gêné le frère austère. Le succès de Jacqueline, puisqu'elle a été abondamment applaudie, n'a en rien modifié son opinion. Blaise, homme du XVIIe siècle, préfère l'entendre chanter pour sa famille.

Marguerite Périer qualifie l'attitude de sa tante sur scène et sa diction de « baroques ». Elle la décrit « essoufflée, saisie et effrayée comme venant d'apprendre une mauvaise nouvelle ». La petite nièce n'était pas née quand sa tante Jacqueline se produisit, c'est donc Gilberte, sa mère, qui pensait ainsi et qui se garda bien de le consigner dans les pages du livre qu'elle consacra à sa sœur.

Jacqueline, descendue des genoux du Cardinal, exécute sa révérence « basse, très basse ». Il n'y a plus qu'à espérer que Richelieu tienne parole, qu'il amnistie son père. La partie n'est pas encore gagnée

La « magnifique collation » offerte après le spectacle avait réconforté ce petit monde. Des confitures sèches de poires bon-chrétien, des limonades étaient disposées sur le buffet recouvert d'une nappe aussi rouge que la cape de Richelieu. Jacqueline s'était régalée, loin de penser qu'un jour ces choses qu'elle aimait la feraient rougir. Rougir de les avoir aimées.

Blaise, heureux de la voir ainsi réjouie, oublie ses réserves et félicite la petite sœur ressuscitée. Jacqueline sait qu'il n'est pas tout à fait sincère. Alors elle lui rappelle que sa mission dépasse la représentation et qu'elle n'en restera pas là, elle insistera encore.

À peine arrivée dans sa chambre, Jacqueline rédige un poème destiné à l'homme de pouvoir si occupé par ses affaires qu'il risque d'oublier sa promesse :

*Rappelez de l'exil mon misérable père :*
*C'est le bien que j'attends d'une insigne bonté ;*
*Sauvez cet innocent d'un péril manifeste.*
*Ainsi vous me rendrez l'entière liberté*
*De l'esprit et du corps, de la voix et du geste.*

Blaise est ému. Quant à Richelieu, il n'oubliera pas Jacqueline. Étienne Pascal pourra revenir à Paris pour une rencontre en toute sécurité, comme promis.

À son père, elle écrit : « … pendant que je disais mes vers, il me tenait toujours entre ses bras, et me baisait à tout moment avec une grande satisfaction ». Jacqueline a-t-elle exagéré l'emportement de Richelieu ? Elle termine ainsi sa lettre : « Votre très humble et très obéissante fille et servante. » Elle signe *Pascal*.

La mission de la fille et servante est accomplie. Elle a obtenu un rendez-vous avec le cardinal de Richelieu.

Étienne Pascal conserva précieusement et jusqu'à son dernier souffle cette lettre de sa fille.

## Chez Richelieu

Les retrouvailles sont effervescentes. Les trois enfants entourent le père dans un joyeux brouhaha, mais l'héroïne du jour, c'est elle, Jacqueline. À peine assis dans le salon, Étienne lui demande de raconter l'histoire, il veut l'entendre de sa bouche. A-t-il un instant imaginé un piège ? Le duc de Montmorency avait bien été exécuté pour complot sous la pression de Richelieu.

Jacqueline passe vite sur sa prestation pour arriver à l'amabilité du pair de France, et finalement au rendez-vous obtenu avec lui. Étienne a toujours pensé que la simplicité était la marque des grands hommes. Jacqueline joint les mains en signe de prière : seul le résultat compte, mais elle croit en la parole de cet homme. Étienne ira le voir dès le lendemain. Jacqueline ne peut pas se tromper.

Après avoir encore loué le courage de sa fille, il interroge Blaise. À quoi a-t-il passé son temps pendant son exil ? Sur un ton détaché, Blaise lui annonce qu'en partant de quelques manuscrits de Desargues, il est arrivé aux principes de la projection. Il rend compte de son travail comme d'une chose facile et évidente.

Étienne est émerveillé.

Cette fois, il en est certain, Blaise a inventé une nouvelle branche des mathématiques : la géométrie projective. Dès qu'il sera libéré de ses ennuis judiciaires, il accompagnera son fils à l'académie Mersenne, où il remporte un immense succès.

Sa fille Gilberte est plus effacée, elle a moins à raconter, mais rien ne lui échappe, elle observe, consciente de vivre entre une sœur et un frère exceptionnels. Jacqueline la poétesse séduit Richelieu, tandis que Blaise le jeune savant révolutionne les mathématiques, et les deux sont si proches qu'ils se confondent par l'intelligence et par le cœur. C'est ainsi qu'Étienne comprend ses enfants prodiges.

La famille s'embrasse, tous enlacés les uns aux autres en une sorte de ronde. Grâce à Jacqueline, Étienne retrouvera sa liberté, il pourra aller au théâtre la voir jouer si l'occasion se présente, accompagner Blaise devant les savants de l'Académie, il ne se lasse pas de ces moments qui nourrissent sa vie et récompensent son éducation.

Étienne Pascal, avec l'aide de Gilberte et Louise, défait ses valises, il en sort de magnifiques assiettes en faïence à décor de corne d'abondance, spécialité de Rouen. Ils les utiliseront le soir même pour fêter leurs retrouvailles. Gilberte étreint ce père qui les a élevés et qui a parfois dû aussi remplacer la maîtresse de maison.

Le lendemain matin, dans la tenue que lui avait confectionnée son épouse quelques mois avant sa mort, son porte-bonheur, Étienne monte dans le carrosse loué pour se rendre jusqu'à Rueil, dans le nouveau château du Cardinal.

Le Cardinal ne le reçoit pas. C'est avec ses enfants qu'il le veut.

Étienne revient chez lui, inquiet. Serait-ce un prétexte ? Mais non, pourquoi attendre qu'il réapparaisse en famille si ses intentions sont mauvaises ? Après une nuit agitée, les Pascal au complet prennent la route du château du Val de Ruel.

Richelieu a acheté ce domaine en 1633, la proximité avec celui du roi à Saint-Germain-en-Laye a motivé sa décision. Les travaux achevés, le Cardinal aime s'y tenir pour travailler. Plusieurs textes importants ont été signés en ce lieu : les lettres patentes qui devaient donner naissance à l'Académie française, ainsi que le traité par lequel la cité de Colmar sera placée sous la protection du roi de France, ce qui lui garantira ses privilèges, ses libertés et ses droits. C'est là aussi que le roi Louis XIII et la reine viennent rendre visite au grand prélat et aiment se promener dans le magnifique jardin à l'italienne, inspiré de la Villa d'Este, à Tivoli, devenue célèbre dans l'Europe entière.

Étienne a loué un ample et confortable carrosse pour contenir sa famille. Les grilles du parc franchies, le cocher conduit ses chevaux lentement entre les bassins, les jets d'eau et les grottes de rocaille très à la mode chez les architectes. Les enfants découvrent ici une chapelle, là un jeu de paume, ou encore un théâtre. Devant le château, des gardes à cheval sont alignés, ils portent une casaque rouge à galon d'or assortie d'une croix blanche ; celle des mousquetaires du roi est bleue et la croix à fleurs de lys. Les menaces d'attentat qui pèsent sur le ministre l'obligent à être protégé par une escorte d'au moins cent hommes, presque autant que son roi. Et plus encore lors de ses déplacements.

Des chambellans les introduisent dans le bureau de l'Éminence.

Le grand seigneur, le duc et pair nommé par le roi, dont il est si proche, commandeur du Saint-Esprit, apparaît dans sa magnificence. Magnificence de sa maison, de son mobilier, des sculptures de marbre, des tableaux de maîtres italiens et français.

Tout le monde connaît le charisme de celui qui est prêt à « se rougir de son sang » pour la grandeur de la dignité royale. L'homme de pouvoir et d'Église attend les Pascal parce qu'il aime le spectacle qu'offre une famille simple et unie. Une famille à mille lieues des peurs qu'il a dû surmonter et des combats qu'il a menés pour conserver sa place.

L'homme politique est décidé à amnistier le père. Il s'avance vers la famille Pascal bras ouverts, il a toujours pensé que plus on est « honoré et respecté, plus il faut faire l'humble et le respectueux ». Il félicite Étienne pour les talents de sa fille Jacqueline, pour son fils Blaise, déjà bien reconnu dans le monde des sciences, et vante l'éducation de « ces trois enfants, parfaitement beaux ».

Blaise s'entretient avec Richelieu de ses avancées dans le domaine des sciences. Très vite, la conversation prend un tour plus intime. Outre son intelligence, le Cardinal a entendu parler de sa fragilité. Ce point l'intrigue et les rapproche. Lui aussi est accablé de graves soucis de santé, abcès divers, maux de tête, et subit des saignées régulières, sans compter les purgatifs administrés par les médecins qui se déplacent avec lui et le soignent, qu'il soit entouré ou non.

Cette impudeur n'est pas du goût de Blaise, il l'associe à la manie de la représentation de son interlocuteur. Philippe de Champaigne a d'ailleurs peint un grand nombre de fois le Cardinal. Pascal abhorre cette manie ; il n'y voit que suffisance et contentement de soi. Mais il sait maîtriser ses a priori quand l'enjeu est de taille. Ses succès l'ont aidé à surmonter sa timidité et à se tenir en *habile*, comme il l'avait conseillé à Jacqueline lors de sa visite à la cour d'Anne d'Autriche. Blaise ose un compliment, la notion d'habileté pourrait s'être renforcée là, face à la quintessence du pouvoir.

Soucieux de sauver son père, il s'entend dire que Richelieu est « la personne la plus admirable » qu'il connaît. Mais l'habile sait que « la naissance n'est pas un avantage de la personne, mais du hasard ».

L'heure tourne, le Cardinal va prestement prendre congé, selon son habitude. Mais avant, il doit délivrer Étienne Pascal. C'est ce qu'il fait, quelques mots suffisent, Étienne peut se considérer comme un homme libre, il pourra assister à la prochaine représentation théâtrale de sa fille à laquelle Cardinal s'invite aussi. Il n'y en aura plus jamais. Seule Jacqueline le sait.

Fou de joie, Étienne étreint sa petite fée, il entend à peine la suite. Le Cardinal lui proposera d'ici quelques jours un poste pour compenser les emprunts d'État perdus. En homme pratique, Richelieu se doute que le succès de son fils à l'Académie et les poèmes de Jacqueline ne rapportent pas d'argent et il sait que les rentes ne sont pas revenues à leur valeur initiale. Étienne, pour subvenir aux besoins de la famille, doit se remettre au travail.

Le père ne sait plus comment remercier Richelieu, il joint simplement les mains en signe de prière. Il songeait à retourner en Auvergne, où la vie est moins chère qu'à Paris, mais le travail de Blaise, au moment où il collabore avec Mersenne, s'en ressentirait. L'Académie est pour lui un fer de lance, et rien n'est plus important à ses yeux. Étienne aurait bien sûr préféré vivre de sa passion pour les mathématiques et se consacrer à Blaise. Son rêve de demeurer rentier et d'assister son fils après l'avoir éduqué s'achève. Étienne, à cinquante ans, est obligé de travailler de nouveau. Blaise écrira plus tard : « La chose la plus importante à toute la vie est le choix du métier, le hasard en dispose. » Le hasard avait pris le nom du Cardinal, qui promet de très vite envoyer une proposition : « Je connais tout votre mérite ; je vous rends à vos enfants et je vous les recommande ; j'en veux faire quelque chose de grand. » Étienne, amnistié, est ému aux larmes. Et c'est aux enfants que le Cardinal rend un père méritant. La famille est à nouveau réunie pour son bien et pour le bien de la France, selon le Cardinal. L'intérêt se mêle à la charité. L'homme de pouvoir à l'homme de prières.

Les Pascal se serrent les uns contre les autres dans le carrosse qu'il faudra rendre rue Saint-Martin, à l'hôtel Saint-Fiacre. Gilberte n'a point échangé avec le Cardinal, sans pour autant perdre un instant de cette rencontre. Le sentiment de vivre des moments historiques ne quitte pas la douce et modeste sœur aînée.

Le carrosse s'éloigne du château du Val de Ruel, l'état de la route est déplorable. Les soubresauts cassent le dos de Blaise. Par deux fois il faudra s'arrêter tant il a mal. Étienne peste contre les guerres civiles et le manque d'entretien des routes. Mais le déplacement valait la peine. Il peut enfin dormir sans redouter au moindre bruit qu'un lieutenant de police vienne le chercher. Il serre encore sa petite Jacqueline contre lui, tandis qu'elle le remercie ; rien n'aurait été possible sans l'éducation qu'elle a eu la chance de recevoir. Elle rend grâce encore une fois au Seigneur, ses marques sur le visage sont « un cachet de Dieu ». Sa guérison est un signe du Ciel. Le moment est mal choisi pour l'exprimer, mais Jacqueline se sent déjà une élue. Le bonheur sur terre, la protection des hommes forts ne l'impressionnent pas et ne lui dicteront jamais sa conduite. Des questions bien plus spirituelles la préoccupent.

Richelieu meurt quatre ans plus tard, à cinquante-sept ans, en décembre 1642. Pendant les trois années qui s'écoulèrent entre la visite des Pascal et sa mort, Richelieu persista à n'accorder aucune responsabilité à une femme. Ni Marie de Gournay, « fille d'alliance » de Montaigne, à qui il accorde une pension, ni Jacqueline Pascal, qu'il appréciait, n'y changèrent quelque chose.

# L'installation à Rouen

Quelques mois après l'entrevue avec Richelieu, Étienne est nommé à l'intendance de Rouen commissaire député par Sa Majesté en Haute-Normandie pour la levée de l'impôt et des tailles.

Le beau rêve de vivre rentier pour aider Blaise et satisfaire ses désirs de liberté est du passé. Aucune hésitation ne lui est permise. Cette mission est une chance qu'il doit saisir. Il sait par expérience combien un tel poste est difficile à obtenir. En 1632, il avait tenté de décrocher la charge de premier président de la cour des aides de sa province et elle lui avait été refusée. En janvier, il ne retourne pas en Auvergne, il va à Rouen avec ses trois enfants.

Les enfants Pascal sont inquiets. La lourdeur des impôts entraîne d'importantes révoltes, les curés et même la noblesse se joignent aux émeutiers. Blaise en a discuté avec son père ; la tâche n'est pas sans danger, quelques mois auparavant un commis de la gabelle et sa famille ont été massacrés. Des émeutiers ont incendié les maisons des percepteurs.

Étienne ne voit que sa mission : aider Richelieu à ne pas céder. Si le Cardinal cède, la royauté est menacée. Le chancelier Séguier, bras droit de Richelieu pour le maintien de l'ordre intérieur, est nommé garde des Sceaux, et Étienne, commissaire, c'est-à-dire agent nommé par le roi pour accompagner le garde des Sceaux, avec la consigne d'être impitoyable face aux émeutiers.

Étienne Pascal, le serviteur rebelle, est chargé de sanctionner d'autres rebelles. Drôle de situation : il va devoir punir les émeutiers, alors qu'il a lui-même été accusé d'en être un. A-t-il hésité un instant ? Les dilemmes cornéliens ne sont pas réservés qu'au théâtre.

La famille s'établit à Rouen en 1640. Une ville portuaire avec une cathédrale gothique et un collège jésuite construit au siècle précédent. Le vieux Rouen médiéval est principalement commerçant. Les céramiques armoriées d'un blanc bleuté connaissent un grand succès et sont envoyées dans toute la France, même au château de Saint-Germain.

L'imprégnation religieuse de la ville est importante, le clergé y encadre une population catholique traumatisée, ravagée par l'épidémie de peste. La révolte des Nu-Pieds et les émeutes populaires grondent depuis 1639, un an avant l'arrivée des Pascal, malgré le bureau des pauvres ouvert aux plus démunis. Les impôts directs sont trop lourds et les habitants de Rouen se soulèvent, organisent des pillages. Des meurtres sont commis. Les artisans, les compagnons survivent chichement, à la merci des intempéries, de la dîme, des maladies qui les ont frappés avec violence. C'est dans cette ambiance que les Pascal prennent possession de leur nouvelle maison, une jolie et grande demeure rue des Murs-Saint-Ouen avec serviteurs, équipage, carrosse, un train de vie plus ostentatoire qu'à

Paris. Leur luxueuse installation jure avec le contexte ambiant. D'autant plus que le travail des intendants, ceux que le peuple surnomme les « maudits tyranneaux », consiste à faire payer celui-ci, quitte à le saigner.

Étienne sait que sa tâche est ingrate, le rôle, qu'il va tenter de rendre le plus humain possible, lui va mal. Mais cet homme seul avec ses trois enfants attire plutôt la sympathie, et l'accueil réservé à la famille est, contre toute attente, encourageant.

Pourtant, il va devoir collaborer avec Pierre Séguier, qui est prêt à accepter n'importe quelle mission délicate pour rester près du pouvoir. C'est lui qui en 1639 avait dirigé la violente répression des Nu-Pieds, c'est lui qui avait été chargé de la répression des meneurs dans l'affaire dans laquelle Étienne s'était trouvé accusé, et c'est lui avec qui il devait travailler ! On imagine aisément la difficulté de cette collaboration pour Étienne Pascal.

Séguier terrorise toute la région, condamne les malheureux à l'emprisonnement, à la galère, à la torture, ou même à la mort par pendaison. Les bourgeois rouennais tentent de négocier mais seront bien obligés de payer. Étienne ne peut ignorer le rôle détestable joué par Séguier et la haine qu'il suscite. Sa seule consolation est que ce travail doit être accompli et que si ce n'est pas lui, un autre plus dur serait nommé. Étienne Pascal est pour la population un moindre mal.

La révolte des Nu-Pieds lui brisera le cœur, et il subira la Fronde contre l'autorité monarchique avec beaucoup de compassion. Blaise y puisera sa haine des guerres civiles et son scepticisme envers la politique.

C'est en voyant le mal que son père se donne pour

récolter la dîme que Blaise réfléchit à une machine arithmétique capable de le soulager. Et il invente l'ancêtre de la machine à calculer. En la construisant, l'enfant surdoué, admiré par sa famille, le sera aussi par le cercle des savants. Il faudrait presque remercier Richelieu.

# Jacqueline et Corneille

Chaque année, lors de la fête de la Conception de la Vierge, un prix de poésie est décerné. Corneille, qui vit à Rouen dans la maison où il est né et où il travaille, connaît bien la ville et ses habitants. Il n'ignore pas le talent de Jacqueline Pascal et l'exhorte à se présenter. Les vers de la jeune fille tombent parfaitement bien pour cette occasion :

*Cesse donc de prétendre à l'empire du monde :*
*C'est à cette beauté qui n'a point de seconde*
*Qu'est réservé l'honneur de vaincre l'univers.*
*Ne combats point du sort les ordres infaillibles,*
*Et pense qu'en cédant à tant d'appas divers*
*On cède à la vertu qui les rend invincibles.*

Elle remporte un vif succès auprès des membres du jury. Corneille a vu juste. Le prix lui est décerné. En grande pompe, avec trompettes et tambours, un des membres du jury se déplace devant chez elle pour lui annoncer sa victoire. Mais à sa stupéfaction, la jeune poétesse refuse cet honneur.

Corneille insiste, Jacqueline résiste. Cette âme haute et forte finira par accepter le prix, à condition de ne pas se présenter au public pour le recevoir. C'est en son absence que Corneille, devant un Étienne embarrassé par la décision de sa fille, prononce un discours sur la modestie d'une jeune poétesse qui se dérobe à sa récompense. La fête bat son plein, Jacqueline demeure seule chez elle. Souffre-t-elle dès le début de sa jeune carrière d'un excès d'assurance ? Non, il ne s'agit pas de prétention, mais d'une « indifférence admirable ». C'est ainsi que sa sœur Gilberte analyse la situation.

L'avenir éclairera cette décision. Jacqueline rejette sa gloire naissante, décline tous ses dons, toutes ses facilités, et renonce au succès. La famille l'ignore encore : ce n'est que le premier d'une longue suite de renoncements. Les fastes de la Cour, elle les avait tolérés parce qu'elle avait un but : aider son père. Ni l'apparat, ni les intrigues, encore moins les honneurs ne satisfont la pureté de son esprit. Les poètes comme les acteurs ont besoin d'un public pour exercer leur art. Pas elle.

Jacqueline s'excuse auprès de Corneille, cette hardiesse lui vient de Dieu, pas d'elle-même :

*Prince, dont la bonté s'égalant au mérite*
*Au plus chétif objet rencontre des appas (...)*
*Pour vous, dans cet honneur dont mes vers sont indignes,*
*Vous imitez Jésus dont les bontés insignes*
*Obligent les mortels qui ne l'ont jamais vu.*

En improvisant lors de la remise du prix quelques vers adressés au lieutenant du roi, Corneille évoque la jeune prodige :

*Pour une jeune muse absente,*
*Prince, je prendrai soin de vous remercier ;*
*Et son âge et son sexe ont de quoi convier*
*À porter jusqu'au ciel sa gloire encor naissante.*
*De nos poètes fameux les plus hardis projets*
*Ont manqué bien souvent d'assez justes sujets*
*Pour voir leurs muses couronnées ;*
*Mais c'en est un beau aujourd'hui*
*Une fille de douze années*
*A seule de son sexe eu des prix sur ce Puy.*

Pierre Corneille rajeunit Jacqueline pour appuyer son mérite, elle est la seule fille à avoir obtenu ce prix. L'année suivante, Antoine, le frère de Pierre Corneille, souligne à son tour l'événement que constitue dans cette France du XVIIe siècle une femme qui écrit et décroche cette récompense. Une interrogation demeure : Jacqueline n'est ni prétentieuse ni mal élevée. Pourquoi cette attitude ? A-t-elle une âme de rêveuse ? On peut l'apercevoir promenant sa solitude le long des bois, les rares fois où elle sort de chez elle.

Jacqueline fuit le monde, même quand son père, profitant du personnel mis à sa disposition, reçoit. Et il reçoit beaucoup, un cercle d'hommes, poètes pour la plupart. Jacqueline reste enfermée dans sa chambre, sauf quand Corneille est là.

Pierre Corneille et Étienne s'entendent bien, ils ont accepté de servir le roi. Depuis 1628, Corneille est titulaire d'un office d'avocat pour les contentieux des eaux et forêts. Les deux hommes trinquent à l'hypocras, ce vin rouge épicé de cannelle qu'ils affectionnent, puis souvent Corneille s'éloigne pour rejoindre la sage Jacqueline, assise dans un coin.

Il est intrigué par cette étrange petite personne qui adore la poésie et refuse les récompenses. Quel mystère cache-t-elle ? Il avait cru à un excès de modestie, l'explication est trop simple. Un détachement des choses de la vie ? Non, la passion brûle dans son regard. Mais quelle passion ? Tout est âme en elle, tout semble sortir de son cœur. Chaque fois qu'il tente de la comprendre par quelques questions habiles, Jacqueline se replie sur elle-même et s'enroule dans son châle.

Un soir, le dramaturge revient à la charge et l'encourage à continuer la poésie à la manière de Rodrigue : « Vous êtes jeune, il est vrai ; Mais aux âmes bien nées, la valeur n'attend point le nombre des années ! » Jacqueline, incrédule, laisse échapper un rire d'enfant. Elle ne se sent pas capable d'inventer des histoires, elles doivent mûrir dans l'expérience, et elle n'en connaîtra pas, puisqu'elle ne veut pas se marier. Son père ne l'a pas destinée à pétrir de la pâte à pain et à repriser les chaussettes d'un mari.

Corneille persiste à l'encourager. Une femme dramaturge serait un événement bienvenu dans la profession, pourquoi ne profiterait-elle pas de son soutien ? Mais il a mal mesuré la détermination de la petite Jacqueline, qui refuse une fois encore d'un franc signe de la tête.

Blaise ne laisse jamais Jacqueline seule trop longtemps et a l'habitude de s'asseoir à ses côtés pour la protéger. Cette complicité n'a pas échappé au dramaturge. Chaque fois que Blaise se mêle de leurs discussions, c'est toujours pour la valoriser. Il la regarde avec admiration, et la bienveillance de Corneille le rassure.

Ce soir-là, Jacqueline joint ses deux petites mains et prie le grand dramaturge de déclamer quelques vers devant son frère pour célébrer leur entente.

Corneille pose un regard affectueux sur elle et accepte de bonne grâce. Il se lève. Jacqueline et Blaise, recroquevillés l'un contre l'autre, sont impressionnés par cet homme qui les domine dans son ample robe noire fermée par un col blanc rigide. Corneille ressemble à Louis XIII, même stature, même moustache aux pointes relevées, même barbichette. Elle espère *Le Cid*, mais il choisit *Médée* :

*Souvent je ne sais quoi qu'on ne peut exprimer*
*Nous surprend, nous emporte, et nous force d'aimer ;*
*Et souvent, sans raison, les objets de nos flammes*
*Frappent nos yeux ensemble et saisissent nos âmes.*

Blaise n'oubliera jamais ce moment. C'est à Corneille qu'il pensera quand il évoquera dans ses notes ce *je ne sais quoi* inexprimable qui suscite l'amour. « Qui voudra connaître à plein la vanité de l'homme n'a qu'à considérer les causes et les effets de l'amour. La cause en est un *je ne sais quoi*. Et les effets en sont effroyables. Ce *je ne sais quoi*, si peu de chose qu'on ne peut le reconnaître, remue toute la terre, les princes, les armées, le monde entier. Le nez de Cléopâtre s'il eût été plus court, toute la face de la terre aurait changé. »

Femme du XVII^e^, quelle place pouvait-elle espérer entre ces deux génies ? Elle s'était donnée en spectacle auprès de la reine, la page était tournée. Elle n'avait jamais envisagé une carrière de poète. Elle serait traitée de précieuse, et rien ne lui faisait plus horreur que les attaques dont avaient souffert Madame de Rambouillet et Madame de Scudéry. Mais il y avait plus rédhibitoire que les médisances qu'elle pourrait affronter, il y avait Blaise et sa méfiance, pour lui l'imagination était une « maîtresse d'erreur et de fausseté… D'autant plus fourbe qu'elle ne l'est pas toujours. »

Blaise n'aidera pas sa sœur à s'affranchir. Ce soir-là, Corneille en est convaincu, Jacqueline renoncera. Elle ne veut pas être une poétesse reconnue, en cela, elle aussi est de son temps. Elle chante et récite pour sa famille seulement. Le siècle aura écrasé son talent, sa vitalité, son désir. Corneille se tait. Le cercle des poètes est un cercle d'hommes.

Jacqueline, le menton appuyé sur la paume de sa main, regarde son frère. Une servante passe, propose encore un verre d'hypocras. Corneille se sert. Les jeunes Pascal ne boivent pas.

# La vie à Rouen

Pour le soulager dans sa tâche, Étienne Pascal fait appel à son cousin, Florin Périer. Il lui demande de l'aider à réorganiser avec lui l'impôt dans la ville de Rouen. Florin, dévot et homme de bien, conseiller à la cour des aides à Clermont, serviable à l'extrême pour la collectivité et pour sa famille, est prêt à abandonner son poste pour rejoindre Étienne. Il est convenu que pendant le temps de sa mission, il logera chez les Pascal.

Toujours célibataire à trente-cinq ans, Florin espère se marier dès que l'occasion se présentera. À vingt ans, Gilberte n'a pas encore reçu de demande en mariage. Étienne convie-t-il son cousin avec une idée derrière la tête ?

Pour fêter Florin, le soir de son arrivée, Étienne a invité un joueur de luth. L'ambiance est à la gaieté, mais l'absence de mère se ressent dans les tenues des filles Pascal. Aucune place n'est laissée à la fantaisie. Les couleurs foncées sont de rigueur, comme si Gilberte et Jacqueline portaient un deuil éternel. Leurs robes ne sont ni en brocart ni en velours. Pas de tissu à reflets, pas de soie ni de perles ou d'incrustations d'argent. Les sœurs s'habillent de toile de laine, comme au Moyen Âge. Ce soir-là, en l'honneur de Florin, un peu de dentelle de Flandre autour de leur cou illumine pourtant leur visage.

Jacqueline, espiègle, entonne un rondeau du XVI^e siècle de Clément Marot, « De celui qui entra de nuit chez son amie ». Le poème est de circonstance :

*De jour et de nuit il faut être aventureux,*
*Qui d'amour veut avoir biens plantureux :*
*Quant est de moi, je n'eus jamais crainte d'âme*
*Fors seulement, en entrant chez ma Dame,*
*D'être aperçu des bavards dangereux…*

Les retrouvailles entre les cousins se font dans la joie. Les hommes portent une tenue très sobre, pantalon large, chemise blanche à grand col et veste noire à entailles dans les manches. Florin comprend que pour gagner le cœur de Gilberte, il faut plaire à Étienne.

Dès le lendemain, il se met à l'ouvrage, s'applique et s'acquitte parfaitement du travail que lui a confié le pater familias. Stratégie gagnante. Coup de foudre de Gilberte et Florin, de la jeune fille timide pour le dévot de quatorze ans son aîné. Quelques jours plus tard, Étienne Pascal accorde la main de sa fille.

Le mariage entre ces cousins issus de germains fut célébré le 13 juin 1641 à l'église Sainte-Croix-Saint-Ouen à Rouen, avec une dérogation du Saint-Siège. Les mariages consanguins sont autorisés au XVII^e siècle.

Étienne ne leur concède qu'un très court voyage de noces, son gendre doit revenir l'aider. Le couple demeure jusqu'en 1642 à Rouen, puis partira vers Clermont, où il sera très impliqué dans la vie de la cité. Ils auront six enfants.

Ni Blaise ni Jacqueline ne voyaient d'un bon œil l'institution du mariage. Gilberte s'entendait bien avec son cousin, elle avait de la chance, mais combien de mariages épouvantables pour un réussi ? Curieuse situation : une sœur se marie, l'autre écrit des stances contre l'amour. La jeune poétesse louée par Richelieu et Corneille est bien résolue à fuir les hommes. Par deux fois, elle fut demandée en mariage. Par deux fois, elle refusa. En avance sur son temps, Jacqueline s'insurgeait contre un mariage sans amour, tout en se méfiant de l'amour :

*Imprudent ennemi, vainqueur de faibles âmes,*
*Qui n'as pour nous dompter que d'impuissantes flammes*
(...)
*Amour, quitte cet arc dont tu nous veux combattre...*

La jeune fille s'approche de son chemin. Son père, attentif à accomplir son ingrate tâche avec toute l'attention dont il est capable, ne s'inquiète pas outre mesure. Cueillir la dîme dans une province pauvre auprès de paysans affamés occupe entièrement son esprit. Et Blaise travaille à sa machine arithmétique pour faciliter la vie de son père, tout en luttant contre d'incessants maux de tête.

Jacqueline le soigne avec une sollicitude quasi maternelle. Elle pose des compresses sur son front, l'aide à boire au goutte-à-goutte. Pas un jour sans souffrances, pas un jour sans Jacqueline. Parfois accablé, Blaise laisse échapper une plainte à son oreille. Elle seule sait l'apaiser, calmer sa douleur morale avec ses mots, sa douleur physique avec des onguents. Son dévouement est sans limite. Elle connaît son frère mieux que les médecins et s'oppose aux saignées trop fréquentes. Malgré ses divers maux, Blaise continue à travailler, à s'agacer contre les artisans qui ne comprennent pas assez vite ce qu'il attend d'eux. La fabrication de la machine à calculer n'est pas simple à expliquer. Comment faire comprendre aux artisans qu'il y a « un inscripteur constitué d'une série de cinq à dix roues selon les modèles, chaque roue étant munie d'un nombre variable de rayons selon la base de calcul, 10 rayons en base décimale, 12 en base duodécimale », etc.

Pauvres artisans ! J'abandonne les passionnés d'arithmétique, les forts en maths, aux *Œuvres complètes* de Pascal publiées dans « la Pléiade », la machine arithmétique y est généreusement développée, je les abandonne au chapitre « Géométrie du hasard », du *Cœur et la Raison* publié par la Bibliothèque nationale, et je leur souhaite bon courage. La géométrie, « le plus beau métier du monde », me plonge dans un silence admiratif et perplexe.

Jacqueline ne peut suivre les calculs de son frère, et elle ne peut aborder avec lui les sujets qui l'inquiètent, c'est à sa sœur qu'elle confesse la crainte de sa propre soumission, dans le cas où son père lui proposerait un prétendant.

Celle qui a fréquenté les muses veut s'en détacher. Les thèmes abordés dans les salons ne sont pas les siens, et elle n'a que faire de l'admiration qu'elle a provoquée.

Les jeux de la société servent à combler le vide de l'existence. Et son existence seule dans sa chambre n'est pas vide. L'amour, l'élégance, la galanterie, la préciosité sont loin de ses préoccupations. Le plaisir sous toutes ses formes la rebute. Même les plus essentiels comme la nourriture, la chaleur d'un feu dans la cheminée quand il fait froid. Sans contrainte, par un besoin intime de son être, elle veut se détacher du plaisir des sens. La liberté passe par cette épreuve.

Telle une ascète, elle s'impose une discipline du corps et de l'esprit. Cette maîtrise passe par la privation. Ses propres forces humaines n'y parviendraient pas si elle n'était pas habitée par le Christ.

Il y a la Jacqueline du dehors et la Jacqueline du dedans. La Jacqueline du dehors est encore souriante, obéissante, facile, presque mondaine, tandis que celle du dedans grandit et s'affirme petit à petit. Bientôt, il n'y aura plus qu'une seule Jacqueline. Sans rien dire, la nouvelle Jacqueline se détache du monde et résiste avec succès à tous les plaisirs de la vie.

Pourquoi chercher ce détachement ? se demande Gilberte. Elle voit en Jacqueline « un objet capable de faire naître l'amour », sans prendre conscience du désir de renoncement qui doucement progresse en sa petite sœur.

# Égarement

Un soir de printemps, se produisit une chose étrange.

La jeune fille de dix-huit ans – on est en 1643 – qui écrivait quelques mois auparavant des stances contre l'amour se laissa emporter par ce qu'elle redoutait.

Une rencontre suffit.

L'homme est poète. Jacqueline est revenue à Paris pour des raisons que l'on ignore. Elle se rend le soir chez Madame Sainctot et y croise Isaac de Benserade. L'amie de la famille Pascal aime recevoir. Jacqueline est heureuse de retrouver ses filles, avec qui elle avait partagé une première expérience sur les planches. Mais ce soir-là il y a du monde. Par chance, elle a appliqué sur son visage du blanc de plomb et enfilé une cape noire qui ajoute un peu de mystère à sa robe trop simple.

Madame Sainctot accueille Jacqueline avec les effusions habituelles.

Isaac de Benserade est dans la salle. Il est poète, bel homme, il a trente et un ans, il est adulé des milieux mondains, il incarne la préciosité, il est le rival de Vincent Voiture et « la coqueluche de certaines femmes », selon La Bruyère. La cheminée tire mal, l'atmosphère est trouble, tout juste si on devine les boiseries et les faïences de Rouen.

Jacqueline Pascal, tout de noir vêtue, lui est présentée.

Elle est petite, il est grand. Il est habillé avec extravagance, elle avec simplicité.

Et là, que se passe-t-il ? Un court-circuit dans la tête de Jacqueline Pascal, et adieu, stances, certitudes, révolte.

Benserade, le coude posé sur le rebord de la cheminée, sourit en regardant Jacqueline s'avancer. Difficile à croire, mais il y a quelques années à peine, le séducteur se destinait à la prêtrise.

Ce qui aurait pu les rapprocher les sépare, il revient vers le monde, tandis qu'elle hésite à le quitter. Le cœur de la jeune fille s'emballe. Adieu, tirades contre l'amour. Ô rage, ô désespoir, la jeune fille aux portes de la mortification tombe sous le charme du séducteur. Marche arrière ; entre poètes, on devrait s'entendre. Madame Sainctot, qui assiste à la scène, encourage Jacqueline en silence. Il serait pour elle un époux idéal. L'auteur à succès et la brillante Jacqueline Pascal sont faits pour s'entendre. Une fois de plus elle serait sa bonne fée. Elle en rêve, son père serait si heureux. Isaac a forcément entendu parler de la poétesse en herbe, la sœur de Blaise Pascal, la petite qu'Anne d'Autriche reçoit et que Corneille récompense. Il se demande si sa réputation est due à la notoriété de son frère, de son père ou à sa jeunesse. Il ne croit pas au talent des femmes poètes.

Les hommes que Jacqueline rencontre chez son père sont vieux, souvent des scientifiques, celui-là est jeune, poète comme elle. Quelque chose se passe, leurs regards se croisent un peu longuement. Étrange, mais les membres de la famille Pascal ne sont pas exempts de contradictions.

Coup de foudre ? Le premier et le dernier ? En 1643, la vie de Jacqueline est tout entière aspirée par sa soif d'absolu, un absolu qui cherche sa voie entre le ciel et la terre. Entre un homme incarné et un homme divin ? Cette rencontre la bouleverse et son début de détachement chancelle.

Son pouls s'accélère, son visage s'empourpre, l'effet que cet homme produit sur son corps est mal maîtrisé et lui donne la mesure du danger. Il est décontracté, tandis qu'elle se fige. Il est sûr de lui, elle hésite. Elle se méfie à juste titre. Il parle de son dernier succès au théâtre, elle boit ses paroles, elle est éblouie. Passe la fille aînée de Madame Sainctot, son amie. Isaac tourne la tête, s'interrompt, perd le fil de la conversation, s'empresse auprès de cette jeune beauté. Jacqueline demeure seule dans la grande salle de réception. Son cœur, à peine éveillé au jeu de la séduction, se brise. Le jeu est dangereux, elle s'en doutait, elle avait raison de renoncer avant même d'avoir essayé. Mais il est déjà trop tard. Le poison l'a touchée.

Elle rentre chez elle et aussitôt écrit un poème, l'histoire d'une femme amoureuse d'un indifférent. On sait que Jacqueline commente la vie, mais n'invente pas. Un homme, et voilà que surgit un poème au titre explicatif : « Pour une dame amoureuse d'un homme qui n'en savait rien ».

Elle se dépeint sous le nom d'une certaine Amarante, dissimulée à peine :

*Son ardeur qui toujours augmente*
*Devient enfin si véhémente*
*Qu'elle ne la peut plus celer* [...].

Jacqueline lui envoie le poème. Lui, expérimenté en inspiration poétique et dissimulation féminine, comprend que Jacqueline transpose ses sentiments. Le décryptage est évident : Amarante, c'est Jacqueline, et Tyrsis, c'est lui. Une technique bien classique, un « déguisement pour en permettre l'aveu sans manquer aux convenances ? » s'interroge André Le Gall. L'audacieuse est dévoilée. Il lui répond sans détour : « Vous êtes l'Amarante et je suis Tyrsis. »

On ne la fait pas au gentleman des salons. La poétesse amoureuse trouve les mots de l'expérience. Mais les séducteurs préfèrent courtiser qu'être courtisés. Il la croit plus jeune. Ça l'arrange. Isaac de Benserade va lui infliger une leçon :

*J'ai honte qu'une fille ait été la première*
*À me parler d'amour.*

Les mots sont cruels.

*Ils sont de vous à moi ces vers que chacun loue,*
*Et ne le niez plus ...*

Le mufle dénonce « la rougeur qui lui a peint la joue » et ce « feu dans les yeux d'une jeune fille qui soupire et pleure d'amour ».

Maladresses de débutante ! Les séducteurs sont indifférents à une proie qui se donne.

Isaac se trompe sur son âge, ou fait semblant. Monsieur de Benserade se moque de son impertinente *flamme*. Et sa jeunesse est un prétexte. À cette époque, les filles pouvaient être données bien jeunes en mariage.

L'égarement de Jacqueline est passager. Elle revient vite à ses stances contre l'amour, « imprudent ennemi, vainqueur des faibles âmes ». Qu'Isaac reste avec ses précieuses. Ses rebuffades ne font que la conforter dans son désir d'éloignement. Comment a-t-elle pu espérer qu'un séducteur tombe amoureux d'elle alors que sa beauté s'en est allée ?

*Tes feux sont sans effet et tes flèches sans force,*
*Quand le cœur a goûté d'une plus douce amorce*
*(…)*
*C'est ce bel ennemi dont l'éclat te surmonte,*
*Dont la beauté sans fard te chasse et te fait honte…*

Ce sont les vers d'une femme rejetée. Le « bel ennemi », c'est Benserade, Benserade qui la repousse et se tourne vers son amie d'enfance. Jacqueline s'est brûlée au « venin de la flamme ». Elle n'y reviendra plus. Elle ne connaîtra plus aucun venin, ni aucune flamme. La parenthèse est fermée.

Madame Sainctot ne savait pas qu'Isaac était amoureux de la Bellerose, une comédienne qui remportait un grand succès à l'hôtel de Bourgogne ; c'est pour elle qu'il écrira *Cléopâtre*. Son esprit est ailleurs, il commence à rêver à l'Académie française. Jacqueline est mal tombée.

Son destin aurait-il été différent si Isaac n'avait pas été amoureux d'une autre ? Les vers de Benserade ne firent que la conforter dans sa décision.

Le galant l'admire d'écrire « de si bonne heure et donc de vivre comme il faut ». Mais il « n'aurait pas cru qu'il eût été possible qu'on eût si tôt aimé ». Il pensait « lui apprendre une aimable science », surpris, il s'échappe, remettant à plus tard leurs retrouvailles. « Et je vous attendrai avec impatience. À l'âge de quinze ans. »

Fin de l'épisode galant.

Bientôt, la petite charmeuse deviendra une sainte.

La soirée chez Madame Sainctot est la dernière étape dans le monde des hommes, Jacqueline Pascal va bientôt tirer sa révérence.

# Poème et sérénade

Blaise aurait sans nul doute dissuadé sa petite sœur d'envoyer un poème à Isaac de Benserade. Qu'est-ce qui lui a pris ? Son frère l'aimera toujours, alors que Benserade n'est qu'un séducteur. Les alliances terrestres sont fragiles. Blaise n'est pas loin de penser que seule la religion offre un amour éternel. Mais nous n'en sommes pas encore là.

Blaise et Jacqueline, sans expérience amoureuse, n'en ont pas moins des tentations. L'un et l'autre auront simultanément et dramatiquement contracté la maladie d'amour.

En 1645, deux ans après sa rencontre avec Benserade, Jacqueline écrit un poème sur un amant malheureux qui perd le sommeil puis, désespéré, va se réfugier au fond des bois pour se donner la mort : « Il vient à cacher sa mort pour mieux couvrir sa flamme. »

Blaise, la même année, aurait imaginé quelques vers sur ce thème, encore un amant malheureux qui commence par perdre le sommeil et finit, désespéré, par « éteindre dans son sang son désir amoureux ».

Blaise a-t-il écrit ces vers ? Ils sont publiés sous la mention « attribués à Pascal » dans le volume de « la Pléiade » dirigé par Michel le Guern. Et un *Discours sur les passions de l'amour* y figure dans « un appendice ». Encore un autre mystère. Après deux cents ans d'oubli entre les étagères de la bibliothèque de l'abbaye de Saint-Germain, on se demande encore si Pascal a pu être l'auteur de cet ouvrage. Une folie de sa période mondaine ?

Victor Cousin prétend en lisant le manuscrit avoir ressenti que « Pascal était derrière ces mots, dès la première phrase », mais ni Louis Lafuma ni André Le Gall ne l'imaginent dévoilant ses sentiments à une dame.

Blaise porte pourtant le cilice pendant les soirées chez Roannez, n'est-ce pas un indice, l'indice d'un désir qu'il veut maîtriser ? Le Pascal des *Pensées* se voit petit, misérable, plein de défauts, Victor Cousin « le voit jeune, beau et plein de talent, de langueur et d'ardeur ».

Jacqueline et Blaise auraient-ils été, l'espace d'un instant, des amoureux romantiques ? La passion les aurait-elle effleurés, suffisamment effleurés pour qu'ils s'en méfient à tout jamais ? Le frère et la sœur s'épient, se copient. Les souffrances de l'un sont les souffrances de l'autre. Avec des mots différents, ils expriment leurs amours malheureuses et leur désir de se donner la mort. Elle au fond des bois, lui dans le sang. Et pour quelle raison ? Pour éteindre une flamme ancienne pour elle, pour lutter contre un désir amoureux pour lui. La flamme, le désir sont des sentiments honteux. Jacqueline veut tourner la page de sa vie amoureuse, le souvenir d'Isaac lui donne envie de mourir. Et Blaise ? Qui lui donne envie d'en finir au même moment que sa sœur, comme si leurs destins étaient liés jusqu'à la mort ?

Isaac, croisé une seule fois, deux ans plus tôt, est

toujours présent dans le cœur de Jacqueline, n'est-ce pas un autre deuil plus général, celui de tous les hommes, qu'elle subit ?

Blaise et Jacqueline ont affronté l'un et l'autre avec courage la maladie. La petite vérole pour elle, tous les maux de la terre pour lui. Mais l'espace d'un instant, les futurs jansénistes auraient faibli devant l'amour.

La voix désespérée et inhabituelle de Blaise résonne comme un écho :

*Réduit au dernier jour d'une mourante vie,*
*Pour la dernière fois je viens, belle Sylvie,*
*Exposer à vos coups un amant malheureux.*
*Ne vous offensez pas de voir couler ses larmes :*
*Il n'osa soupirer en adorant vos charmes ;*
*Mais souffrez qu'il soupire en expirant pour eux.*

*Il vient par son trépas injuste ou légitime,*
*Non plus comme un amant, mais comme une victime,*
*Éteindre dans son sang ses désirs amoureux.*
*Ne vous offensez pas de voir couler ses larmes :*
*Il n'osa soupirer en adorant vos charmes ;*
*Mais souffrez qu'il soupire en expirant pour eux.*

Stupéfiant. Pascal perturbé par le désir aurait souffert d'amour au point de perdre le sommeil, comme sa cadette ?

Une nuit, il se lève, allume une bougie, lit pendant des heures, ses sœurs en témoignent. Le matin, elles remarquent une agitation excessive et elles voient ce frère, qui monte si mal à cheval, partir loin dans les bois.

Elles s'affolent, Jacqueline sait de quoi Blaise est capable, le même sang coule dans leurs veines.

Jacqueline alerte son père, qui empêche « le geste fatal ». Qu'est-ce que cela signifie ? Que Blaise Pascal aurait voulu se suicider par amour ?

La famille gardera le secret, transparaît simplement la décision de Blaise de ne pas se marier. Cette version des faits a-t-elle été inventée ? Ses emportements l'ont-ils conduit à porter le cilice ?

Quelque chose s'est passé, les lettres en témoignent. Le mariage de l'ami Jean Domat, jurisconsulte dont il aurait pu écouter les conseils, ne change en rien sa décision, Blaise a ses « brouillards et son beau temps au-dedans de lui ». Il préfère mourir plutôt que de souffrir d'un amour déçu. Est-ce la première fois qu'il évoque le suicide ? « Tous les hommes recherchent d'être heureux jusqu'à ceux qui vont se pendre. » Malheureux à ce point ? Cette pensée plus tardive aurait pu naître à ce moment-là.

On peut s'étonner que Blaise ait pris la peine d'écrire en vers. On sait qu'il n'admirait pas la poésie, et voilà qu'il a recours à cet art quand un amour déçu le rend mélancolique. Il rejoint ainsi sa sœur Jacqueline dans la forme qu'elle a choisie pour écrire.

# Dieu, la science et la vanité

1645-1647 : c'est le moment le plus délicat et peut-être le plus passionnant de la vie de Jacqueline et Blaise. Jacqueline tangue entre deux mondes : celui où elle évolue et le royaume de Dieu, tandis que Blaise vit sans contradiction son travail de savant et ses lectures de la Bible. L'une envisage d'abandonner le monde pour se donner à Dieu, alors que l'autre se donne à Dieu sans abandonner le monde.

Que s'est-il passé dans la tête de cette toute jeune fille, consciente de ses talents, de son charme, pour qu'elle veuille renoncer à la chaleur d'une famille, à son âme sœur, aux rimes, au théâtre, à tout ce qu'elle aimait ?

Celle qui a été la petite poétesse de la Cour, la mascotte de la maison Richelieu, la protégée de Corneille, ne pense qu'à fuir le monde des vanités et se cache chez elle en attendant de se terrer définitivement dans un cloître pour s'élever au-dessus de l'humanité et égaler les anges.

Petit à petit, elle rejette le bonheur du commun des mortels. Son frère, sans le vouloir, l'a-t-il poussée à devenir une sainte ? L'austérité de Blaise a-t-elle fini par la convaincre ?

Jacqueline écoute son grand frère, « son maître », elle n'a jamais perdu une miette de ses paroles. Il s'adresse à elle avec la conviction qu'il réservera à son *Apologie de la religion chrétienne.* Il ébauche, creuse, surveille sa réaction quand il avance l'idée que la vérité ne réside pas dans la morale ni dans le monde, mais en Dieu. Elle l'entend plus qu'il ne peut l'imaginer. « Jacqueline est la première enfant de Blaise Pascal ; il en aura une multitude. Elle devient la fille spirituelle de son frère. » Jacqueline l'écoute religieusement, le mot convient, les propos de son frère l'éveillent. La religion plus que la poésie. Elle pourrait cultiver l'une et l'autre, mais cela ne se passe pas ainsi. La religion la remplit plus que les pièces de Scudéry, que toute l'œuvre de Corneille, plus que tous les poètes français du XVI^e^ siècle et les autres plus récents : Abraham de Vermeil, Honorat de Porchères Laugier, François Maynard, Malherbe, Voiture, elle ne les a pas tous lus, mais elle les a entendus dans le salon de son père.

Elle aime ce Dieu sensible au cœur et non à la raison, elle va jusqu'à espérer que Blaise abandonne la science pour ce Dieu qu'il entrevoit, et qui se révèle la vérité pour elle. Blaise ne Le trouvera pas dans sa machine arithmétique, ni dans l'expérience de Torricelli, ni dans ses théorèmes.

L'influence de Blaise sur ses sœurs et son père est immense. L'élève dépasse le professeur. C'est Blaise que l'on écoute dans la famille. Le père se rend aux enseignements de son fils de vingt-deux ans, fièrement. Blaise continue « à chercher de plus en plus le moyen de plaire à Dieu. Cet amour de la perfection s'enflamma (...) [et]

se répandit dans toute la maison». D'après Gilberte, Jacqueline est subjuguée : «Ma sœur, qui avait des talents d'esprit tout extraordinaires et qui était dès son enfance dans une réputation où peu de filles parviennent dans un âge plus avancé, fut aussi tellement touchée des discours de mon frère qu'elle résolut de renoncer à tous les avantages, qu'elle avait tant aimés jusqu'alors, et de se consacrer tout entière à Dieu, et (...) elle se fit religieuse... »

Le mot «religieuse» n'est pas encore d'actualité dans la famille, mais c'est Blaise, et Gilberte le confirme, qui a entraîné sa sœur sans en mesurer les conséquences sur le chemin de la sainteté. C'est l'hypothèse la plus évidente. Et il en souffrira, tel est le paradoxe. Il était heureux avec sa petite sœur poétesse, qu'est-ce qui lui a pris ? Il n'a pas évalué à sa juste valeur son idéalisme, son alarmante pureté.

Leur amour pour Dieu, qui devait les protéger d'un éventuel mariage, sema finalement le désordre dans le couple frère-sœur, poétesse et savant. Jacqueline, aide-soignante, confidente de Blaise, tenait en fait le rôle d'une compagne. Et voilà que, convaincue par ses discours, la compagne se dérobe, rogne sur le temps qu'elle lui accorde pour privilégier celui qu'elle donne au Seigneur. Le frère s'en agace, flaire le danger. Jacqueline lui ressemble. Leur tempérament est impulsif, ils sont nés au pied d'un volcan. Elle est capable de s'emporter, d'abandonner le théâtre pour une nouvelle passion plus envahissante encore. Une passion qui pourrait l'éloigner de lui.

Le frère l'éveille au christianisme, elle le rejoint dans sa foi, le dépasse et s'en va. Lui souffre et, après un détour dans le monde, finira par la retrouver. Tel sera le circuit.

En 1645, Jacqueline est déjà « bien orientée vers Dieu », selon l'expression de François Mauriac, alors que Blaise, à vingt-deux ans, est plus orienté vers sa réussite que vers le Seigneur.

Jacqueline le devance.

# Vanités

Blaise est assis à sa table de travail, Jacqueline se tient debout devant lui, il veut lui lire la réponse de Monsieur le chancelier de France Pierre Séguier, à qui il a envoyé et dédié après trois ans de recherches et cinquante prototypes sa première machine arithmétique : cette machine est parmi les « choses rares et précieuses » dont son cabinet était orné.

Blaise relève la tête : « Je suis comblé de gloire, et je ne trouve point de paroles pour faire paraître ma reconnaissance... »

Jacqueline s'inquiète, Blaise *se vante* ! Son frère n'est donc pas insensible à la vanité qu'il dénonçait ? Lui qui prétendait « abaisser celui qui se vante et vanter celui qui s'abaisse » et contredire le premier jusqu'à ce qu'il comprenne qu'il est « un monstre incompréhensible ».

Alors, le monstre incompréhensible, c'est lui ?

Elle s'applique à se détacher des vanités du monde, tandis que son frère cherche l'admiration. Comment peut-il être *comblé de gloire* ?

L'expression la révolte, elle est indigne de lui, de son génie, de cette aptitude extraordinaire qui le rend capable de concevoir, d'inventer, de trouver, sans jamais la chercher, la notoriété, pourquoi aurait-il besoin d'un public, d'une reconnaissance ? La reconnaissance est-elle nécessaire à la création ?

Il faut le croire. Blaise est dépassé par l'enthousiasme qu'il suscite autour de lui. Il s'acharne au travail malgré ses maux de tête, déploie toute son énergie pour obtenir la gloire et gagner de l'argent. Il ne suffit plus de rester assis à réfléchir, il faut répondre au prince de Condé, à Descartes, qui manifestent leur impatience de le rencontrer, il faut construire ses machines, se déplacer plusieurs fois par mois jusqu'à Paris pour des rendez-vous avec les artisans qui ont du mal à comprendre les mécanismes complexes de la machine, avec les horlogers malhonnêtes qui le font enrager. Son travail ne s'arrête pas là, il doit aussi donner de la publicité à son travail. Gilles Personne de Roberval, l'inventeur de la balance à deux fléaux, rend compte en public de ses inventions avec une immense admiration.

La machine arithmétique ne suffit plus à occuper cet esprit insatiable de découvertes. Tandis qu'il la perfectionne, il en imagine une autre. Toujours en dépit des souffrances qui s'installent pour ne plus le lâcher. Claudiquant, aidé d'une potence, en octobre 1646, il se rend dans une fameuse verrerie de Rouen afin de faire fabriquer une sarbacane de vingt pieds de long, scellée hermétiquement à un bout. Dans une lettre datée du 15 novembre 1647, il demande à Florin Périer, son beau-frère, de refaire l'expérience de Torricelli. Cette expérience est réalisée à base de mercure, le seul métal liquide suffisamment dense pour permettre d'observer les résultats à partir d'un dispositif de taille *humainement* manipulable.

Florin, aussi serviable avec le fils qu'avec le père, accepte de mener à bien l'expérience révolutionnaire de la pression atmosphérique au sommet du Puy-de-Dôme en Auvergne. Quelques jours plus tard, il confirme les résultats que Blaise attendait. L'espace en haut de la colonne était vide, il s'agissait donc bien de vide réel. La colonne de mercure se maintient à cause de la pression de l'air et selon les conditions météo. Blaise n'a pu se déplacer, mais l'assemblée présente sait que l'expérience se déroule selon ses directives. Applaudissements. Jacqueline demeure critique. Blaise souffre d'un besoin de reconnaissance mal assumé ; d'un côté, il se méfie des faiblesses humaines, de l'autre, il n'y résiste pas. La science est donc condamnable. La cruelle le rappelle à l'ordre : ses expériences sont vaines, futiles, et, si géniales soient-elles, insignifiantes. L'Ecclésiaste en main, elle lui en lit un passage :

*« Il y a un temps pour chaque chose sous le ciel.*
*Un temps pour démolir et un temps pour construire,*
*Un temps pour parler*
*et un temps pour se taire. »*

Pascal est pris dans des courants contradictoires. Le flot qui l'emporte vers le monde « était combattu par un autre flot qui l'en retirait ; il en sera ainsi jusqu'à la fin, car il ne faut pas se figurer un Pascal dévot s'élevant sur les ruines d'un Pascal savant ». Les recherches scientifiques sont le mouvement naturel de sa pensée. La religion ne peut rien contre ce qui est naturel. Les faux dieux des philosophes et des savants ne freineront pas le mouvement de sa pensée, Blaise Pascal observe, comprend et en tire une utilité.

« La grâce n'a jamais empêché un géomètre de raisonner. » Il observe l'humanité en mathématicien. Le pari est une approche mathématique de la religion. C'est cette imbrication que Jacqueline ne pourra jamais défaire, ni admettre. L'esprit scientifique est ancré en Blaise depuis son plus jeune âge. Le monde est son laboratoire, peut-être même son théâtre. Blaise se produit au sommet du Puy-de-Dôme, et bientôt dans les salons parisiens.

La future janséniste, c'est Jacqueline. Pour la première fois pendant ces trois années, ils ne regarderont pas ensemble dans la même direction. Jacqueline est-elle déçue ? Oui, d'une certaine façon. Elle est à la recherche de quelque chose de grand, d'une certitude religieuse.

Elle va passer imperceptiblement de l'amour d'un homme, son frère, à l'amour de Dieu. Sa famille ignore le degré d'intimité qu'elle partage dans son cœur et dans son corps avec le Christ. Une nuit, le Seigneur lui est apparu en rêve, si proche d'elle qu'à son réveil elle croit L'avoir entendu l'inviter à souffrir comme Lui. Il n'est pas le seul à la visiter. Des anges inconnus l'accompagnent lors de ses prières.

Aimer Dieu après avoir aimé son frère, et l'aimer encore plus que son frère.

## Chamboulement dans la maison Pascal

C'est par une froide journée de l'hiver 1646 que le destin frappe à la porte de la famille Pascal.

Étienne est en retard, il doit se rendre à pied dans les faubourgs de Rouen pour empêcher un duel. Richelieu souhaitait interdire cette tradition. Étienne sort trop vite de chez lui, glisse sur une plaque de glace et se blesse à la cuisse. Hurlements de douleur, les enfants accourent et le transportent sur son lit.

Comme il ne fait aucune confiance aux médecins de Rouen, il prie Blaise et Jacqueline de faire appel à deux rebouteux connus pour la sainteté de leur vie et la connaissance qu'ils ont de l'anatomie. Eux sauront soulager sa douleur et l'aider à retrouver l'usage de sa jambe. Et le temps de sa convalescence, ils pourraient habiter au sein de sa famille pour plus de commodité.

Il s'agit des frères Deschamps, sieurs des Landes et de la Bouteillerie, à qui « la voie étroite de la pénitence et le vrai esprit de l'Église » avaient été révélés par M. Guillebert, curé de Rouville, principal animateur du jansénisme en Normandie. Deux bonshommes sans beaucoup de cheveux sur le haut du crâne, pareillement vêtus de robes blanches, poignets dentelés, cols amidonnés et fermés par un lien en passementerie beige, débarquent chez les Pascal. On croirait des jumeaux. Ils traînent deux malles remplies de livres et de médecines, c'est ainsi que le jansénisme fait irruption dans la maison.

À peine arrivés, les messieurs dévots demeurent un long moment dans la chambre d'Étienne, occupés à masser sa cuisse avec différentes pâtes à base d'herbes, qu'ils fabriquent eux-mêmes. De l'*Arnica montana*, recommandée pour les ecchymoses et les contusions, et de la pimprenelle (*Poterium sanguisorba*) pour cicatriser. Les dévots sont aussi des herboristes. Ils entretiennent eux-mêmes leur jardin de plantes. Après avoir ausculté la jambe d'Étienne et l'avoir entourée de bandelettes, ils sont en mesure de rassurer les enfants. Rien n'est cassé. Les dévots n'auront pas besoin d'exercer leurs talents chirurgicaux.

Quatre jours de soins suffiront pour rétablir le blessé. Soutenu par ses enfants, il retrouve le salon. C'est le moment où les dévots s'apprêtent à ouvrir leurs malles. La majorité des livres qu'ils transportent ne sont pas des ouvrages de médecine, mais concernent la religion.

La famille est assemblée autour d'eux. Louise Delfaut, qui ne perd jamais un instant, ajoute discrètement des bûches dans la cheminée, tandis que les frères Deschamps commencent à sortir le *Discours de la réformation de l'homme intérieur*, de Jansénius, traduit par Robert Arnauld. La famille, intéressée, s'approche, écoute leur discours. Leur bonne vie donne envie à Étienne et aux enfants de lire les livres « qui leur avaient servi pour parvenir à cet état ».

Les Pascal découvrent un langage qui les touche et qui correspond à leur quête de pureté, de vérité, de dévotion non pas à une puissance politique, fût-elle le roi, mais à Dieu. Ils ne renoncent pas à obéir, mais « préfèrent » obéir à Dieu plutôt qu'à la régente.

Ils se plongent dans la lecture du *Cœur nouveau*, de Saint-Cyran, dans lequel l'auteur appelle à la conversion au jansénisme. Les Pascal passent des soirées entières avec les dévots et recommandent leurs ouvrages à leur entourage. Les frères Deschamps continuent de se rendre indispensables. Après avoir soigné la jambe d'Étienne, ils s'occupent des maux de tête de Blaise. Ils cueillent les mauves musquées et les pervenches trouvées dans le jardin, tandis que Louise s'applique à les faire bouillir. Même si leur efficacité est plus grande lorsqu'elles poussent protégées derrière les murs de pierre de leur jardin monastique.

Blaise et Jacqueline sont de bons clients pour les dévots. Il faut s'imaginer une famille confinée dans une ville de province. Peu de distractions, mis à part le culte et quelques salons. Un père blessé, des dévots présents dans une maison bien servie et bien chauffée – il gèle dehors. Que faire, sinon s'entretenir de théologie avec Blaise et Jacqueline, avides d'en savoir plus ?

Les dévots éclairent la famille. Ils confortent Blaise dans ce qu'il commence à percevoir et tombent bien à propos. Jacqueline avait oublié Dieu dans les salons du château de Saint-Germain-en-Laye et elle se morfond de culpabilité à présent.

Les dévots vont la délivrer. Là, chez elle, alors qu'elle ne s'y attendait pas, grâce aux dalles gelées et à la chute de son père, elle découvre deux hommes débordant d'amour pour Dieu, tenant un discours qui comble son besoin d'absolu.

Blaise aussi est bouleversé. Il a vingt-trois ans, c'est sa première conversion vers un christianisme plus exigeant. Pourtant, le chemin qui l'emmène vers Dieu n'est pas celui de sa sœur, il envisage une façon différente de cohabiter avec Lui. Entre Dieu et Blaise, il y a la science. Entre Dieu et Jacqueline, il n'y a plus la poésie. La conversion de Blaise est plus cérébrale que celle de Jacqueline ; Jacqueline est touchée au cœur, Blaise à la tête.

La chute d'Étienne et les causeries du soir qui ont suivi vont modifier le destin de leur famille. Blaise et Jacqueline sont prêts à recevoir la grâce. Leur grâce est commune, la façon de la réaliser différente. Tous les efforts de Blaise pour maintenir Jacqueline dans le monde seront inutiles, comme ceux de Jacqueline pour faire de son frère le solitaire qu'il n'est pas.

Jacqueline pense entrer au carmel de Rouen. Une religieuse est plus autonome qu'une épouse, son état est fixé, sa vie bien ordonnée. Elle confie à Gilberte qu'on peut être « là-dedans religieuse raisonnablement ». Elle communique son désir à Blaise qui, bien loin de l'en détourner, « l'y confirma, car il était dans les mêmes sentiments ». Cette approbation la fortifie, de telle sorte qu'elle n'hésite plus, elle se consacrera à Dieu. Gilberte ajoute : « Mon frère, qui l'aimait avec une tendresse toute particulière, était ravi de la voir dans cette sainte résolution, de sorte qu'il ne pensait à autre chose qu'à la servir pour faire réussir ce dessein. »

L'aventure religieuse de Jacqueline commence avec la bénédiction de Blaise. Sous l'influence des dévots, il ne mesure pas encore les conséquences de cet engagement. Dans le couple qu'il forme avec sa sœur, la suite de cet épisode n'ira pas sans craintes ni tremblements.

## Le jansénisme, snobisme de l'époque ?

Les dévots se plaisent dans une famille si réceptive ; le jour ils enseignent, le soir ils lisent des textes à voix haute et à la fin de chaque semaine, ils prolongent leur séjour.

Ils resteront trois mois. Trois mois pendant lesquels ils « eurent la bonté de demeurer chez nous ». La famille est embarquée. Étienne et ses enfants remercient leurs bienfaiteurs. Ils se sentent protégés en leur présence et plus forts intérieurement. Le cercle des poètes a laissé place à celui des jansénistes, les envolées lyriques aux discussions sur les mystères de la foi. Leur rigueur s'applique à toutes les disciplines. Blaise et Jacqueline, touchés tous les deux dans leur corps en pleine jeunesse, sont prêts à entendre ce discours. Pour François Mauriac, le mystère de la puissance du jansénisme sur certains esprits, c'est « la vue nette et simple qu'il prend de la nature corrompue ». Pour Saint-Simon, comme il l'écrit dans ses *Mémoires*, les conversions « étaient inspirées par le désir de passer pour des gens intelligents en allant vivre parmi tant d'autres gens intelligents ». En quelque sorte, le jansénisme serait le snobisme de l'époque. Et Port-Royal, la pension religieuse réservée à l'élite. Une élite qui, par la qualité de ses membres, finira par effrayer la royauté

Les idées de Port-Royal se propagent partout en province, les grandes familles confient leur progéniture à l'éducation janséniste, les Arnauld, Racine, Philippe de Champaigne. La société se rigidifie dans son mépris de la vie. Les dévots ont des connaissances à l'abbaye et peuvent recommander les membres de la famille Pascal qui seraient intéressés. Prosélytisme ? En quelque sorte.

La méfiance du monde, de la débauche, atteint toutes les sphères de la société, et la littérature n'y échappe pas. *La Princesse de Clèves* est une œuvre conforme à la morale ambiante, la morale janséniste. C'est le triomphe de la raison sur la passion, la maîtrise des sens et des sentiments au nom de la bienséance religieuse.

À mesure que la religion séduit Jacqueline, elle ne réfléchit plus par elle-même. Les dévots pensent pour elle. Le jansénisme est à la fois un refuge et un envoûtement. Refuge parce que le monde tel qu'il est l'effraie. Envoûtement parce que, fragilisée, elle a trouvé ses mentors.

Jacqueline n'est plus la même. Elle ne voit plus Blaise de la même façon, elle critique ses sorties, ses fréquentations, et commence à se méfier de la science.

Étienne, conscient du changement d'attitude de ses enfants, réalise qu'il est grand temps que les dévots retournent chez eux, grand temps d'éloigner Jacqueline du carmel en l'envoyant à Paris. L'occasion est toute trouvée, Blaise a besoin de consulter Vallant – le médecin de la marquise de Sablé – pour ses incessants maux de tête. Il essaie de convaincre sa sœur de l'accompagner. Elle pourrait revoir Madame de Morangis, Madame Sainctot et ses filles. Aucune réaction de Jacqueline. Elle accompagnera Blaise chez le médecin, pour le reste, elle ne se prononce pas, mais elle n'a aucune envie de revoir ses anciennes fréquentations, et surtout pas Madame Sainctot qui lui rappelle l'épisode Isaac.

# La demande en mariage

Un danger est écarté, un autre se présente. Il ne s'agit pas de Dieu, ni des saints dévots, mais d'un homme bien incarné et immédiatement plus dangereux que le Seigneur.

Un homme, un magistrat, vient faire sa demande en mariage à Étienne Pascal. L'heureuse élue est Jacqueline.

Blaise s'affole. Ce qui dans une autre famille aurait été une joyeuse nouvelle sème la panique chez les Pascal. Les dévots ne sont plus là pour les aider à repousser le prétendant.

Blaise avait déjà dissuadé Jacqueline de se marier. Il n'a pas un grand effort supplémentaire à fournir. Et pourtant, il n'hésite pas, une fois encore, à y mettre toute sa conviction, de peur qu'elle se sacrifie si son père l'oblige.

Déjà le mariage de Gilberte avait été une épreuve pour Blaise. Il n'aime pas cette institution, et l'autre raison, c'est que, pendant la cérémonie, il imaginait que le tour de Jacqueline se présenterait bien un jour. Ce jour est arrivé. Le prétendant a une belle situation, il est juriste, comme Étienne, conseiller au parlement de Rouen, ce qui n'est sûrement pas pour déplaire au père de famille. Blaise a de quoi s'inquiéter. Et voilà que ses craintes se réalisent.

Étienne, qui était hésitant lors de la première demande, cette fois encourage sa fille. Elle a vingt et un ans, un an de plus que sa sœur quand celle-ci a pris époux, il est temps.

Jacqueline la soumise se tait. Le montant de la dot représente une somme considérable, bien plus importante que celle de Gilberte. Sa seule porte de sortie. Malheureusement, le bonheur de la petite dernière n'a pas de prix. Le père est prêt à payer.

Blaise s'enferme dans sa chambre au milieu de ses tubes de mercure. Une pièce monacale, comme il les aime, meublée seulement d'un lit étroit et d'un bureau en bois tourné. Les dévots lui ont conseillé de s'éloigner du mercure, responsable d'après eux de ses maux de tête. Ils ne seront pas les seuls à le penser. Pascal ne les écoute pas, il plonge dans ses expériences. Qu'importe sa santé si Jacqueline se marie. Il ferme la porte de sa chambre, la vue de son père comptant ses sous pour payer la dot lui est insupportable.

Quelle raison imaginer pour empêcher ce mariage ? L'argent ? Il paraîtrait misérable de préférer le capital familial au bonheur de sa sœur. Invoquer son âge ? Non, Jacqueline est en âge de se marier. Rappeler que Jacqueline est une artiste, qu'elle n'est pas faite pour une vie de femme mariée ? Fantaisiste, aucune femme n'évoque l'avenir en termes de carrière. Entrer dans les ordres ? Le carmel est une autre prison, et son père, contrairement à ce que prétend Gilberte, s'en méfie.

Blaise n'utilise pas les arguments qu'il avancera cinq ans plus tard pour dissuader Gilberte de donner sa fille Marguerite en mariage. Il l'accusera de se « rendre coupable d'un des plus grands crimes » en engageant une enfant de « son âge et de son innocence, et même de sa piété, à la plus périlleuse et la plus basse des conditions du christianisme ». Jacqueline n'est plus une enfant et Étienne, qui aimait son épouse, ne partage pas la violence des idées de son fils sur l'institution du mariage. Blaise n'a pas son mot à dire. Cette affaire ne concerne que son père et sa sœur.

Alors il trouve la solution : la seule façon de détourner Jacqueline de cet homme qui, il en est sûr, ne pourra faire son bonheur, c'est de tomber malade. Chantage psychologique ? Non, Blaise ne fait pas semblant, il devient vraiment malade. Jacqueline décrypte le message : si tu te maries, je meurs. Message subliminal. Silencieuses intimidations. Le frère aime la sœur d'un amour excessif.

Sa peur de la perdre est incontrôlable, sa possessivité le mine et son corps s'exprime : sa tête lui fait mal, ses membres s'immobilisent, paralysés à partir du bassin au point qu'il ne peut plus marcher sans potence, il fait peine à voir, il quémande toute l'attention de Jacqueline comme il le peut, comme l'enfant qu'il est resté.

Plus le père hésite, plus l'état de Blaise s'aggrave. Transes, paralysie, pertes de conscience. Jacqueline court à son chevet. Elle ne le quitte pas. La coïncidence ne l'éclaire pas. Elle apporte des linges, le goutte-à-goutte, les potences, elle est toute à lui, elle en oublie l'heure de la prière. Rien n'est plus important que de ne pas le contrarier, et surtout de le soigner. Mais elle ne pense plus à Blaise quand, au bord des larmes, elle avoue à son père qu'elle n'aime pas ce jeune magistrat, elle pense à elle.

Étienne réfléchit quelques instants. Il pourrait la fiancer de force. Quelle est la destinée d'une femme sans époux ?

La grande affaire de la vie des jeunes filles de bonne famille était le mariage afin qu'elles « s'établissent ». Le père pense à Blaise. Il peut compter sur lui. Blaise sera toujours près de sa sœur quand il ne sera plus de ce monde. Elle peut donc se passer d'un mari.

Étienne finit par contenter sa fille. Il ne lui imposera pas une union qu'elle ne désire pas. Blaise reprend des couleurs. Jacqueline respire. Elle ne sera pas l'épouse d'un magistrat. Elle est faite pour un autre amour, aucun amour terrestre ne peut combler son besoin d'absolu, de pureté, de perfection. Les hommes sont imparfaits, la plupart sont volages, violents, boivent et ripaillent. Blaise le lui a assez répété. Pas ceux de sa famille, mais qui sait à quoi ressemblera le jeune magistrat dans quelques années ? Son frère la félicite et la conforte dans son choix : les hommes qui ont l'air « riches et sages suivant le monde, sont en vérité de francs païens devant Dieu ». Les frères Deschamps ont ouvert un chemin, Blaise, à son insu, mènera sa sœur beaucoup plus loin. Loin jusqu'où ? Il continue de creuser la brèche vers un autre monde. Il a glorifié le jansénisme avec imprudence. Jacqueline répète encore vouloir « être là-dedans religieuse raisonnable » pour le tranquilliser, sans trop savoir comment la vie s'organisera une fois qu'elle sera *là-dedans*. Lui redoute ce mot. Aucun engagement ne peut être raisonnable, le mot raisonnable est contradictoire avec celui d'engagement. S'engager, c'est se lier à une promesse. Jacqueline n'est pas de celles qui font les choses à moitié. Si elle entre dans les ordres, elle changera de maison, de famille.

Que veulent ces deux hommes, le père et le fils ? Veulent-ils vraiment son bien en lui imposant de demeurer fille, sœur, servante à vie ? Gilberte s'est mariée avec Florin, elle a quitté la maison familiale, elle est déjà mère. Elle ne reviendra plus. Étienne et Blaise ont besoin d'une femme au foyer. Est-ce la raison pour laquelle ils redoutent son départ ? La prisonnière de Rouen, c'est elle. Soumise, elle veut bien l'être, mais à Dieu, pas à un mari ni à un frère. C'est elle qui changera de maître, et lui qui souffrira.

Blaise n'a gagné qu'en apparence. Cette plongée dans le jansénisme a troublé le frère et la sœur. Le père expédie les deux excessifs à Paris pour leur changer les idées.

Cent cinquante kilomètres à parcourir en carrosse, avec des haltes. Pour calmer les maux de tête de Blaise, Jacqueline lui applique sur les tempes la pommade d'herbes laissée par leurs nouveaux amis, médecins du corps et de l'âme. Blaise et Jacqueline ne sont pas sortis indemnes de trois mois de rabâchage janséniste.

À peine arrivés rue Brisemiche, Jacqueline accompagne Blaise chez le médecin. C'est l'été, il fait beau, des magiciens animent les rues, les arbres sont en feuilles, les oiseaux chantent, ils sont seuls à Paris, les finances d'Étienne sont en ordre, Blaise va enfin pouvoir se reposer et, malgré ses problèmes de santé, jamais il n'a été aussi heureux.

Blaise et Jacqueline vivent ensemble, comme un couple. Aidés et surveillés à leur insu par Louise, ils se sont organisé une vie agréable, partagent le même goût pour l'étude, la lecture, la morale, la même vision du monde, ils ne font qu'un, sous le même toit. Jacqueline prie, lit la Bible mais n'évoque plus le carmel. La maison de la rue Brisemiche est vaste, chacun a son espace, ils se rejoignent aux heures des repas ou de la promenade, quand Blaise ne se sent pas trop mal.

C'est une solitude à deux, une union spirituelle. Personne ne peut accaparer Jacqueline, elle est toute à son frère, asservie ou presque à son génie. La religion les unit, ils prient ensemble sous le même toit. Il ne peut se passer d'elle, elle s'occupe de lui comme de l'enfant qu'elle aurait pu avoir s'il ne l'avait pas dissuadée de se marier. Tout va bien. Un bonheur qui durera un an. Quand la charge du père à Rouen sera supprimée, il rejoindra ses enfants à Paris.

Jacqueline se consacre à son frère et à sa piété. Entre Dieu et le monde, son cœur balance encore.

## La visite de Descartes

L'épisode des deux gentilshommes jansénistes considéré comme la première conversion de Pascal ne l'empêche pas de se consacrer à ses travaux scientifiques. Son esprit est plus en effervescence que jamais dans les années 1646 à 1648.

Quand Jacques Habert, un proche de la famille, accompagné de Monsieur de Montigny, ami de Descartes, sonne à la porte pour l'inviter à venir chez le grand philosophe rue Neuve-Saint-Étienne-du-Mont, Blaise s'en amuse, Descartes est revenu à de meilleurs sentiments. Pascal décline pourtant l'invitation. Son état de santé s'est, après un répit de courte durée, de nouveau dégradé, il demande à Jacques Habert si Monsieur Descartes accepterait de se déplacer jusqu'à son domicile. Descartes a vingt-sept ans de plus que lui, la proposition est cavalière, mais Pascal ose. Après tout, c'est Descartes qui veut le rencontrer. Celui qui l'avait accusé de plagiat lui doit bien ça.

Descartes ne répond pas. Il se demande si le jeune savant n'est pas trop imbu de sa personne pour oser le convoquer à son tour. Mais les histoires de machine arithmétique et les expériences sur le vide au bout d'une sarbacane l'intriguent, il veut absolument en discuter de vive voix avec lui.

La veille de son retour en Hollande, Descartes accepte de se rendre chez Pascal.

Le matin avant son arrivée, Jacqueline a aidé son frère à s'habiller, elle lui a choisi une chemise blanche, un pourpoint de soie le couvrant jusqu'au-dessous de la ceinture, une veste longue en velours noir qui lui donne une prestance même lorsqu'il demeure dans son lit, les jambes sous les couvertures. Descartes ne pourra qu'être impressionné, quelque chose de supérieur, de royal presque, se dégage de la posture de Blaise, il reçoit tel un monarque dans son lit, couvert d'un châle de laine que Jacqueline a glissé sur ses épaules.

À dix heures du matin, le 27 septembre 1647 – on connaît la date grâce à une lettre de Jacqueline à Gilberte –, Descartes frappe à la porte.

Adrien Baillet, théologien et homme de lettres du XVIIe siècle, premier biographe de Descartes, avance l'hypothèse selon laquelle c'est Pascal qui aurait voulu rencontrer Descartes, et que l'entrevue se serait déroulée au couvent des Minimes. La bataille d'ego se prolonge quatre cents ans plus tard : Jean-Claude Brisville situe le dialogue entre Descartes et Pascal – brillamment interprété par Daniel et William Mesguich – rue des Minimes, donc à l'instigation de Pascal. Je prends le parti de Jacqueline. Jacqueline ne ment pas : c'est Descartes qui a sollicité ce rendez-vous, Blaise était malade, il n'en aurait pas pris l'initiative. Pourquoi Jacqueline raconterait-elle des sornettes à Gilberte, elle qui combat la vanité et le mensonge et qui n'a aucun intérêt dans cette affaire ?

Jacqueline ouvre la porte à Descartes. L'auteur du *Discours de la méthode* est là. Blaise n'avait que dix-sept ans quand Descartes, sans doute par jalousie, l'avait accusé d'avoir plagié le travail de Desargues. Mais aujourd'hui, le chemin parcouru par Blaise le dédouane de toutes les fraudes possibles. Descartes est fasciné. Regrette-t-il l'extravagance de ses accusations ?

Jacqueline a rencontré beaucoup d'hommes éminents dans l'entourage de son père, tous bienveillants, Corneille, Le Pailleur, puis Richelieu. Descartes était le seul à avoir attaqué son frère. Blaise en avait été agacé, rien de plus, les critiques de celui qu'il jugeait « inutile et incertain » ne le touchaient pas.

Descartes s'avance à petits pas, la maison est sombre. Les volets intérieurs à moitié fermés laissent à peine passer la lumière. Règne une bonne odeur de mélisse qu'il reconnaît, il l'utilise lui-même contre les troubles du sommeil.

Le savant s'avance. Les amis de son père ont parfois intimidé Jacqueline mais ne l'ont jamais inquiétée. Elle redoute Descartes parce qu'il a critiqué son frère. Elle se présente sans donner son prénom, elle est juste la sœur de Blaise Pascal. Elle voudrait l'avertir de l'état de son frère, lui recommander de ne pas être violent avec lui, de ne pas l'accuser injustement. Mais l'homme est imposant, Jacqueline a vingt-deux ans, René Descartes cinquante et un. En la voyant si frêle, si timide, il a pu penser à sa petite protégée, la jeune princesse Palatine Élisabeth, fille du roi Frédéric V de Bohême, de sept ans plus âgée que Jacqueline et qui, sans détour, lui avait exposé son désir de correspondre avec lui. Descartes avait accepté, devenant « le meilleur médecin pour son âme ». Il aurait pu aider aussi Jacqueline à voir plus clair en elle. Mais il est venu pour son frère. Il la suit le long du couloir qui mène à sa chambre, elle ouvre la porte, Blaise apparaît allongé dans son lit étroit, le buste calé entre ses coussins. Il s'excuse de le recevoir ainsi, le remercie de s'être déplacé.

Descartes s'approche du malade et, après l'avoir rapidement salué, le questionne sur son état de santé, puisqu'il se dit aussi médecin. Peut-être veut-il s'assurer que Blaise ne se joue pas de lui.

Blaise lève les yeux vers Descartes. Le jeune savant est recroquevillé dans son lit, le vieux philosophe est debout, bien solide sur ses jambes. Blaise est convaincu que par son seul raisonnement il parviendra à surmonter l'humiliation de son état. Descartes n'ose pas l'examiner, il l'observe. Blaise transpire, il a de la fièvre, le vieux savant est sûr maintenant qu'il ne simule pas une maladie. Pascal demeure discret sur ses symptômes, il n'est pas question de se montrer encore plus faible.

Descartes lui conseille du repos et des bouillons. L'épisode médical terminé, on passe aux raisons de la visite. Roberval, en tant qu'ami de Blaise et membre de l'Académie des sciences, est là pour l'assister. C'est lui qui avait assuré la démonstration de sa machine à calculer à Paris quand Blaise ne pouvait se déplacer. Sa présence contrarie Descartes, qui aurait préféré un tête-à-tête. Pascal le perçoit, alors, dans un effort considérable, il parvient à sortir de son lit pour montrer lui-même à Descartes, comme il le souhaite, le fonctionnement de sa seringue à faire le vide. Il vacille, se rattrape aux barreaux du lit pour se rendre jusqu'à sa table de travail.

Descartes ne croit pas au vide. Il s'agit selon lui d'une matière qui se trouve dans l'air et qui s'insinue dans le tube à la place du mercure. Et il s'empresse, avec un contentement non dissimulé, d'exprimer sa théorie à son jeune collègue. Pascal est trop las, trop épuisé pour se battre avec Descartes contre l'évidence. C'est à ce moment-là que Roberval prend la relève. Avec les arguments de Blaise qu'il connaît par cœur, il contredit Descartes. Au bout de trois heures de discussion, entrecoupées par les silences de Pascal, qui ne manquent pas de fasciner Descartes, le vieux savant doit partir, mais il s'invite pour prolonger le débat le lendemain matin.

Le lendemain à huit heures, Descartes est de retour. Cette fois, c'est le poète Charles de Vion d'Alibray, un ami de la famille Pascal, qui l'accueille. Sur sa table de travail, Blaise a posé sa machine à compter. Descartes s'arrête de marcher, statufié, il observe l'objet : un caisson rectangulaire divisé en deux parties, avec pistons, roues, cylindres, rouleau de papier, susceptible d'additionner, de soustraire, de diviser, de multiplier, de remplacer le cerveau humain. Descartes a du mal à cacher son émerveillement. Il restera jusqu'à onze heures avec Pascal.

Jacqueline n'a assisté à aucun des deux entretiens, Blaise lui dira qu'ils se sont bien passés. Les savants ont autant parlé de théologie que de physique. Rien d'autre ne filtre de ce deuxième rendez-vous, mis à part les vertiges de Blaise, qui laissent supposer qu'il avait lui-même manipulé le mercure en discutant sur le vide.

Dans une lettre du 25 septembre 1647, Jacqueline rend compte à Gilberte de la visite de Descartes, alors que leur frère « était bien souffrant ». Après le départ du vieux savant, Blaise est très mal en point. Il transpire. Jacqueline le tire de son lit, l'aide à se déshabiller, à marcher jusqu'au bain. Une fois qu'il y est assis, elle le frotte, le savonne. Un moment forcément difficile pour Blaise, « comme tous les grands orgueilleux frappés par l'état misérable de l'homme ». Il se laisse faire. Son corps est celui du Christ. Elle le sort du bain, le frictionne avec des serviettes et, cahin-caha, le frère appuyé sur la sœur se dirige vers le lit. Son état empire. L'eau chaude lui a occasionné des maux de tête encore plus violents. Jacqueline ne sait plus quoi faire, tout nuit à Blaise, l'eau froide ou chaude, l'eau, toujours l'eau, qu'il la boive ou qu'il s'y baigne, il ne la supporte pas. Une fois allongé, il est pris d'une quinte de toux, il étouffe, elle le relève de son lit. La force, c'est elle, le corps malingre, c'est lui.

Jacqueline n'est pas parvenue à le soulager, elle doit faire appel à un médecin, un barbier-chirurgien qui habite le quartier. Après avoir examiné Blaise, il décide de lui administrer une saignée. L'homme sort de son cartable une lancette bien pointue, inspecte les veines de Blaise au niveau du coude, de l'oreille, du cuir chevelu déjà beaucoup utilisé à cet effet, et finit par choisir le pied. Il enfonce sa lancette près du talon d'Achille, le sang s'écoule abondamment dans sa cuvette, laissant Pascal encore plus épuisé.

La saignée ne l'empêche pas de beaucoup suer la nuit et de fort peu dormir. Après cette intervention, Blaise parvient à peine à s'exprimer. Montaigne, qu'il avait pourtant lu, prenait les médecins pour des charlatans qui n'avaient pu le soulager de sa gravelle. Les médecins « rendent la santé malade pour garder qu'on ne puisse en aucune saison échapper leur autorité ». Les hommes et les femmes qui suivent les prescriptions des médecins sont plus malades que les autres. Mais Pascal est trop abattu pour s'insurger, il accepte de se laisser vider de son sang.

Toute cette nuit-là, Jacqueline le veille. Le prestige du frère génial ne disparaît pas avec l'eau du bain. Bien au contraire, elle admire ce frère si fort dans sa tête mais si faible dans son corps. Ce corps qui refuse de lui obéir.

Cette rencontre, malgré tout l'intérêt que Descartes porte à Pascal, reste un souvenir dérangeant, presque désagréable. Pascal est Dieu sur terre pour Roberval. D'ailleurs, durant tout l'entretien, celui-ci n'a pas prononcé un seul mot sur le travail de Descartes, pas une seule allusion à la physique cartésienne, pas une seule remarque sur le Cogito, pas un petit commentaire sur le doute, rien.

C'est en octobre 1647, un mois après l'entretien avec Descartes, que Pascal publie sous son nom ses *Expériences nouvelles touchant le vide*. Cela suffit à réveiller la jalousie à peine endormie de Descartes. Le 13 décembre 1647, dans une lettre adressée à Marin Mersenne, il n'y tient plus. Trop de gloire entoure le jeune prodige, il réattaque, c'est lui qui aurait imaginé l'expérience du Puy-de-Dôme et en aurait donné l'idée à Pascal.

La paix semblait rétablie, et voilà qu'il relance la polémique. Descartes n'est pas prêt à supporter le génie de Pascal.

# Première visite à Port-Royal

Blaise est enfin rétabli. Jacqueline attendait impatiemment ce moment, son frère lui avait promis de l'emmener à Port-Royal dès qu'il irait mieux.

À peine debout, il tient sa promesse. Comme ils se rendent à l'abbaye pour la première fois, pour rencontrer le fameux Antoine Singlin, Blaise se recommande d'un ami janséniste, Monsieur Jean Guillebert.

Port-Royal de Paris a été fondé pour désencombrer l'abbaye de Port Royal des Champs, haut lieu de la Réforme catholique. Jacqueline vient d'entrer au bras de son frère dans l'arène et n'en sortira plus. Blaise ne se doute pas des conséquences de cette visite. C'est là qu'elle voudra vivre, dans ce cloître, dans une cellule près de cette galerie qui entoure un jardin intérieur ouvert sur le ciel.

Monsieur Guillebert est heureux de rencontrer la sœur de Gilberte, son amie qui de bon cœur a renoncé au peu de bijoux dont elle disposait, jusqu'à ceux hérités de sa mère. Il est « si satisfait » de la jeune Jacqueline qu'il l'emmène lui-même jusqu'à la mère Angélique, sœur du

Grand Arnauld et réformatrice de Port-Royal. Jacqueline est éblouie. Le processus est en marche.

Jacqueline ne rêvait que de retourner à Port-Royal. Mais sa décision dépend de Monsieur Singlin, à lui de juger « si elle est propre » c'est-à-dire si elle est bonne et miséricordieuse.

Blaise accompagne sa sœur une nouvelle fois. Comment le lui refuser après les heures qu'elle a passées à le soigner ? Après Monsieur Guillebert et l'abbesse Angélique, Jacqueline est renvoyée vers Monsieur Singlin, qui la reçoit avec Blaise. Antoine Singlin avait la réputation d'être humble et dévoué aux autres. Selon Sainte-Beuve, « il parlait tellement au cœur de tout le monde, que chacun croyait qu'il ne parlait que pour lui ». Ses paroles tombaient toujours juste et s'accordaient à chaque âme, tel un psychanalyste avant l'heure qui aurait été aimé de ses patients.

Monsieur Singlin est vêtu à la façon des dévots de Rouen : une robe blanche large, modestement brodée aux emmanchures, fermée par un col sévèrement amidonné, moustache et bouc de rigueur, les cheveux grisonnants coiffés en avant en une sorte de frange clairsemée. Blaise n'espère rien de cet entretien. Il s'agit pour lui d'une simple visite.

Jacqueline, elle, admire tout de suite cet homme, sa façon de s'exprimer doucement, ses mots simples et convaincants. Il jouit d'une grande réputation au sein de la communauté de Port-Royal. Vincent de Paul l'a mené à la prêtrise, qu'il exerce avec modestie, malgré de lourdes responsabilités. En 1648, il deviendra le confesseur officiel de Port-Royal.

Dès le premier rendez-vous, Jacqueline est subjuguée et conquise. Blaise ne se doute pas de ce qui est en train de se passer dans la tête de la future « petite janséniste ». Blaise est presque un mari abusé. Jacqueline est discrète sur la passion que Singlin éveille en elle. On ne peut pas dire qu'elle tombe amoureuse de lui, mais elle est fascinée. Elle change de camp ou de bras. Elle passe du mari à l'amant. De l'amour à la passion. De Blaise à Singlin. De la rue Brisemiche à Port-Royal. Port-Royal est entré dans son esprit, le chant des sirènes résonne dans sa tête. Il sera dur de résister, il faudra du temps, mais l'envie est là, enracinée au fond de sa poitrine. L'envie a pris ancrage et ne la lâchera plus.

Monsieur Singlin perçoit la fascination de Jacqueline dès le premier entretien. Il comprend qu'elle est prête à tout abandonner, à donner son temps, son argent, sa vie à l'abbaye. Lui aussi est séduit, comme le fut le Cardinal dix ans plus tôt par la petite Jacqueline au bras de son célèbre frère.

Mais il ne suffit pas de vouloir entrer à Port-Royal pour y entrer. Monsieur Singlin doit approuver et considérer sérieusement le désir de la jeune fille. Cette fois, elle ne se présente pas pour conquérir le monde, comme à la Cour, mais pour le quitter.

Monsieur Singlin, pourtant toujours prudent, déclara au sujet de Jacqueline, qu'il n'avait « jamais vu en personne de si grandes marques de vocation ». Blaise n'imaginait pas que l'aimable Monsieur Singlin la détournerait de lui. Sans l'accident d'Étienne, les dévots ne seraient pas venus habiter avec la famille Pascal à Rouen, sans l'aggravation de la maladie de Blaise, Jacqueline et son frère n'auraient pas été seuls à Paris et Blaise n'aurait pas présenté Singlin à sa sœur.

Les événements se sont enchaînés, au point de sembler orchestrés par la providence. Jacqueline a rencontré son destin. Elle est prête à partir. Seulement, elle n'a que vingt-deux ans et, selon la législation royale, la majorité des femmes commence à vingt-cinq. Elle dépend du bon vouloir de son père. Un vent de révolte souffle dans l'esprit de Jacqueline tour à tour soumise, puis rebelle, puis encore soumise, mais à Dieu, et plus au dieu Blaise.

Le passage d'un maître à l'autre doit s'effectuer en douceur. Jacqueline comprend qu'à force de demander à Blaise de l'accompagner il va bien finir par se poser des questions. Alors elle prend l'habitude de se rendre seule à Port-Royal. Elle échappe à la surveillance de son frère et profite de son travail pour rejoindre Antoine Singlin. Elle marche vite, celle qui n'a jamais trompé personne, qui n'a jamais eu d'amoureux. Si Jacqueline pense à son frère comme à un mari, c'est parce qu'il lui demande d'être auprès de lui comme une épouse. Puis elle revient dans la réalité de la sœur qui se dérobe à son frère, sans parvenir à chasser l'impression de faire quelque chose de défendu.

De la rue Brisemiche à Port-Royal, il y a plus d'une heure de marche, et elle n'y trouve pas toujours Singlin. La force qu'elle tire de leurs entretiens vaut cet effort : ses mots la transportent plus que les conversations qu'on menait à la cour d'Anne d'Autriche. Elle a fait le tour des vanités de ce monde. Son père a été réhabilité, maintenant, dans le secret de son cœur, elle peut envisager de se retirer.

# Alliance de Jacqueline et Blaise

Il existe une lettre signée de Jacqueline, probablement dictée par Blaise, datée du 1er avril 1648, dont la destinataire est Gilberte Périer. Blaise passe de la première personne du singulier à la première du pluriel, du « je » au « nous ». Jacqueline, séduite, retranscrit les propos de son frère. Les deux complices s'arrangent avec ce désir de stabilité, d'éternité, cette union avec Dieu qu'ils veulent inscrire dans leur esprit et dans leur cœur.

Dans cette lettre à deux voix, le frère et la sœur annoncent *leur alliance*, si étrange que cela puisse paraître. Faugère, qui éditera Blaise Pascal, devine dans ce « mélange de dignité et de grandeur, de simplicité et de grâce platonique » le style du grand frère. Ils ont bien écrit le mot « alliance », ce « nom donné dans la Bible à des contrats, à des promesses passées sous forme rituelle et solennelle entre Dieu et des individus, d'après la définition de l'Encyclopædia Universalis ». Blaise, qui est l'initiateur de cette lettre, ne peut ignorer la signification de ce mot, il l'emploie dans le sens d'une union sentimentale. Le bonheur qu'il trouve auprès de sa sœur lui a-t-il fait perdre le chemin qu'il s'était tracé ? L'amour de Dieu les lie, et de cette façon leur alliance durera toute leur vie. Avec ce projet aux allures de sermon spirituel et moral, Blaise n'aura plus aucune crainte à se faire, rien ne pourra défaire ce bonheur, et leur attachement sera indéfectible. Ni Port-Royal ni aucun candidat au mariage ne pourra empêcher leur alliance. Cette sœur qui le borde, cette sœur qui glisse un châle sur ses épaules, cette sœur toute à lui l'a-t-elle détourné de son principe naissant de non-attachement, le premier signe étant le refus de prendre épouse ?

Jacqueline ne voit pas les choses de la même manière. Elle aurait pu passer son existence auprès de Blaise, continuer à le servir jusqu'à l'épuisement, accompagner l'ascension de ce frère chronophage, contradictoire, ce frère qui plus tard se sentira coupable de se faire aimer. Pour l'instant, il veut que Jacqueline s'attache à lui plus qu'à Dieu. Plus tard, il écrira le contraire, préférant que « les gens passent leur vie et leurs soins » à plaire à Dieu plutôt qu'à lui-même.

Il a une conduite pour les autres et une pour sa sœur. Prétention donjuanesque. Lorsque sa sœur l'aimera moins que Dieu, le fanfaron souffrira et sera puni. Blaise n'est pas à une contradiction près.

La lettre n'est pas une fantaisie, c'est un projet bien réel qui, pour être réalisé, exige l'assentiment de leur sœur Gilberte. J'en cite un extrait édifiant : « Nous ne doutons point l'un de l'autre (...) je ne vois point que nous puissions avoir de scrupules tant qu'Il nous donnera ces sentiments. »

Blaise dicte, Jacqueline ne le contredit pas. Elle sait pourtant refuser, l'avenir le prouvera, mais pas cette fois. À croire qu'elle n'est pas si mal, seule avec son frère. Elle, la femme de caractère, la seule personne qui ait de l'autorité sur Blaise, ne s'oppose pas à l'histoire *sans fin*, celle qu'ils veulent vivre, la lettre en est la preuve. Gilberte l'a reçue sans étonnement. Elle est exclue des sentiments excessifs qui unissent Jacqueline et Blaise. En a-t-elle souffert ? Gilberte maîtrise ses états d'âme quand ils la consultent pour s'unir davantage.

Blaise aime sa sœur plus que toute autre personne au monde et *il a « raison »*, insiste Gilberte. Elle se gardera bien de parler de l'amour de Jacqueline pour son frère dans les mêmes termes. Elle sait qu'il aime Jacqueline plus qu'elle ne l'aime. Qu'il a besoin d'elle plus qu'elle n'a besoin de lui. Gilberte est mariée, elle n'ignore pas que le pouvoir des femmes est inexistant au sein d'un ménage, et qu'il en va sûrement de même pour une alliance, aussi subliminale soit-elle, avec un frère. Dans cette alliance proclamée, se doute-t-elle de la malléabilité de sa petite sœur ? Pour ne pas gâcher le bonheur de Blaise, l'a-t-elle laissé faire ? La petite Jacqueline énergique et téméraire hésite à contrarier la volonté de son frère. Blaise a pris cette initiative. Que s'est-il passé dans sa tête ? Jacqueline était déjà bien avancée dans son engagement en religion. Pourquoi a-t-il provoqué cette lettre ? Pour la retenir ? Il répare le mariage empêché en offrant à sa sœur un autre type d'alliance. Jacqueline, affiliée à domicile, n'a pas osé protester. Elle a étouffé sa décision de partir, par lâcheté, par amour. Elle est cette femme qui a décidé de rompre et n'ose pas blesser, alors elle offre un répit à celui qu'elle va quitter et qu'elle aime le plus au monde, après Dieu.

Jacqueline est une femme déchirée entre deux amours, une femme qui se cache pour prier comme d'autres pour écrire un billet doux. Mais elle signe le projet d'alliance avec Blaise. La confusion est totale, deux signatures, deux mêmes noms, on les croirait déjà mariés. À l'évidence, les soupçons sur des tendances incestueuses sont infondés, malgré les mots « bonheur uni », « chair », qui embarrassent. Demeure en eux une part d'enfance, ils jouent à être un couple, peut-être en rêvent-ils un court instant. Euphorie, confusion, idéalisme. Qui est Blaise pour Jacqueline à ce moment-là ? Son bonheur et son malheur à la fois. Jacqueline ne se mariera pas à cause de lui. Blaise freine tous les mariages, il aurait même freiné un mariage avec un duc s'il s'en était présenté un. Jacqueline n'en aurait pas voulu. Blaise éclipse tous les prétendants, aucun homme ne peut se mesurer à lui. Mis à part Dieu… Dans le cœur de Jacqueline, Dieu et Blaise se disputent la place. Elle va écraser son frère tout-puissant avec un autre, encore plus puissant. Il n'aura ainsi le choix que de se soumettre à la volonté de sa sœur. Il détestera sûrement sa situation d'infériorité, regrettera peut-être le magistrat gringalet, qu'il aurait dominé en quelques équations. Mais là, que faire ? Comment critiquer un choix estimable ?

Jacqueline ne demande qu'à entraîner Blaise du côté de Port-Royal, mais son prodige de frère n'abandonne pas la science pour Dieu.

Janséniste, mais pas « renonçant ».

# Fin de la lune de miel

Un mois à peine après la lettre – nous sommes en mai 1648 –, Jacqueline se dérobe. Cette alliance consacrée par la lettre à leur sœur aînée prend une tournure trop solennelle. Jacqueline ne veut plus mentir à Blaise. Elle doit lui annoncer son désir de rompre leur alliance. Après l'avoir soigné, elle va le blesser, et peut-être qu'il retombera malade et qu'ils n'en finiront plus de ce cercle infernal.

Elle quitte sa chambre, se dirige vers celle de Blaise, elle marche d'un pas décidé. Mais une fois devant sa porte, alors qu'elle va frapper, elle repart. Elle est prête à lui parler, pas encore à interrompre un de ses moments de bonheur. Elle manque de courage pour faire mal à celui qu'elle aime. Elle sera aidée par sa détermination à rentrer dans les ordres.

Jacqueline revient, frappe à la porte de Blaise. Il répond, et sa voix est à peine audible tant il est concentré. Elle franchit le seuil de la chambre, décidée à mettre fin à la lune de miel. Mais Blaise est en train de travailler, il relève la tête dans le brouillard, elle n'est même pas sûre qu'il la voie. Elle est une ombre qui passe. Impossible de l'interrompre, elle a trop hésité, il est maintenant l'heure de la prière. Le supplice est remis au soir.

La seconde fois sera la bonne.

Le souvenir des conversations avec les dévots, à Rouen, lui est d'une grande aide. Ils n'avaient fait que confirmer son état d'esprit : le salut n'existe pas dans ce monde. Elle avait lu avec éblouissement les livres qu'ils avaient apportés, parmi eux le traité de Saint-Cyran. Proche de Jansénius, en quelque sorte son prophète, Saint-Cyran affirmait que la grâce ne tient compte ni de la liberté ni des mérites de l'homme. Le salut n'est accordé qu'aux seuls élus, dès leur naissance. Voilà Jacqueline sous emprise, métamorphosée, comme si elle avait reçu « véritablement le Saint-Esprit, nous dit Gilberte. Toutes ces lectures et tous ces discours firent une si forte impression dans son cœur, que peu à peu elle se trouva à la fin de l'année 1647 dans une résolution parfaite de renoncer au monde ». La poésie et le théâtre sont relégués bien loin, Jacqueline a trouvé sa voie.

Blaise s'est trompé en croyant que Dieu est moins dangereux pour lui qu'un mari. Comment a-t-il pu imaginer que Jacqueline, au tempérament de feu, se donnerait à moitié ? On ne partage pas une sœur avec Dieu. Jacqueline s'évade par la prière. Elle est là physiquement, mais à moitié partie dans sa tête.

Le moment de parler approche. La nuit est tombée. Cette fois, il n'y aura pas de porte à franchir, pas d'intimité à violer.

Jacqueline sort de sa chambre. Elle a prié deux heures, deux heures agenouillée à chercher les mots pour s'adresser à son frère. Blaise l'attend, heureux, prêt à partager une nouvelle lecture avec elle.

Elle arrive à petits pas silencieux dans sa robe noire, un châle gris sur les épaules. Blaise est plongé dans Épictète. Hier, il lisait les Écritures, il passe d'un ouvrage à un autre. Elle aurait aimé qu'il lui facilite la tâche, qu'il se soit aperçu que les paroles de Singlin l'avaient transformée. Mais non, il ne lui facilite rien du tout, même s'il a remarqué l'importance que prenaient ses promenades à Port-Royal.

Blaise est heureux, pacifié, et c'est encore plus difficile ainsi. Il n'y aura jamais de bon moment pour lui parler. Soit Blaise travaille, soit il souffre, soit il est heureux. À quel moment frapper ?

Elle choisit l'instant du bonheur, le bonheur tranquille qui saisit Blaise quand il lit le soir, près de la cheminée.

Comment lui annoncer ? Façon *Liaisons dangereuses* : « Aujourd'hui, Dieu que j'aime éperdument exige que je te sacrifie. Ce n'est pas ma faute » ? Jacqueline n'est pas une libertine à la Ninon de Lenclos, elle est la petite cornélienne, celle qui avance vers son frère, déchirée. Elle regrette de ne pas s'être délivrée de son secret à Rouen. La famille aurait été là pour réconforter Blaise et les dévots l'auraient convaincu de la beauté de sa décision ; le jansénisme n'est pas qu'une doctrine chrétienne, mais un engagement qu'il faut mettre en pratique. Certes, elle avait déjà évoqué la possibilité d'entrer au carmel, mais Blaise n'en avait pas mesuré toutes les conséquences.

Jacqueline, plantée devant son frère, attend qu'il relève la tête. Quand il s'aperçoit de sa présence et qu'il sourit, c'est encore plus affreux.

– Blaise, je dois te parler.

Il regrette d'avoir relevé le nez de ses pages, il ferme les yeux, prêt à recevoir la sentence.

– Blaise, je veux plus que tout devenir religieuse à Port-Royal.

On peut supposer que Blaise traduit ces mots prononcés avec une monocorde cruauté en *je veux te quitter*, et c'est un seau d'eau glacée qu'il reçoit en plein visage, alors qu'apaisé il lisait Épictète à la lueur d'une chandelle.

Il souffre en silence. Il ne pose aucune question. Jacqueline, l'âme de la maison, sait-elle ce qu'elle fait ? Cette idée égoïste lui fait honte. Sa sœur était généreuse, elle pouvait faire tant de bien. Comment est-il possible qu'elle parte ?

Il se demande pourquoi elle le quitte, tandis qu'elle se demande pourquoi il ne la suivrait pas.

Le silence règne. Le frère et la sœur sont assommés comme après un combat. La sentence est tombée. Résonnent dans la tête de Blaise les mots de sa sœur : « Je veux plus que tout devenir religieuse à Port-Royal. »

Les volets sont clos, la lueur dorée d'une bougie éclaire Jacqueline, elle se tient droite, ses cheveux noirs sont séparés par une raie, un châle gris est posé sur ses épaules. Blaise est en retrait, on le distingue à peine dans l'ombre. Je les imagine dans un de ces clairs-obscurs chers à Caravage, la « sainte famille » va bientôt se séparer. Jacqueline est soulagée, lui, prostré. Il a toujours craint l'attachement. Il n'a pas pu résister à sa sœur, il est puni. Elle va partir, il ne la reverra qu'à travers un grillage. Il est devenu pour Jacqueline d'un attrait inférieur.

Jacqueline, *religieuse raisonnable* ? Mais ces mots qui le

perturbent sonnent faux. *Raisonnable* ne convient ni aux jansénistes ni à sa sœur. Elle se trompe sur elle-même : elle n'est pas raisonnable, elle est excessive, suspicieuse, et elle se méfie de la nature humaine. Depuis la venue des dévots, elle voit le péché partout.

Blaise a mal à la tête, il se lève. Jacqueline se demande s'il joue la comédie. Chaque fois que d'une façon ou d'une autre elle envisage de partir, c'est la même histoire : il tombe malade. Elle s'approche pour poser une main sur son front, puis se réfrène, n'est-ce pas ce qu'il attend ?

Comme Jacqueline le craignait, sa décision déclenche chez son frère ses habituels maux de tête, accompagnés d'une « chaleur d'entrailles ». Le lendemain, la paralysie s'installe, et cela n'a pas l'air d'une comédie.

Le voilà bloqué depuis « la ceinture en bas, en sorte qu'il fut réduit à ne marcher qu'avec des potences », comme l'écrit Gilberte. Jacqueline sort du placard deux impressionnantes béquilles sur lesquelles il appuiera sa poitrine pour se lever.

Jacqueline ne change pas d'avis, même devant le spectacle de son frère ainsi équipé. Blaise cherche par tous les moyens à l'attendrir. Jacqueline, dévouée jusqu'à l'épuisement, est à bout. Le quotidien chaotique, les goutte-à-goutte, les potences, les purges deviennent un obstacle à sa vie spirituelle. Elle veut se jeter dans l'amour infini de Dieu, auquel, sans le savoir, elle tend depuis toujours. L'amour que lui porte son frère peut faiblir un jour, tandis que l'amour de Dieu persistera éternellement.

Jacqueline aimait Blaise bien plus qu'elle-même, mais bien moins que Dieu.

Le lendemain, Blaise trouve la force de lui dire, avec toute la conviction dont il est capable, que le couvent n'est pas le bon refuge, qu'elle sera mieux dans sa famille où personne, surtout pas lui, ne l'empêchera de vivre sa foi.

Jacqueline se cache pour pleurer. Son frère ne veut pas faire l'effort de la comprendre. Depuis le départ de Gilberte à Clermont, elle a vécu partagée entre la volonté de son père et celle de son frère, mais elle ne sera ni à Étienne ni à Blaise, elle sera à elle.

# Le retour d'Étienne à Paris

Impuissant face à la volonté de sa sœur et désespéré de ne pouvoir la raisonner, Blaise appelle son père au secours.

À peine reçoit-il la lettre de son fils lui signalant un problème avec Jacqueline qu'Étienne se met en route. Il devine les raisons de son inquiétude. Les dévots ont outrepassé leur rôle. Il s'en veut d'avoir eu recours à eux. Trop souvent ils ont vanté Port-Royal, cette abbaye devenue, en partie sous l'influence de Saint-Cyran, le centre spirituel du jansénisme. Jacqueline ne sait pas tout, elle ne sait pas que Saint-Cyran, en prétendant que l'Église « n'était que bourbe » depuis plus de six cents ans, s'exposait à la vindicte des puissants, et que cela pouvait mal tourner. Entrer à Port-Royal, c'était entrer dans la tentaculaire famille Arnauld. Le père y avait envoyé ses enfants et aussi ses neveux. Antoine, dit *le Grand Arnauld*, pour le distinguer des autres, était prêtre, mathématicien, philosophe, avocat, théologien et l'un des principaux chefs de file du jansénisme. Jacqueline va être engloutie, Port-Royal tombera sur elle comme un filet, une nasse dont elle sera prisonnière à vie.

Blaise attend désespérément l'arrivée de son père. Il

marche de long en large, enfin libéré des potences grâce aux soins de sa sœur. Jacqueline prie avec intensité. Blaise est ému aux larmes en entendant sa voix, toujours légère mais devenue lyrique, s'envoler vers des sons aigus. Elle chante sa foi en la toute-puissance salvatrice de Dieu, sa foi en la vie éternelle. Le cantique des trois jeunes gens dans le livre de Daniel traverse les murs, pourtant épais, qui les séparent. Il tend l'oreille, personne ne parvient à l'émouvoir comme cette voix qui supplie, qui implore et à laquelle il refuse ce qu'elle demande. Jacqueline peut tout exiger de lui, sauf sa liberté. C'est impossible. Elle n'est donc pas aussi bien avec lui qu'il l'est avec elle. Il est ravagé. Il maîtrise l'air, le mercure, et doit capituler face à la volonté de sa petite sœur. Il faudra expliquer tout cela à Étienne. Le père, qui admire son fils, va être déçu. Pour la première fois, Blaise est mis en échec, il ne peut rien contre cette tête de mule qu'il adore, ce front plissé qui renferme la même détermination que la sienne et qu'il ne peut influencer.

Il ouvre la fenêtre de sa chambre, une déchirure profonde envenime le ciel, la foudre tombe avec le soir. Il se bouche les oreilles, il ne veut plus entendre la colère du ciel, ni cette voix qui l'affaiblit. Il pourrait y succomber. Alors, il enfonce des boules de cire dans ses oreilles tel Ulysse s'approchant des sirènes. La voix de celle qu'il adore s'est tue. Il pense à s'excuser, à lui promettre de l'aider à rejoindre Port-Royal. Mais alors elle sera partie et il restera seul.

Blaise est dépassé, il veut lui parler une fois encore. La peur de la perdre l'a rendu maladroit, il ne sait pas y mettre les formes. Il lui demande si on peut aimer sa famille et habiter Port-Royal. La question, ainsi posée, reçoit une réponse cinglante :

– Je veux mourir au monde.

La belle harmonie qui liait le frère et la sœur est rompue. Blaise, désemparé, n'a plus qu'à attendre son père entre ses tubes et ses calculs.

Une dizaine de jours plus tard, le renfort arrive. Étienne, à peine la porte franchie, convoque Blaise afin qu'il lui explique la situation. Tout allait bien. Que s'est-il passé ?

– Jacqueline veut entrer au couvent.

Les paroles de Blaise sont pour Étienne « une profonde et douloureuse surprise ». « Quelque prévenu qu'il fût en faveur de Port-Royal et des rigoureuses maximes du christianisme », laisser Jacqueline entrer au couvent, c'est la perdre. Derrière les enceintes de Port-Royal, elle va se couper du monde.

Étienne se tient la tête, il se demande comment Blaise, en une année seul avec Jacqueline, n'a rien vu venir. Comment lui, si brillant, n'a pas imaginé qu'en parlant de théologie avec elle tous les jours, en l'emmenant visiter Singlin à Port-Royal, il n'achèverait pas le travail des dévots. Ne lui a-t-il pas montré l'exemple ? C'est avec des « non » que l'on éduque un enfant. Une fille doit être considérée comme un enfant plus longtemps qu'un garçon. L'aumônier, directeur spirituel de la communauté, est connu pour son charme, son magnétisme. Sa vie est faite de renoncements, de charité, de refus des compromissions mondaines. Jacqueline a été follement séduite, Blaise aurait dû le prévoir.

Blaise a pris des risques. Étienne est mécontent. Il sait combien sa petite dernière est passionnée, idéaliste, avide de pureté, de vérité. Port-Royal est un piège dans lequel elle pourrait tomber.

Yeux noirs, lourds de reproche, le père, assis au salon, demande à Blaise d'aller chercher Jacqueline. A-t-il imaginé la complicité de son fils dans cette histoire ? Blaise, révolté, s'exécute. Il tape à la porte de sa sœur. Jacqueline devine ce qui l'attend, elle tarde à répondre. Blaise lui demande de le suivre. Jacqueline se déplace d'un pas de condamnée vers son père, l'atmosphère est pesante. Le frère et la sœur se tiennent debout contre le mur, les mains dans le dos comme des enfants au piquet. Ils ont déjà été réprimandés, mais pour des bêtises d'un tout autre genre, il y a fort longtemps. Jacqueline tangue d'un pied sur l'autre, Blaise est blême, la mâchoire crispée.

– Alors ? demande le père.

– Je vous conjure, mon père, au nom de Dieu, de ne point vous étonner de la prière que je vais vous faire (…) je ne doute pas que vous fassiez l'honneur de me croire et que vous m'accordiez ma demande.

Jacqueline s'exprime d'une petite voix triste, loin de la voix divine qui s'élève, le soir, à l'heure de la prière. Elle répète ce qu'elle a déjà dit à son frère, la sincérité de son engagement et son envie de partir, très humblement. Elle n'argumente pas, elle peut à peine parler tant l'idée de contrarier son père la paralyse.

Derrière la peine demeure la détermination. Les deux hommes sont tétanisés. Jacqueline est habitée, la foi a pris possession d'elle.

Le père se redresse. Il va devoir faire preuve d'autorité. Blaise se tait, il a déjà assez parlé avec sa sœur, elle connaît par cœur son point de vue. Les deux hommes se regardent, incrédules, la jaugent avec défiance. Le diagnostic du père est simple : Jacqueline a manipulé Blaise, elle a profité d'un frère tourmenté.

Blaise et Jacqueline semblaient s'entendre en quittant Rouen, et voilà dans quel état il les retrouve : Jacqueline boude, menace de partir, et Blaise, qui depuis son plus jeune âge se joue des problèmes de mathématique les plus compliqués, appelle pour la première fois son papa à l'aide. Jacqueline l'a mis en échec.

Le fils de vingt-cinq ans et le père de soixante s'indignent, c'est presque comique d'imaginer ces deux hommes affolés à l'idée d'être quittés. Le père dit : « Tu ne vas pas partir ? » Le fils répète la même phrase en butant sur les mêmes mots. Le désespoir de Blaise apaise Étienne : son fils a été imprudent mais ne l'a pas trahi.

Le père n'accuse plus le fils, ils sont solidaires à nouveau, unis contre la volonté de Jacqueline, qui serre les poings, la tête haute, insupportable et magnifique à la fois. Ils l'aiment et la détestent. Ils la supplient en silence.

Mais sa volonté est farouche. Jamais elle n'a semblé plus résolue, le corps tendu, les mâchoires serrées, les yeux fixés sur eux comme si elle voulait les dominer, elle, la soumise. C'est une révolte muette, plus forte qu'une plaidoirie. Ses yeux noirs lancent des éclairs, hypnotiques, ils fusillent, mitraillent ; elle commande, elle ordonne, elle ne pointe pas le doigt vers eux mais c'est tout comme. Elle est devenue une idole, une statue, fixité des traits et inertie du corps. Un rêve de pierre baudelairien.

Alors le père engage une sorte de chantage, comme l'a prévu et espéré Blaise : il est âgé, il va bientôt mourir, et Jacqueline l'abandonne ? Ses mots sont clairs et atteignent leur cible.

La statue vacille, le père a touché le point fragile.

Étienne est déchiré de peiner sa fille adorée. Il prononce pourtant, en insistant sur chaque syllabe, la sentence :

– Tant que je vivrai, tu resteras à la maison, tu ne pourras partir qu'après ma mort.

Jacqueline se met à pleurer, elle sort un mouchoir de sa poche. Elle jette un regard suppliant vers son frère. Il l'a toujours défendue, pourquoi la lâche-t-il ? Elle aimerait tellement l'entendre plaider sa cause. S'il te plaît, Blaise ! Mais Blaise se tait.

Les deux hommes se sont ligués contre elle, Étienne a pris le parti de son frère. Il n'y a rien à faire contre leur complicité. Ils veulent la même chose, assurément, définitivement, sans aucune hésitation possible. Mais pleure-t-elle l'éventuelle mort de son père, puisqu'il l'a évoquée, ou Port-Royal ? Elle pleure comme une petite fille, les poings collés sur les yeux, le dos secoué de sanglots. Son pauvre visage à la peau grêlée s'empourpre. Elle semble avoir huit ans. Elle pleure, la petite gâtée à qui personne ne résiste, et Blaise ne tient pas plus longtemps, il ne supporte pas de voir ses larmes, il lui prend les mains, l'entoure de ses bras, lui caresse la tête avec une infinie tendresse, sous le regard interrogateur du père.

Que se passe-t-il entre ces deux-là ? Compassion, complicité, amour ? Le père ne sait pas de quel côté penche la balance. Une chose est sûre, il ne les laissera plus jamais seuls sans surveillance. Il se redresse, sa décision est prise, et irrévocable, les pleurs de Jacqueline n'y changeront rien. Étienne gardera sa fille près de lui, par égoïsme et par amour. Elle rejoindra l'abbaye de Port-Royal *après* …

Dieu attendra sa mort pour lui ravir sa fille.

Une fille non mariée est sous la tutelle du père. Jacqueline ne peut rien faire sans son agrément. L'idéal serait qu'elle capitule, qu'elle retrouve le sourire et demeure heureuse, convaincue d'être à sa place entre son père et son frère. Mais il faudra se passer de cet espoir. Elle remplira sa tâche, puisqu'on l'y oblige, mais son cœur est ailleurs.

Après ce pénible entretien, Blaise retourne dans sa chambre. Les maux de tête, de ventre le frappent de nouveau. Il n'est pas encore celui qui trouvera injuste qu'on s'attache à lui, celui qui écrira comment il trompera ceux chez qui il fera naître le désir, « car je ne suis la fin de personne »… Paroles de don Juan, et pourtant Jacqueline lui résiste. Il ne suffit pas d'écrire ses envies pour les maîtriser, il rêve qu'elle renonce à toutes ses ambitions pour rester avec lui. La hantise de l'abandon l'obsède. Ses beaux principes volent en éclats. Il est débordé par la souffrance, il pense égoïstement à lui, à la vieillesse, à sa Jacqueline si tendre, si dévouée, si utile, ils seraient si bien tous les deux chez eux.

Étienne, devenu méfiant, réorganise, avant de repartir à Rouen, une surveillance. Les allées et venues de Blaise et Jacqueline seront notées par Louise. Cet espionnage grossièrement mené porte Blaise à sourire. Jacqueline s'en offense.

À ce moment-là, Étienne ignore l'existence de la lettre à Gilberte du 1er avril 1648. Il ne connaît pas le désir de Blaise de « faire alliance » avec Jacqueline. Qu'en aurait pensé le grand éducateur, se serait-il inquiété de cette relation de dépendance et d'amour ?

En attendant, Blaise a gagné. S'il *ne fait pas alliance avec sa sœur*, Jacqueline reste sous leur toit, soumise à la loi des mâles. Elle n'a pas le choix. Soumise peut-être, mais têtue, elle ne relâche point sa ferveur.

# La lettre du 19 juin 1648

Désespérée d'avoir raté sa plaidoirie devant son père, d'avoir pleuré plutôt que de lui dire ce qu'elle pensait, Jacqueline s'emporte et, le 19 juin 1648, reprend la plume. Son bouillonnement intérieur dépasse sa douleur. La digue est rompue, les mots s'échappent comme des vagues, elle « conjure au nom de Dieu, Monsieur mon père », dans son style le plus respectueux, de ne point s'étonner de la prière qu'elle va lui faire.

Ce qu'elle n'a pu dire devant lui et Blaise, elle va l'écrire. Depuis quelque temps, elle a abandonné la poésie, c'est en prose qu'elle s'exprime. Avec habileté, elle manie soumission et art de convaincre. Elle n'écrit pas, elle plaide. Elle conjure son père de se souvenir de sa « prompte obéissance que je vous ai rendue sur la chose du monde qui me touche le plus, et dont je souhaite l'accomplissement avec le plus d'ardeur ». Et elle insiste : « Vous n'avez pas oublié sans doute cette soumission si exacte. » Elle se vante : « Vous en parûtes trop satisfait pour qu'elle soit sitôt sortie de votre esprit. Dieu m'est témoin que je crois avoir fait mon devoir d'en user ainsi (...) et jamais il ne m'arrivera de vous fâcher, s'il m'est possible... »

Elle est une bonne fille, au cas où il l'aurait oublié. Toutes ces supplications, tous ces rappels, lourds parfois, elle les aligne pour obtenir une seule autorisation : juste quelques jours, quinze jours, de retraite à Port-Royal. Elle en rêve. Bien sûr, elle ne s'y rendra pas sans permission paternelle. De toute façon, elle n'en a pas le droit, la majorité matrimoniale était fixée à trente ans et, rappelons-le, la majorité civile à vingt-cinq ans pour les femmes, par un édit royal de février 1556.

Cette retraite lui « servira d'épreuve pour savoir si c'est en ce lieu-là que Dieu me veut ». Comment refuser, puisqu'en acceptant la retraite de Jacqueline Étienne a une chance de la récupérer ? « Et peut-être par là je trouverai que je ne suis pas née pour ces sortes de lieux ; et, si il en est ainsi, je vous prierai franchement de ne plus songer, ni vous préparer à ce que je vous avais dit. C'est pourquoi je vous conjure de m'accorder promptement ce que je vous demande. »

Elle continue : « J'ai pris la hardiesse de vous prier de peu de chose en ma vie ; je vous supplie, autant que je le puis et avec tout le respect possible, de ne me point refuser celle-ci, et surtout de ne me point laisser sans réponse… »

Si elle avait pu s'exprimer ainsi devant Blaise et son père, si elle avait ajouté ses sanglots à sa prière, peut-être les aurait-elle convaincus ? Son désir d'entrer dans les ordres était trop fort pour qu'elle imagine le déchirement d'un père de perdre sa fille. Mais Jacqueline s'affirme dans sa résolution. Étienne finit par en convenir, mais il répète la condition : que Jacqueline attende sa mort. Et pour qu'elle ne s'impatiente pas, il lui confie son intuition : sa vie ne sera pas encore bien longue.

Étienne refuse la mort spirituelle de sa fille. Jacqueline religieuse serait dépossédée d'elle-même. Il craint le renoncement à sa personne, cette personne qu'il aime tant, la prunelle de ses yeux, il ne veut pas assister à sa transformation. Elle n'aurait plus un seul moment, ni un seul mouvement, ni une seule pensée à sa disposition. Elle se priverait de nourriture, de chaleur en hiver, de parfum au printemps, de la douceur d'une étoffe. Le diable pour les jansénistes se cache derrière tout ce qui appartient à la nature, le goût, l'ouïe, l'odorat, le toucher.

Derrière les murs d'un couvent, Jacqueline deviendrait sourde, aveugle, oublierait la société et, quand Étienne viendrait lui rendre visite, elle baisserait le regard pour s'épargner de voir un peu du monde et elle finirait par oublier jusqu'à son propre père. Angélique Arnauld, une fois installée à Port-Royal, n'avait plus voulu revoir ses parents, sa réforme passait avant eux. L'affaire avait fait grand bruit. Les pleurs de sa mère, les supplications de son père n'y avaient rien changé. L'entrée de Port-Royal leur fut interdite. Le 25 septembre 1609 sera la « journée du guichet ».

Cela, Étienne n'était pas capable de le vivre.

## Le départ pour Clermont

L'été 1648, la charge d'Étienne Pascal est supprimée, il quitte Rouen pour Paris. Il a résilié le bail de la rue Brisemiche et s'installe avec Jacqueline et Blaise dans le quartier du Marais, tout près de la paroisse Saint-Jean-en-Grève, rue de Touraine.

Étienne a acquis une certaine habitude des déménagements. Son point d'ancrage n'est pas le lieu, mais les objets, hérités pour la plupart de son père, qu'il transporte avec lui, meubles en bois tourné, tapisseries de Felletin, gravures en taille-douce à thèmes religieux, un tableau représentant Pyrame et Thisbé, des faïences rapportées de Rouen.

Heureusement, Jacqueline ne connaît personne dans ce quartier, elle qui était ouverte à toute rencontre, qui s'entretenait avec les commerçants, se renferme sur elle-même désormais et ne conçoit sa vie que dans la solitude.

Quand l'hiver arrive, elle mène une nouvelle guerre contre les travaux que sa sœur et son mari envisagent pour le château de Bien-Assis. Ils ont commis l'erreur de consulter celle qui prend goût à la mortification. Elle fulmine, s'insurge contre ces dépenses superflues. « L'essentiel de la vie se trouve dans le Dieu de Jésus-Christ », pas dans la décoration d'une maison, pas même dans son confort élémentaire. Jacqueline ne leur trouve pas d'excuse et demande à Gilberte de prier pour elle afin que Dieu oublie le temps qu'elle a perdu loin de Lui, toutes les occasions qu'elle a négligées et qu'elle se reproche sans cesse. Ses poèmes à la gloire d'une reine ou d'un roi, ses chants lui font honte. Comment avait-elle pu écrire « une chanson à boire » ! Une chanson pour inciter les hommes à consommer du vin dans un vase plutôt que dans un verre ! Comment une idée aussi saugrenue a-t-elle pu traverser son esprit ? Elle n'en revient pas d'avoir été aussi légère, d'avoir commis de telles erreurs. Le seul souvenir de ces vers lui fait monter le rouge aux joues. Et, pire que le vin et ses royales mondanités, il y avait l'appel des sens. Quel enfer ! Quel combat ! Son jeune corps à l'épreuve, privé de tout plaisir, demeure le sujet de ce sonnet de dévotion, impudique et courageux, écrit en février 1640 :

*Je brave les démons et leurs desseins cruels,*
*Et j'entends sans peur le tonnerre qui gronde*
*Mais la force du mal qui accable mes sens*
*Rend mon cœur abattu, mes desseins impuissants,*
*Et modère le feu qui ranime mon zèle.*

Elle espérait oublier *la force du mal*, mais les démons persistaient à s'attaquer à son jeune corps. Il fallait lutter. Pendant ce temps, Étienne continue de surveiller son courrier, particulièrement sa correspondance avec Angélique et Agnès Arnauld. L'emprise des sœurs sur sa fille l'inquiète. Elles sont connues pour compenser l'affection qui manque aux jeunes filles séparées de leur famille. Jacqueline est orpheline de mère, Étienne craint qu'elles se substituent à elle.

À peine les Pascal sont-ils installés dans le Marais que les troubles de la Fronde les obligent à quitter Paris pour rejoindre les Périer à Clermont. Le mois d'août 1648 connaîtra bien des journées agitées, des barricades se dressent dans toute la ville, des charrettes, des barriques remplies de pavés, de terre, renforcées par toutes sortes d'objets hétéroclites, barrent les rues étroites du quartier Saint-Merri.

Louis XIII est mort le 14 mai 1643, Anne d'Autriche est régente du royaume depuis cinq ans et Mazarin, sur les conseils de Richelieu qu'elle détestait, administre la France. Qui est responsable de ce désordre ? Le Parlement ? le petit peuple parisien écrasé d'impôts ou plutôt la bourgeoisie, excédée par les efforts déployés par Mazarin pour aider Paris, ville privilégiée ? Dès janvier 1649, il existe une Fronde des princes et des grands seigneurs, alliée à celle des cours souveraines. Le royaume tombe dans l'anarchie, le commandement des troupes frondeuses est réglé par les magistrats.

La vie est plus calme au château de Bien-Assis, au pied des volcans, où de vieux chênes entourent la demeure. La famille y demeurera loin des émeutiers et de Port-Royal plus d'un an et demi.

Le soir du 5 janvier 1649, bien au chaud grâce au four à pain, les Pascal dans leur cuisine fêtent l'Épiphanie. Cette même nuit, Paris est en proie à une rébellion, la famille royale fuit le palais pour le château de Saint-Germain. Les nouvelles arrivent à Clermont, on raconte que le jeune roi et son frère Philippe ont été réveillés en pleine nuit pour fuir Paris. Effrayés, accompagnés de leur mère et de Mazarin, ils gagnèrent en carrosse le château de Saint-Germain-en-Laye. Cette peur, le futur Louis XIV ne l'oubliera jamais.

Jacqueline écoute, mais n'est plus dans ce monde, elle continue, imperturbable, à mener une vie claustrale, refuse sa part de galette. Elle est chez sa sœur comme une religieuse. Elle a choisi la plus petite chambre, la plus éloignée des autres et surtout de l'âtre. Les murs en pierres apparentes suintent d'humidité ; il n'y a pas de cheminée.

« On ne pouvait même pas obtenir d'elle qu'elle s'approchât du feu », écrit Gilberte.

La famille est connue dans la région, les rencontres sont inévitables. Jacqueline se tient à l'écart, elle demeure lointaine, incapable de se distraire et d'échanger avec les autres. Gilberte la retrouve comme dans ses lettres, d'une austérité excessive. Parfois, elle comprend par un regard que sa sœur la juge et rétracte jusqu'à un sourire. Jacqueline refuse un coussin, une couverture supplémentaire, un châle, un gâteau. Elle n'apparaît que très rarement aux repas de famille et demeure prostrée dans sa chambre.

Il semble que l'accoutumance à la privation ait endormi sa capacité à souffrir. La souffrance n'est plus une ennemie qui l'assaille, mais une amie. Par la souffrance, Jacqueline gravit les échelons qui l'emmènent au plus près de l'amour divin et miséricordieux. Quand elle ne prie pas, elle se consacre à la lecture d'œuvres spirituelles ou travaille pour les enfants pauvres. Elle tricote des camisoles et des bas de grosse laine qu'elle apporte elle-même à l'hôpital. Sa charité force l'admiration. C'est elle qui soigne la petite Marie Périer, gravement malade au cours de cet hiver. Jacqueline accompagne jusqu'à son dernier souffle celle qui venait à peine d'être baptisée.

L'abstinence de Jacqueline inquiète son père, qui ne parvient pas à obtenir qu'elle se nourrisse mieux. Elle rejette la viande et perd des forces. Il consulte un médecin qui lui explique les raisons du régime végétarien : la stricte consommation d'herbes et de légumes, de haricots et de blé, aide à éviter les péchés de la chair et à calmer la sexualité. Le père en est tout marri, sa pauvre petite fille lutte aussi contre les désirs de son jeune corps ? Elle n'est plus la même physiquement. Elle s'est coupé les cheveux, porte des coiffes bien trop grandes qui la couvrent comme un voile, elle est déjà prête pour entrer au couvent.

Elle veille tard, la famille s'en aperçoit au nombre de bougies qu'elle consomme. Elle ne sort que pour aller à l'église ou rendre visite aux malades de la ville. On n'entend plus son rire d'enfant, ses poèmes n'animent plus les soirées en famille. Et quand elle assiste aux repas du soir, son esprit paraît ailleurs.

Blaise conserve ses exigeantes habitudes vis-à-vis de sa sœur. Quand son état nécessite des soins, il oublie que Jacqueline n'est plus tout à fait la Jacqueline d'avant ou, plutôt, il ne peut l'admettre. Il n'aurait jamais cru ce jour possible, ils s'étaient juré, il y avait à peine quelques mois, une alliance éternelle. Insensiblement, elle s'était détachée de lui, comme happée par une volonté étrangère.

Blaise supporte mal ce changement, ces signes de résistance à son autorité, il souffre. Il lui est difficile d'accepter à quel point sa ravissante et joyeuse petite sœur se meurtrit. Elle ferme la porte de sa chambre et refuse de parler à celui qui ne peut s'empêcher de l'aimer.

Étrangère à sa propre famille, elle aspire à un autre monde, elle se demande combien de jours la séparent de Port-Royal. Son nouveau monde dépend de la mort de son père. C'est affreux de lier un événement si triste à un autre qui la remplit de joie, et de savoir que l'un n'est pas possible sans l'autre. Cette idée lui revient sans cesse. Elle ne peut soutenir le regard noir plein de reproche de Blaise. Elle évite ses yeux, retranchée plus que jamais dans une vie d'austérité. Devenue plus que chétive par ses veilles et ses privations, « habillée comme une femme âgée », elle s'approche peu à peu de l'idée qu'elle se fait d'une religieuse.

Voilà comment elle passe dix-sept mois dans la maison de Clermont.

## « Un talent inutile »

Sa réputation de poète a suivi Jacqueline jusqu'à Port-Royal. Avant même qu'elle y arrive, un des pères de l'Oratoire conseille à Jacqueline, future sœur, de traduire en prose et en français une des hymnes de l'Église afin d'en faciliter l'accès aux laïques qui ne pratiquent pas le latin. Jacqueline accepte spontanément de rendre ce service sans penser à demander la permission à sœur Agnès. Elle prend du plaisir à retrouver son travail d'écriture appliqué à la religion. Elle n'est pas encore tout à fait du monde de Port-Royal. Elle se croit libre de s'adonner à cette occupation.

Quand le père reçoit ses vers, il les apprécie tellement qu'il lui propose de continuer, et c'est là que Jacqueline s'avise de demander l'autorisation. Dans une lettre datée du 22 juin 1650, sœur Agnès lui demande de cacher le talent qu'elle a pour cela : « C'est un talent dont Dieu ne vous demandera point compte, puisque c'est le partage de notre sexe que l'humilité et le silence ; il faut l'ensevelir. »

Ensevelir, c'est faire disparaître, c'est mettre un mort

au tombeau, c'est enterrer. Celle qui aimait le chant et la poésie ne se révolte pas face à cette lugubre exigence.

Une autre lettre suivra : « Vous devez haïr ce génie et les autres qui sont peut-être cause que le monde vous retient ; car il veut recueillir ce qu'il a semé. » Antoine Singlin est derrière cette décision. Tous les divertissements sont dangereux pour la vie chrétienne, et la poésie est un divertissement. Par ces mots, le talent de Jacqueline est définitivement enseveli. Ce talent à peine éclos, qui, selon Victor Cousin, « s'il avait été longuement cultivé, aurait peut-être produit des œuvres remarquables », est tué dans l'œuf.

Jacqueline subit cette nouvelle amputation, celle de son écriture. Même cette inoffensive occupation est interdite par la folie janséniste. Elle ne proteste pas. Elle se soumet aux plus absurdes décisions et finit même par leur donner raison. L'écriture n'était-elle pas pour elle un remède, une façon d'apprivoiser ses démons ? Elle ne traduira plus en prose des hymnes de l'Église, elle en oubliera le latin s'il le faut. Elle n'écrira plus de poèmes, finis ces rimes et ces mots choisis qu'elle aimait tant. Deux siècles plus tard, Marceline Desbordes-Valmore persistera : « Les femmes, je le sais, ne doivent pas écrire. »

Cette sentence d'excommunication prononcée par les jansénistes de Port-Royal sur ce qu'ils considèrent comme des « talents inutiles » contrarie Blaise au plus haut point. Comment sa sœur peut-elle ainsi se nier ? Même s'il finira par partager les convictions religieuses de Jacqueline, il ne laissera jamais étouffer sa puissance créatrice. Il publiera *Les Provinciales* en 1657 sous le pseudonyme de Louis de Montalte. Ces pamphlets dans lesquels il tourne en dérision les jésuites prouvent, s'il en était besoin, qu'un talent de plume peut ne pas être complètement un *talent inutile* puisqu'il l'utilise pour prendre la défense des jansénistes.

Port-Royal plonge Pascal dans une certaine contradiction. Il a écrit sur le divertissement parce qu'il a éprouvé son utilité. Les principes de sa sœur ne l'empêchent pas de sortir dans le monde, de considérer les diverses agitations des hommes et du roi qui, sans divertissement, est plus malheureux que le moindre de ses sujets qui se divertit. « De là vient que le jeu et la conversation des femmes, la guerre, les grands emplois sont si recherchés. Ce n'est pas (…) qu'on s'imagine que la vraie béatitude soit d'avoir l'argent qu'on peut gagner au jeu ou dans le lièvre qu'on court, on n'en voudrait pas s'il était offert. » La poétesse, dans sa solitude méditative, sans écrire, sans occupation, nourrie simplement de ses pensées, ne sera-t-elle pas en danger ?

Jacqueline se tient bien éloignée des conversations mondaines, des jeux qui occupent si bien la Cour, des recherches scientifiques, de l'écriture et du théâtre. Elle ne se permet plus aucun divertissement. Une raison encore pour Blaise de l'admirer, même si ces frustrations excessives lui paraissent inutiles à ce moment de sa vie.

Elle n'a besoin que de Monsieur Singlin. À force de rencontres quasi quotidiennes avec le confesseur, celui-ci aurait pris la place de Blaise. Qui sait si la relation qui s'établit dans l'obscurité et le secret des confidences ne trouble pas la jeune fille ?

Malgré le grillage qui les séparait, le prestige qui auréole le séduisant directeur de conscience installait un climat favorable aux tentations du cœur.

# Fin de l'année 1650

Étienne, Jacqueline et Blaise, malgré les troubles de la Fronde, reviennent dans la capitale. Depuis la mort de Louis XIII, le conflit avec l'Espagne et les prélèvements pour alimenter la guerre de Trente Ans ont rendu la vie difficile, et le traité de Ruel, conclu le 12 mars 1649 entre la régente et le Parlement de Paris pour mettre fin à la Fronde, ne fut qu'une trêve.

Jacqueline mène à Paris sa vie de future religieuse comme à Clermont. Rien ne la perturbe, ni les lieux ni la conjoncture n'ont d'influence sur l'ordonnance de sa vie. Elle passe de la campagne à la rue de Touraine avec la même indifférence. Tout juste si elle voit les péripatéticiennes et les ribaudes qui encombrent les trottoirs. Jacqueline sort rarement, évite le monde, et tant mieux si elle ne croise plus les pratiquants de l'abbaye Saint-Merri, ceux qui la saluaient et cherchaient à lui parler. Elle rompt avec ses anciennes connaissances. La solitude est son havre de paix, sa liberté. Ses heures de lever, quatre heures du matin, et de coucher, dix-huit heures, sans dîner, sont les mêmes qu'au château de Bien-Assis. Elle peut demeurer des journées entières enfermée dans sa chambre à prier, à méditer sur la mort de Jésus et le mystère de la Création.

Elle se sait encore surveillée par Louise Delfaut. Sa fidèle servante est en fait celle de son père, puisqu'elle continue de le renseigner. Jacqueline maîtrise son agacement, parvient à ruser et, sous prétexte de prendre l'air, se rend à Port-Royal malgré l'interdiction paternelle. Elle est devenue la reine des petites manigances, pour la bonne cause.

Gilberte, au château de Bien-Assis, s'ennuie loin de Blaise et Jacqueline, elle attend leurs courriers, s'impatiente, leur reproche de ne point donner assez de nouvelles. Quand enfin elle reçoit une lettre de son frère ou de sa sœur, elle la lit plusieurs fois, la décrypte puisque, surveillance paternelle oblige, ils doivent s'exprimer à mots couverts. Elle reconnaît parfaitement leur style. Celui de Jacqueline est appliqué, presque didactique, « tandis que celui de Blaise se gonfle, se soulève, s'arrache rapidement du sol ». Mais Gilberte, insatiable, ne reçoit jamais assez de lettres à son goût. Quand elle en fait le reproche à son frère, il répond en utilisant le *nous* qu'il chérit, ce *nous* qui englobe Jacqueline et lui. Jacqueline et Blaise, seuls à Paris, sont trop occupés, ils n'ont point oublié Gilberte, tout simplement ils n'ont pas le temps de lui écrire autant qu'ils le voudraient.

Gilberte se sent abandonnée loin d'eux. Elle écrira plus tard au médecin Vallant qu'elle n'a point d'amis ici, en Auvergne. « Si j'étais en société, je serais bien secourue et bien soutenue. » Gilberte rêve de société, Jacqueline rêve de solitude. Gilberte rêve de Paris, Jacqueline de Port-

Royal. Gilberte, pieuse elle aussi, parvient à se partager entre sa dévotion et sa famille.

La révolution ne règne pas seulement dans la maison Pascal, la rébellion embrase Paris. Mais rien n'arrête Jacqueline, qui parvient à rencontrer mère Angélique et à correspondre avec elle. Mère Angélique se plaint des prix qui augmentent, « ici, tout ayant été ravagé. Enfin, c'est une pitié terrible que de voir ce pauvre pays ». La guerre civile, insensiblement, se dessine. Le futur Roi-Soleil se souviendra toute sa vie de cette nuit du 6 janvier 1649 où il fut forcé de fuir avec sa mère, elle justifiera sa méfiance envers les nobles.

Jacqueline ne se sent pas concernée par les événements. Elle se morfond dans sa chambre, elle pleure le temps perdu loin de Port-Royal et regrette l'incompréhension de ceux qui lui sont le plus proches. Elle ne souffre pas seulement de son éloignement de l'abbaye. Elle s'inquiète aussi pour Blaise, qu'on vient chercher le soir dans un carrosse à six chevaux pour le sortir dans le monde. Elle n'imagine pas le lien possible entre son enfermement à elle et son besoin de distraction à lui.

Les inséparables ne peuvent se comprendre : le frère souffre d'avoir perdu sa sœur, la sœur souffre d'avoir perdu un frère devenu un homme de salon. Elle est triste. Il trahit leurs promesses de pureté. Les soirs à la maison deviennent plus rares. Quand il est là, installé près de la cheminée, Jacqueline sort de sa chambre pour le retrouver. Elle s'assoit à ses pieds. Blaise ne lui adresse plus aucun reproche. Il sait que cela ne sert à rien. La petite entêtée a pris sa décision. Il lui parle doucement. Elle semble encore plus légère, comme un petit oiseau prêt à s'envoler. Blaise partage avec elle sa lecture, *La Vie de Monsieur de Renty*, à peine parue. L'auteur, un jésuite nommé Saint-Jure, est très lié au carmel. L'ouvrage livre un message spirituel similaire à celui de Saint-Cyran. Blaise y voit le modèle d'un homme qui se consacre à Dieu, mais vivant dans le monde, comme lui. Si seulement Jacqueline admettait cette possibilité ! Il ne peut interrompre le flot de ses pensées. Dans ses prières, il arrive que des calculs ou des phrases interfèrent. Mais rien n'atténue l'intransigeance de sa sœur, qui lui demande « de ne point lui ôter ce qu'il n'est pas capable de lui donner ».

Jacqueline attend. Partout où elle a vécu avec sa famille, à Rouen, rue Brisemiche, à Clermont ou rue de Touraine à Paris, elle s'est sentie prisonnière. Seuls les murs de Port-Royal peuvent la libérer. Tel est le paradoxe.

# La mort du père

En septembre 1651, la santé d'Étienne se dégrade. Jacqueline regrette son impatience de rejoindre Port-Royal, comme si elle se sentait responsable de l'état de son père. Elle se dévoue, comme à son habitude, mais avec une plus grande ferveur encore. Elle le soigne jour et nuit jusqu'à l'épuisement. Quand il s'endort, elle va prier dans sa chambre. Elle l'aide à vivre, accomplit les gestes d'un médecin au chevet de son père, tandis que son esprit le trahit.

Le 24 septembre, Étienne meurt.

Le 24 septembre, Jacqueline est libérée.

C'est elle qui recueille son dernier souffle, la main posée sur sa poitrine. Elle a senti son âme rejoindre le Seigneur. Elle le croit, elle le sait. Le vœu d'Étienne est exaucé. Jacqueline a tenu sa promesse jusqu'au bout, il est mort dans ses bras.

Blaise et Jacqueline enterrent seuls leur père. Gilberte, sur le point d'accoucher, ne peut venir. Le frère et la sœur se sont momentanément retrouvés. Blaise ne lâche la main de sa petite Jacqueline que pour prononcer un discours habité, presque mystique : « Ne nous affligeons donc pas comme les païens qui n'ont point d'espérance. Nous n'avons pas perdu mon père au moment de sa mort : nous l'avons perdu, pour ainsi dire, dès qu'il entra dans l'Église par le baptême. Dès lors, il était à Dieu ; sa vie était vouée à Dieu ; ses actions ne regardaient le monde que pour Dieu. Tout ce qui est arrivé a été préordonné de Dieu. Dieu qui est la véritable cause, sans qui il ne fût pas arrivé. »

C'est ainsi que Blaise sèche ses larmes et celles de sa sœur.

Le 11 décembre 1651, Blaise n'attend pas la fin du bail de la rue de Touraine. La mort de son père le contraint à faire des économies, il prend un logement rue Beaubourg, plus petit et au loyer trois fois moins élevé. Le monde bascule, changement de décor, d'habitudes, il se prépare à remplacer l'agitation par le silence qui tombera sur sa nouvelle habitation une fois Jacqueline partie à Port-Royal.

Après une courte retraite réglementaire en novembre, Jacqueline doit revenir rue Beaubourg avant d'en partir définitivement. Elle va, elle vient, la maison de Blaise n'est plus vraiment la sienne, la situation est tendue et la succession du père n'arrangera rien. Son entrée à Port-Royal est prévue pour le 4 janvier 1652. Cette idée la met en joie, et cette joie est insupportable à Blaise. Ses sorties dans le grand monde ne compensent pas, comme pourrait le croire Jacqueline, la catastrophe de son départ.

C'est un homme brisé, il vient de perdre son père, et maintenant sa sœur adorée va le quitter. Il demande encore à Jacqueline, quitte à s'abaisser, de rester quelques mois de plus. Il quémande au nom de leur complicité ancienne. Elle promet, mais elle ment. Son père mort, elle ne concédera plus aucun pouvoir sur sa propre vie à personne, pas même à son frère.

Elle pensait qu'il la suivrait dans son chemin vers Dieu, il pensait qu'elle resterait. Elle est déçue, il est blessé. « Si vous n'avez pas la force de me suivre, ne me retenez pas », lui écrira-t-elle.

Blaise ne la suivra pas, il a toujours su accorder ses activités scientifiques avec sa foi, en espérant que Jacqueline pourrait faire de même, se donner à Dieu tout en restant dans sa famille. Mais la foi de Jacqueline l'emporte, et maintenant elle supplie sa sœur de revenir à Paris pour la décharger de Blaise.

Jacqueline attend impatiemment l'arrivée de Gilberte, elle ne pense qu'à partir, elle compte les jours, les heures, les minutes, elle se confond en prières, entre la vénération de Dieu et sa honteuse demande de raccourcir le temps de l'attente. Les filles Pascal se sont toujours relayées auprès de leur frère. Cette fois, ce sera la dernière garde de Jacqueline. Mais elle n'écoute plus vraiment Blaise, ses mots glissent sur elle. Et quand ses questions se font trop précises, elle ne le contredit pas, « de crainte de redoubler sa douleur ». Elle ment par omission. Jacqueline voulait « rentrer en religion, aussitôt que leurs partages seraient faits ». Ce qu'elle pouvait confier à sa sœur, elle ne pouvait le confier à son frère. Il fallait épargner Blaise, lui faire croire qu'elle partait seulement pour une retraite.

Tendre mensonge fraternel, mais pourquoi évoquer un partage ? En quoi une religieuse a-t-elle besoin d'argent ? Encore de l'orgueil pour lequel mère Angélique la réprimandera : « Vous rentrerez à Port-Royal comme une pauvre ! »

Jacqueline résiste à tout le monde. Elle veut son héritage pour le donner à l'abbaye, tout en laissant flotter une certaine incertitude quant à ses intentions. Elle, si courageuse, devient lâche.

Avec son père, Blaise avait perdu son plus grand admirateur, celui qui avait cru à son génie, qui lui avait tout sacrifié, et maintenant il perdait la femme avec laquelle il avait voulu conclure une alliance.

Blaise était en demande d'amour, sa quête était un abîme. Jacqueline savait que rien ne pourrait combler ce manque. Lui aurait-elle donné vingt-quatre heures d'une journée sans se détourner une seconde, que cela ne lui aurait pas suffi. Blaise n'était pas tout à fait un frère, il était un enfant, exigeant, chronophage. Il était aussi un savant reconnu. Et l'admiration dont il était entouré contribuait à l'éloignement de sa sœur. Le malentendu se situe là. L'enfant exigeant l'épuisait et l'immense savant l'accablait. Elle avait fait le tour des mondanités, navigué dans les plus hautes sphères, et elle en était revenue, alors que Blaise, plus réticent qu'elle au début, prenait goût à tout ce qu'il avait méprisé.

Jacqueline l'avait devancé dans la fréquentation des grands de ce monde et le devançait à nouveau dans son abandon. Il la rejoindrait plus tard. Les mondanités l'aideront à se détourner de ses chagrins : la mort de son père, le départ de Jacqueline. Sa peine se diluera dans le monde. Identique au commun des mortels qu'il dénonce, Pacal se divertit.

Jacqueline part rejoindre Port-Royal. Elle laisse une sœur et un frère, Gilberte et Blaise, et gagne deux nouvelles sœurs : Angélique et Agnès.

Le départ fut une sorte d'exfiltration menée avec la complicité de Gilberte, arrivée en toute hâte avec son nouveau-né, à peine remise de ses couches. Étrange soirée que celle du 3 janvier 1652 : dans la demeure des Pascal flotte une ambiance mystérieuse de suspicion, de cachotteries. On dissimule quelque chose à Blaise, il ne sait pas quoi, ou plutôt il sait mais il ne veut pas savoir. Il redoute le moment où sa petite sœur si tendrement aimée va le quitter. Il ne veut pas entendre le bruit de la porte se refermer pour toujours, il ne veut pas assister à son départ dans le matin glacé de janvier.

Les deux sœurs ont mis au point un scénario. Gilberte raconte à Blaise que Jacqueline part pour une retraite. Les retraites ne durent que quelques semaines. Et pourtant, Blaise réagit fort mal. A-t-il conscience du mensonge ? Il s'enferme dans sa chambre. Il n'est pas mûr pour le départ de Jacqueline. Il ne le sera jamais.

Au petit matin, Gilberte apporte un bol de lait chaud et une tranche de pain beurré à Jacqueline, puis elle l'aide à ranger ses affaires dans un petit sac ; toute une vie en si peu de place. Elle lui propose d'emporter un souvenir de la maison. Jacqueline refuse, aucun objet matériel ne l'attache. Gilberte tient sa sœur par ses épaules décharnées qu'une simple petite veste recouvre. Il fait un froid glacial dehors, et pourtant elle refuse un châle. Gilberte marche à ses côtés jusqu'à la porte. Quand elles passent devant la chambre de Blaise, elles se taisent et ralentissent le pas. Il guette. Il n'a pas dormi, elles le savent, toute la nuit, des bougies sont restées allumées. Les sœurs s'embrassent.

Jacqueline ne viendra plus à Clermont, il faudra se rendre au parloir de Port-Royal pour la voir derrière un grillage. Gilberte regarde sa sœur s'échapper pour toujours sur le chemin glissant et givré. Il est tôt. Le jour n'est pas encore levé, la rue Beaubourg est déserte. Jacqueline a quitté ce monde. Gilberte pleure seule, son frère ne sortira pas de sa chambre de toute la journée.

À la tombée du jour, Gilberte frappe à sa porte pour lui proposer de dîner. Elle aussi doit partir, mais le moment est malvenu de le lui rappeler. Elle restera encore quelques jours, pendant lesquels elle tentera de remplacer Jacqueline, mesurant ainsi la dévotion dont sa petite sœur avait fait preuve. La place de la sœur préférée, qu'elle a pourtant enviée, n'était pas facile à tenir. Gilberte s'applique du mieux possible auprès d'un Blaise fatigué de cette guerre dont il sort vaincu, de ce combat contre Port-Royal qui lui a ravi sa Jacqueline. Gilberte est capable de sacrifices pour ses enfants, pas pour son frère. Personne ne saura s'occuper de Blaise comme Jacqueline. Jacqueline dont la silhouette s'est effacée dans la brume glaciale d'un matin d'hiver.

# La guerre de succession

Les formalités successorales commencent par un coup d'éclat. Jacqueline désire faire donation de son héritage à Port-Royal. Blaise et Gilberte s'y opposent et font front commun pour la priver de la part qui lui revient.

Jacqueline les renvoie à leurs misérables raisons. « La douleur que je ressentis fut si violente que je ne puis assez m'étonner de n'y avoir pas succombé. » Elle est révoltée par son frère et sa sœur. Leur réaction est décevante, ils réagissent en êtres dépourvus de charité. Ce frère qu'elle a soigné avec tant d'amour s'éloigne d'elle quand il s'agit d'argent. C'est cette affreuse impression que son attitude lui procure.

Sa vocation pour Dieu est au-dessus de l'amour qu'elle porte à sa famille, mais pas au-dessus de l'honneur. Elle ne veut pas entrer à Port-Royal sans dot. L'argent valoriserait sa position au sein de la communauté, Jacqueline veut arriver la tête haute dans sa nouvelle famille en lui concédant une donation. L'ego prend le pas sur la générosité. Jacqueline Pascal n'est pas n'importe qui, elle veut être considérée dans la maison de Dieu qui pourtant ne différencie pas les pauvres des riches. L'utilité de l'argent lui apparaît au moment où elle doit renoncer à tout attachement et aux biens matériels. Tel est le nouveau paradoxe.

Elle exige son argent sans se rendre compte qu'elle réclame plus qu'il ne lui en faut. Sa méconnaissance des affaires l'entraîne à confondre les sommes immédiatement disponibles et les titres de créance en recouvrement problématique. « Sa générosité en toute bonne foi mettait son frère sur la paille. »

Elle est accablée par ce qu'elle croit être l'avidité de Blaise. Elle ne lui accorde aucune excuse. La petite janséniste est sans pitié pour l'égaré. Mère Angélique et sœur Agnès la raisonnent, balaient d'un revers de la main ce qu'elles nomment « des choses de rien », le monde a toujours été ainsi et le sera toujours : « le propre intérêt marche toujours le premier (...) encore qu'ils vous aiment beaucoup, voyez-vous, ils sont encore du monde ». C'est bien ce que Jacqueline a du mal à supporter.

La petite raisonneuse n'est pas raisonnable, elle s'entête, comment Blaise, détaché des biens matériels, peut-il tenter de la déshériter ? Il confond les gamelles en étain des moniales avec les assiettes en vermeil du grand monde. Cela ne lui ressemble guère, même s'il évolue dans un milieu bien au-dessus de sa condition. Alors Jacqueline l'accuse de mener grand train, de dépenser plus que son état de fortune ne le lui permet. De se mettre en danger, à tous les points de vue. Est-ce pour « cacher son peu de bien », comme il le formulera plus tard dans les *Pensées*, qu'il veut priver sa sœur de son héritage ? Le grand monde est exigeant. Blaise n'est pas le seul à être suspecté de prodigalité, Gilberte subit les mêmes reproches, alors qu'elle ne dépense rien et ne porte ni or, ni argent, ni rubans de couleur, ni frisure, ni dentelle. Jacqueline, à court d'arguments, reprend ses anciens griefs et lui reproche une nouvelle fois la restauration de Bien-Assis responsable de son besoin d'argent. Elle se sent trahie, injustement déshéritée par la prodigalité d'un frère et d'une sœur.

L'utilité de l'argent lui apparaît au moment où elle doit renoncer à tout attachement aux biens matériels. Elle méprise l'argent alors qu'elle en réclame.

Blaise a besoin d'argent pour exister dans le monde, et Jacqueline en dehors du monde. Elle imagine une infâme complicité entre son frère et sa sœur, une complicité bâtie sur son dos. Le ressentiment la gagne, elle s'insurge contre les voleurs de dot. Elle les insulte, s'adonne à des confidences déplacées, envoie des lettres enflammées. Acculée, elle menace : s'ils la privent de son héritage, elle n'acceptera pas d'être reçue *gratuitement* à Port-Royal et demandera à servir comme domestique. Chantage ! La petite janséniste intimide. La fille Pascal, la sœur du grand Blaise, sera bonne des religieuses. Gilberte et Blaise accepteront-ils de la laisser balayer les couloirs de l'abbaye comme une simple sœur converse ?

Jacqueline pleure, les personnes qu'elle aime le plus au monde après Dieu persistent à lui refuser ce qui lui revient. Alors, pour leur montrer sa détermination, elle leur annonce qu'elle est prête à se sacrifier à leur bon plaisir et à différer son entrée à Port-Royal. Ni les retraites ni les prières n'ont effacé son orgueil. Elle ne lâche rien. La situation est sans solution : d'un côté, elle est trahie par sa famille et décidée à la fuir, de l'autre, elle ne veut pas arriver à Port-Royal les mains vides.

En attendant la réponse de Blaise, mère Angélique, sœur Agnès et Monsieur Singlin tentent de la calmer, de lui apporter du réconfort. La lutte s'engage. Blaise veut un carrosse pour être respecté, Jacqueline une dot pour être appréciée. Blaise et Jacqueline, Jacqueline et Blaise, même combat !

Blaise se bat pour défendre son statut social chez le duc de Roannez, Jacqueline à Port-Royal. Celle qui devait être détachée du monde ne manifeste aucune sagesse confrontée aux problèmes de respectabilité. L'orgueil du frère et de la sœur est le même. Mais la sensibilité de Jacqueline est exacerbée, elle s'engage dans une guerre contre sa fratrie. L'abbaye ne lui a pas apporté la sérénité espérée.

Elle pleure dans les bras de mère Angélique, qui finit par épouser sa colère. On aurait aimé l'entendre dire à sa nouvelle protégée le sermon de Blanche dans les *Dialogues des carmélites* de Bernanos : « Ma pauvre enfant, l'habitude finit par détacher de tout. Mais à quoi bon, pour une religieuse, être détachée de tout si elle n'est pas détachée de soi-même, c'est-à-dire de son propre détachement ? » Mère Angélique n'est pas Blanche. Elle s'agace, met de l'huile sur le feu.

Mère Angélique finit par accuser Blaise de pingrerie alors qu'elle ne le connaît pas. Selon elle, il ne versera pas un sou à sa sœur, et l'attendre, « c'était espérer une chose inouïe ; je dis un miracle de nature et d'affection, car il n'y avait pas lieu d'attendre un miracle de grâce d'une personne comme lui ». Dit-elle sans le connaître. Elle l'imagine dans les palais des ducs et des princesses. Il est étonnant de voir dans quelle mésestime elle tient Blaise Pascal ; la colère de Jacqueline avait-elle fini par la persuader ? Les ragots traversent les murs de la paroisse, ils courent, s'échappent, fuient, rien ne les arrête, comme dira Victor Hugo, les voilà aux pieds de mère Angélique, ils décrivent un Pascal perdu entre vanité et mondanités. Mère Angélique est déçue qu'après sa première conversion Blaise ne mène pas une vie de prières et de solitude.

En dehors des grilles de Port-Royal, point de salut. Rigide janséniste, mère Angélique juge et espère que Jacqueline comprendra, grâce à ces différends, combien son frère et sa sœur appartiennent encore au monde. Jacqueline se défend en lui expliquant qu'elle pensait un miracle possible, qu'elle pensait que son frère la suivrait. La mère la reprend : « Vous savez bien qu'on ne doit jamais s'attendre aux miracles. » Les biens terrestres sont encore trop importants pour Jacqueline. Il faut qu'elle rompe avec sa famille et qu'elle n'écrive plus à Blaise : « Vous voyez que Dieu vous demande plus de détachement. »

# Affaire réglée

Blaise, affolé par les proportions que prend l'affaire de la succession, est décidé à céder sur tout ce que Jacqueline réclame, jusqu'à se priver du nécessaire. Jacqueline accepte, sans compassion pour lui. Personne ne s'insurge, même si ses réclamations vont à l'encontre des prescriptions édictées par l'Église. Blaise pensait que Jacqueline, en entrant à Port-Royal, perdait le droit de posséder. « Si Pascal avait été cet escroc fraternel que quelques personnes morales ont dénoncé, il eût accéléré et non retardé les étapes de la profession religieuse de Jacqueline », conteste avec raison André Le Gall.

Le 1er mars 1652, la succession est réglée. Les comptes sont enfin arrêtés entre les Périer, Blaise et Jacqueline.

Blaise a tardé à donner à Jacqueline sa part, non par malhonnêteté, pingrerie ou égoïsme ; peut-être n'avait-il pas spontanément envie de remercier les religieuses de lui avoir enlevé sa sœur. L'argent était devenu le moyen de traduire son ressentiment et de prolonger son pouvoir sur sa sœur. Le philosophe est un homme qui souffre.

Mais à cause du règlement de Port-Royal, Jacqueline doit attendre encore quatre ans avant de toucher son héritage. Alors les religieuses trouvent une solution et décident que le temps passé à prier chez son père sera compté en années de noviciat, afin que Jacqueline puisse recevoir l'argent sans plus attendre.

Derrière les grilles de Port-Royal, l'orgueil et l'avidité ne sont pas abolis.

Blaise et Gilberte versent la somme. Jacqueline va hériter, ou plutôt l'abbaye de Port-Royal héritera, et Jacqueline deviendra sœur Sainte-Euphémie. Tout le monde est content, même Blaise, qui supportait mal cette fâcherie.

Mère Angélique, bien que séparée de la société, n'ignore ni la loi ni les agissements des uns et des autres. Elle juge cette affaire avec des considérations simplement humaines en opposant les personnes du monde aux personnes retirées du monde : « Les personnes du monde, même généreuses, répugnent à l'être avec ceux qui se sont retirés du monde. » Et elle déploiera « toutes les saintes ruses » pour éviter le moindre soupçon de calcul. Saintes ruses, glorification, puis humiliation, elle utilisera tout son arsenal afin que Port-Royal demeure une maison désintéressée.

Le 4 juin 1653, devant un notaire, Jacqueline reçoit « la donation de 1 500 livres tournois de rente et s'engage à verser au maximum dans six mois 5 000 livres tournois en deniers comptants ». La somme est importante, même si Jacqueline, qui n'a aucun sens de l'argent, espérait le double.

Mère Angélique s'est trompée sur les intentions de

Blaise. Entraînée par la rage de Jacqueline, elle avait pris parti et déclaré que Blaise n'avait pas « assez d'affection et d'amitié » pour donner sa part à sa sœur. Qu'il était retourné dans « les délectations du monde » et qu'il les préférait « à celles de la grâce ».

Ces histoires d'argent et de mondanités ont excité l'imagination des sœurs et les ont révulsées.

La sœur de Blaise Pascal est maintenant aussi la sœur d'Angélique et Agnès Arnauld, de Singlin, des novices, des pénitents, des curés... Désormais, Pascal doit la partager.

Jacqueline ne cesse de prier pour la conversion de Blaise, elle demande de l'aide à sœur Agnès et à mère Angélique. L'injustice de leurs disputes a laissé son frère anéanti. Heureusement, le conflit est terminé, il n'aura plus à entendre les reproches de sa sœur. Elle pourra faire belle figure à la « maison » de Port-Royal tandis qu'il survivra chez le duc de Roannez.

Pascal ne roule pas sur l'or, mais en carrosse. Jacqueline ne servira pas comme domestique et deviendra sous-prieuse et maîtresse des novices à Port-Royal des Champs en 1655. Leur père leur a inculqué l'excellence. L'orgueil fait partie de leur éducation.

Les deux guerriers ont déposé les armes. Fin de la querelle, qui n'aurait guère d'intérêt si elle n'avait inspiré à Blaise un des textes les plus déchirants.

Si Jacqueline avait su que bientôt son frère allait faire de Dieu l'objet d'un pari, que dans le doute de son existence, il allait conseiller aux hommes de croire en Dieu

– si Dieu existe, ils seront récompensés, et s'Il n'existe pas, ils n'auront rien à perdre –, si elle avait eu connaissance de l'incertitude de sa foi, de sa façon d'arriver à Dieu par le raisonnement, Blaise aurait pu perdre son estime pour toujours.

# La vêture

Le 9 mai 1652, deux mois après son entrée à Port-Royal, Jacqueline de Sainte-Euphémie Pascal écrit à son frère pour lui demander son consentement et le prier d'assister à la cérémonie de ses vœux.

Elle lui adresse une longue lettre qui ressemble à celle qu'elle a écrite à son père quatre ans auparavant. Elle supplie son « très cher frère d'étouffer les sentiments de la nature » ; Dieu va enfin exaucer « les prières et les larmes presque continuelles qu'elle lui offre depuis plus de quatre ans ».

Selon François Mauriac, ce n'est plus à l'Iphigénie de Racine qui se résigne à mourir pour la gloire de son père que Jacqueline nous fait songer mais au Polyeucte de Corneille, ce noble Arménien converti au christianisme au grand désespoir de son épouse et qui refusera de renier sa nouvelle religion. Comme lui, elle est déchirée d'avoir à choisir entre « les tendresses de l'amour et la fermeté du divin ». Jacqueline supplie Blaise de lui donner son consentement, « non pas pour pouvoir accomplir la chose (...), mais pour pouvoir l'accomplir avec joie, avec repos d'esprit, avec tranquillité ». L'héroïne cornélienne force le ton : à « la plus glorieuse et la plus heureuse action de ma vie, serait mêlée une extrême douleur », sans la présence de son frère aimé. Non, elle ne le croit « pas assez insensible » pour qu'il se résolve à lui « causer un si grand mal ».

Et elle se fait plus pressante encore : « Ne m'obligez pas à vous regarder comme l'obstacle de mon bonheur, si vous êtes capable de différer l'exécution de mon dessein (...). Ne vous rendez pas ingrat envers Dieu de la grâce qu'il fait à une personne que vous aimez : plus elle doit vous être chère, plus les faveurs qu'elle reçoit vous doivent être sensibles. »

Jacqueline, tour à tour cérémonieuse et familière, joue sur tous les registres, elle passe de la sévérité de la future religieuse à la douceur de la petite sœur, néanmoins sans faiblir un instant, avec ce vouvoiement terrible qui efface leur enfance.

Chaque mot de cette lettre dut bouleverser Blaise. Jacqueline y déploie son talent d'épistolière, son charme d'autrefois, en se montrant à la fois impulsive, autoritaire et câline. Il ne peut plus rien lui refuser car il admire sa fermeté et il a pitié. Il ne veut pas être responsable de son malheur et se rend à l'évidence : il doit se résoudre à l'abandonner à Dieu. Il abdique. La volonté de sa sœur est plus forte que la sienne.

Cette fois, Jacqueline est bien partie, et Blaise est accablé.

Il se rendra à la cérémonie. Sans l'insistance de Jacqueline, il est probable qu'il se serait évité cette douleur. Pour s'assurer la présence de son frère ce dimanche 26 mai de l'année 1652, Jacqueline a demandé à Robert

Arnauld d'Andilly, frère de mère Angélique et d'Antoine Arnauld, de l'emmener avec lui.

Comment résister à ces appels ?

Blaise traverse la cour de l'abbaye, impressionnant de majesté. Chemise à col large, pourpoint de soie et veste de velours noir, droit dans ses hautes bottes, mais impuissant à retenir sa peine.

Il accompagne sa sœur à l'offrande, alors que cet usage ne se trouve pas dans les *Constitutions de Port-Royal* ni ailleurs. Encore une faveur faite à Blaise et Jacqueline ? En les imaginant l'un près de l'autre avançant vers l'autel, on pense à une cérémonie de mariage.

Singlin interroge Jacqueline :

– *Ma fille, que demandez-vous ?*

Jacqueline répond :

– *La miséricorde de Dieu et la vôtre, mon père, pour me disposer à rentrer dans le monastère et prendre la vie de religieuse.*

Sa voix résonne entre les murs nus de la chapelle. Pascal est définitivement séparé de Jacqueline.

Il a assisté au sermon, aux prières, à la bénédiction des habits et à celle du voile. Il a tenu bon, malgré l'odeur d'encens qui lui tourne le cœur.

Il a regardé Jacqueline recevant un cierge allumé et le crucifix, il l'a regardée à genoux devant Singlin, il a entendu Singlin prononcer une prière pour elle et lui donner la bénédiction. Puis, Blaise a pris congé, avant la fin de la cérémonie, abandonnant sa sœur à sa nouvelle famille.

Louise Delfaut l'attend, elle pleure, elle ne peut s'arrêter de pleurer.

Après lui avoir servi une soupe, elle lui lit la lettre qu'elle a reçue de Jacqueline. Celle qu'elle a élevée lui demande de la consoler si elle en a besoin, mais de l'encourager toujours.

Jacqueline promet de la recevoir à Port-Royal, mais à condition qu'elle ne vienne pas la « combattre ». Elle perdrait son temps. Cette condition est « valable à tous ceux qui voudraient l'entreprendre, pour vous épargner à tous une peine inutile ». Et sa Jacquette conclut par ces mots : « Je n'ai que trop patienté. »

Louise et Blaise demeurent silencieux.

Plus aucun recours n'est possible. Ils le savent. Jacqueline a refermé la porte de l'abbaye derrière elle.

# Un cœur en hiver

Malgré les liens qui l'unissent à la famille Pascal et sa peine de laisser Blaise, Louise Delfaut, après plus de vingt ans de bons et loyaux services, rend son tablier. Gilberte, Blaise et Jacqueline s'engagent à lui verser une rente viagère de 400 livres.

Blaise chavire. Elle était la seule femme encore présente à la maison. Toutes sont parties. Gilberte a rejoint son mari. Jacqueline son abbaye.

La cérémonie de la vêture a sonné la fin de Jacqueline à la maison. Le départ de Louise sonne la fin d'une époque. Sans avoir été une mère de remplacement, Louise défendait les enfants. Combien de fois s'est-elle insurgée contre la sévérité excessive d'Étienne envers son fils ? Elle redoutait ses « débauches d'études et de travaux, toutes ces exaltations scientifiques qui se payeront au prix fort ».

Louise organise la maison avant de partir. Sa sœur Françoise la remplacera, elle s'installera avec son mari Charles Pinel et leurs deux filles chez Blaise d'ici quelques semaines.

Les abeilles ont abandonné la ruche. Aucun bruit de pas ne résonne dans le couloir, les chambres sont vides, les placards aussi. L'absence est partout. Blaise est le chef d'une famille disparue.

Sans amis, il mourrait de solitude. Il se déteste d'avoir besoin de divertissement, de la société, lui qui aimait demeurer seul dans sa chambre à travailler n'en a plus la force. La solitude dans une maison pleine n'est pas la même que celle d'un foyer dont les membres se sont envolés les uns après les autres. Son père est mort, il ne peut lui en vouloir, mais Jacqueline avait le choix. Elle pouvait choisir d'aimer Dieu dans sa chambre, près de lui. Pourquoi en a-t-il été autrement ? Combien de fois s'est-il posé cette question ? De quelque façon qu'il retrace l'histoire, il s'accable, et accable Jacqueline, qu'il déteste accabler. Trop d'amour abîme l'amour. Blaise tourne en rond, puis se remet au travail. Il plonge un tube rempli de mercure dans une cuve qui en est pleine. Le liquide s'abaisse, reste en suspens, laissant un espace apparemment vide en haut. Il prend des notes, sûr de lui et de ses conclusions. L'expérience du Puy-de-Dôme avait prouvé l'existence du vide, de façon évidente et spectaculaire. Imperturbable, Blaise continue l'expérience. Sans Florin, il est réduit à s'exercer dans une bassine. L'eau exige des tubes de quinze mètres de haut, alors il utilise le mercure. Il triomphe contre les éléments, pas contre sa sœur. La volonté de la petite janséniste est plus complexe à maîtriser que l'air et le mercure.

Elle s'est libérée de lui, il ne s'est pas libéré d'elle. Le sera-t-il un jour ? Lui le prodige, dans cette France des années 1650, a perdu son autorité sur une petite sœur poétesse. Elle l'a abandonné à ses tubes et ses calculs. La solitude de son travail devient insupportable sans elle dans cette maison.

Il ne lui reste que les mondanités pour se réchauffer le cœur. Jacqueline l'a réduit à cela, à quitter sa table de travail pour les salons où se croisent des âmes en détresse. Sa douleur physique est désormais moindre que sa douleur morale.

Son père prétendait que toutes les situations, même celles qui semblent le plus inutiles, peuvent receler un intérêt. À lui de découvrir quelle situation. Et il y parviendra, « sa période mondaine », comme il la nomme lui-même, lui inspirera un des plus célèbres passages de son *Apologie de la religion chrétienne*.

Blaise sombre. Dans son cœur, c'est l'hiver. Le médecin l'a souvent vu souffrant physiquement, mais jamais moralement effondré. Le mercure est responsable de ses maux de tête, Jacqueline de ses maux à l'âme. Le médecin ausculte le fond de ses yeux, déclare que Blaise ne souffre pas d'une mélancolie de type religieux ou mystique et lui suggère, pour guérir, de prendre des cours de danse, une épouse, de trouver un travail, une charge. Toutes ces informations le renversent. S'acheter une charge ? Blaise balaie le conseil d'un revers de manche. Se marier ? Quelle idée ! Lui qui a passé son temps à critiquer le mariage, à rejeter les prétendants de Jacqueline et qui aurait préféré que Gilberte demeure à la maison s'il avait eu voix au chapitre.

Blaise, apprendre à danser ? De plus en plus saugrenu. Le rigodon était en vogue au XVII^e siècle. Il s'exécute à deux, une partenaire est nécessaire. Le rythme est vif et binaire, le danseur sautille d'un pied sur l'autre en claquant des doigts et en poussant des cris aigus. Même si la danse était enseignée au garçon au même titre que le combat à l'épée ou l'équitation – le futur roi Louis XIV excella dans cet art –, j'imagine mal Pascal en Monsieur Jourdain attendant son maître à danser. Cela se faisait pourtant dans les familles bourgeoises, mais dans la famille Pascal, orchestrée par Étienne, on avait toujours préféré les mathématiques au rigodon.

Au lieu de se résoudre à trouver charge et épouse, Pascal continue de sortir. Le 14 avril 1652, il va au Petit Luxembourg chez la duchesse d'Aiguillon exposer sa machine arithmétique et ses expériences d'hydrostatique. Les invités l'applaudissent comme un nouvel Archimède.

En juin, il écrit à Christine de Suède, qui apprécie les grands esprits français, et lui offre une de ses machines à calculer, qui pourtant coûtent fort cher, avec le mot suivant : « Régnez, incomparable princesse ! » Pascal a vite appris les codes de la vie mondaine, ses relations à présent comptent des gens élégants et des puissants.

Mais aucune princesse ne peut combler le vide laissé par sa petite sœur.

# Période mondaine

La période mondaine de Pascal a débuté en 1648, au moment de ses expériences sur le vide, à la suite des travaux de Torricelli. Elle se prolongera jusqu'en 1654.

L'homme qui a prouvé l'existence du vide avec grand succès le redoute dans sa vie personnelle. Le vide est maintenant en lui.

Son médecin s'est trompé sur le mariage, pas sur la nocivité du mercure. Blaise doit s'en éloigner. Une seule solution, sortir, quitter sa table de travail. Les mondanités sont en quelque sorte une prescription médicale. Gilberte présente l'épisode mondain comme une nécessité thérapeutique pour laquelle Blaise « aurait eu beaucoup de peine d'abord ». Au contraire, Marguerite Périer, sa fille, intrépide dans ses jugements, n'hésitera pas à multiplier les allusions aux joies que le « misanthrope sublime » rencontrait dans le monde. Des années après sa mort, elle décrit son oncle, qu'elle a mal connu, comme un homme menacé par l'ennui « quand il ne fut occupé ni de sciences, ni de choses de piété qui portent avec elles leurs applications, il lui fallut quelques plaisirs ». Ne supportant pas de « rester en repos dans une chambre », il aurait pris goût au divertissement, « contraint de revoir le monde, de jouer et de se divertir ». Tout cela, d'une façon modérée au début, mais, toujours selon sa nièce, il finit par y prendre plaisir.

Marguerite et Jacqueline, la nièce et la tante, se trompent. Blaise se divertit mieux en travaillant, les sciences demeurent son meilleur antidote contre l'angoisse. Les « anges orgueilleux » ne l'empêchent pas d'étudier.

Qu'est-ce qui permit tant d'audacieux discours à Marguerite ? Parce qu'elle ne s'arrêtera pas là, elle prêtera aussi une relation amoureuse à son oncle avec Mademoiselle Charlotte de Roannez, mais il me fut bien impossible de trouver une seule ambiguïté dans leurs austères échanges épistolaires.

Charlotte et Blaise ont eu des échanges en aparté, elle fait juste partie du cercle des passionnés de Pascal. Charlotte est née en 1633, elle a dix ans de moins que lui, elle est ravissante, le plus beau parti du royaume, mais cela ne justifie pas les suppositions de Marguerite. De toute façon, la condition de Blaise ne lui aurait pas permis d'épouser une fille d'une telle naissance.

Marguerite affabule, elle ne se serait jamais remise du moment de gloire que lui apporta sa mystérieuse guérison. Alors elle veut continuer à attirer l'attention sur elle. Elle a dix ans quand elle touche la relique de la Sainte Épine de la couronne du Christ et que le miracle se produit : c'en est fini de la purulente et odorante fistule lacrymale dont elle souffrait. Dieu l'a choisie, elle est l'élue. Le petit monde de l'abbaye est bouleversé. Dieu soutient la cause des jansénistes. L'événement marque l'évolution religieuse de Blaise Pascal.

Blaise ne connaîtra heureusement pas l'opinion de Marguerite sur sa vie sentimentale, elle a seize ans et n'a pas commencé à écrire quand il mourra.

Il s'irrite seulement contre Jacqueline, qui lui demande d'abandonner le monde. Il répond juste aux sollicitations que lui offre sa célébrité. Il noue de nouvelles amitiés, particulièrement dans le salon du duc de Roannez.

Le duc est un homme pieux, passionné de sciences, il doit son renom à sa naissance mais aussi à son mérite.

À ses côtés, Pascal « se remit dans le monde avec l'ardeur fiévreuse qu'il portait en toutes choses », écrit François Mauriac. L'époque n'est pourtant pas favorable à la vie sociale. Les corruptions, les soupçons, les intrigues, l'arrogance et l'orgueil du Grand Condé ont ranimé la Fronde à Paris, à Bordeaux et en province. L'insécurité règne, la discrétion est de mise.

Dans sa maison devenue trop silencieuse et trop grande pour lui, Blaise a perdu ses habitudes anciennes, le coin de cheminée où Jacqueline venait l'écouter lire ravive son chagrin. Il n'a plus d'autre choix que de partir chez le duc de Roannez en carrosse à six chevaux pour y arriver dignement.

Pascal mène grand train, dépense plus que son état de fortune ne le lui permet. Il a trente ans, il a toujours vécu dans l'admiration de sa famille. Sa famille défaite, il se réfugie là où l'enthousiasme perdure.

Il a travaillé sans relâche depuis ses premières expériences, au détriment de toute vie amicale. Il est las de ses querelles avec Jacqueline, presque résolu à la savoir heureuse sans lui. Presque : la volonté qu'il lui fallut déployer pour résister à une dernière accolade lui a pris toutes ses forces. À peine réveillé, il lui semble entendre encore le petit bruit feutré de ses pas devant sa porte le matin de son départ, les chuchotements des deux sœurs demeurent un poignard dans son cœur.

La vie monacale et les privations que Jacqueline s'impose commencent à l'inspirer inversement : il veut s'ouvrir au monde, percer le secret des distractions et prouver que l'on peut avoir la foi et sortir le soir. Dorénavant, sa réputation grandissante lui ouvre toutes les portes. Ce n'est pas le moment d'abandonner les fruits de son travail. Les éloges pleuvent de toutes parts, l'abbé Bourdelot, le médecin personnel de Christine de Suède, membre d'une Académie des sciences réputée, n'y va pas par quatre chemins : « Vous êtes un de ces génies que la Reine cherche », et il conclut sa lettre par ces mots : « Vous êtes l'infaillible. »

Si *l'infaillible* avait eu *autant de santé que de zèle*, il se serait présenté à la cour de Suède. Son état l'en empêche, et le duc de Roannez le retient à Paris. Avec lui, il perfectionne les horloges, la technique pour assécher le Marais poitevin, la construction de machines à vapeur et bientôt les carrosses à cinq sols. La Cour ne refuse rien au duc qui, pendant la Fronde, avait pris position pour Louis XIV. Le parrainage de son ami pourrait aussi aider Pascal à obtenir une charge afin de gagner l'argent dont il a besoin.

Comment résister ? Les puissants redonnent à Blaise

cette force qui, un froid matin d'hiver, l'a quitté. Jacqueline habite ses pensées, bouleverse ses habitudes d'écriture. Voilà qu'il répond aux invitations par quelques vers, une épître, comme elle. Il cède à la poésie. Il veut la fuir et il s'en approche. Le passé envahit le présent. Mais il se bat. L'humilité, c'était Jacqueline, et Jacqueline est partie. Fini le spectacle des privations, du froid, de la faim. L'opulence s'offre à lui. Pascal défraie la chronique avec « une gazette burlesque ». Ses vers franchissent les grilles du palais et celles de Port-Royal. Les sœurs sont bientôt informées. Pascal s'amuse, déclame comme jadis Jacqueline. Et voilà que la gazette rend compte de ses vers sur le génie Archimède. Blaise court d'un salon l'autre, rencontre la nièce de Richelieu. La duchesse d'Aiguillon lui demande des nouvelles de Jacqueline, qui a sacrifié ses dons à Port-Royal. Sans mauvaise intention, la duchesse ravive la plaie de Blaise. Jacqueline était trop brillante, trop audacieuse pour ce siècle. La gorge serrée, Blaise approuve, sans pour autant relancer le débat. Le chapitre est clos. Il se dirige vers un salon enfumé. Là se tiennent les joueurs. Sur les tables, des cartes étalées et des verres remplis d'un liquide doré. En les observant, il se demande comment ils s'attribueront les enjeux une fois la partie terminée. Tout est mathématique, probabilités et partage, les cartes, les dés. On ne se refait pas.

# Pascal dans le « bourbier »

Pascal s'amuse. Jacqueline a perdu son indulgence. Son intransigeance s'est accrue avec le temps. Elle ménage de moins en moins son frère, ses formules sont virulentes, excessives, elle va jusqu'à lui reprocher de « mettre les balais au rang des meubles superflus et de vivre dans l'ordure ».

La distance noircit le tableau. Le ressentiment l'aveugle, son imagination l'emporte, elle médit encore et encore. La petite sœur est devenue une furie austère et rigide, une furie qui prie tous les jours pour que son frère quitte la lumière, pour qu'il fuie ce qu'elle nomme son « bourbier ». Les acteurs du bourbier étant le duc de Roannez, le prince de Luynes, Pierre Nicole, mais aussi la ravissante Madame de Longueville, Madame de La Fayette, Madeleine de Souvré, marquise de Sablé, toutes admiratrices de Pascal. Quant à Madame de Sévigné, Virginia Woolf écrira « qu'elle ne le lisait pas, elle l'intégrait à son esprit ». Blaise attire l'aristocratie, la lumière, il a du charisme et sait en jouer, sa culture, son intelligence séduisent les femmes, et les hommes aussi, il est le centre d'intérêt de toutes les réunions, les invitations pleuvent et des soirées sont données en son honneur. La contradiction, c'est le jansénisme. Frivolité et rigidité. Pascal embrase son entourage. Il n'abandonne pas sa vision du monde, il la répand.

Il croise Madame de Lafayette à l'hôtel de Nevers, elle l'admire, ils s'entendent sur sa conception de l'amour ; *La Princesse de Clèves* n'est pas encore née, mais elle correspondra bien aux critères sombres et pessimistes sur le sujet : une femme épouse un homme sans l'aimer mais en aime un autre auquel elle ne se donnera pas…

La marquise de Sablé, qui manie avec génie préciosité et jansénisme, fait aussi partie des admiratrices ; c'est elle qui a lancé la mode des portraits et des maximes dans ses salons du Faubourg-Saint-Honoré et de la place Royale. Elle défendra passionnément les *Pensées* dans ces lieux, symboles de raffinement et d'élégance. Le monde est-il maintenant la nouvelle famille de Pascal ? Non, mais il assume bien volontiers son épisode mondain. Il est probable que sans ses déboires familiaux, le savant serait resté parmi ses livres et ses tubes, il n'en serait pas à quémander de l'affection aux précieuses duchesses. Il entend les reproches de Jacqueline, mais elle se leurre sur son frère, janséniste avant tout. Il s'autorise des sorties à condition de n'y prendre aucun plaisir. Il s'applique de plus en plus à ne rien éprouver ; « il n'était pas possible qu'il usât de ses sens ». Son refus du plaisir va crescendo. Il commence par la nourriture, comme Jacqueline à Bien-Assis. Quand on lui présente des mets sophistiqués qu'il pourrait apprécier, il les met de côté. Il se rapproche de sa sœur au grand galop. À coups de sentences venimeuses, Jacqueline a atteint sa cible. Jusqu'à ce cilice aux pointes bien aiguisées qu'il porte à même la peau. À la moindre sensation de plaisir, la moindre vanité, « il se donne un coup pour accentuer la violence de la morsure, et se souvenir de son devoir ». Alors les pointes le griffent jusqu'au sang.

J'ai vu cette ceinture de ferraille à la Bibliothèque de Port-Royal. Elle repose dans une petite boîte en métal provenant de l'abbé Cognet, descendant de la famille Pascal. Cette fine chaîne pourrait être l'œuvre d'un artiste contemporain. Pour mieux écorcher son utilisateur, des pointes dépassent de chaque maillon. Elle est trop courte pour enserrer la taille d'un homme. N'ayant pas de mètre, je me sers de mon crayon, mesure de fortune. Deux crayons et demi, cela correspond à une vingtaine de centimètres, un tour de bras ou de cuisse, selon. La chaîne au creux de mes mains me donne la sensation de tenir un oursin. Je la déplie, l'enroule autour de mon poignet, plusieurs tours, je veux ressentir ce que Pascal ressentait, je veux sa douleur, je veux comprendre l'étrangeté de la démarche du pénitent. Vingt-quatre centimètres exactement de ferraille – j'ai mesuré les crayons en rentrant chez moi – pour punir notre misérable condition, pour contrarier les ardeurs d'un jeune homme de trente ans face à sa nature, face à la belle Sylvie et peut-être face aux élégantes du salon du duc de Roannez. Les pointes de fer se font sentir. La chaîne griffe. C'est assurément un instrument de torture, impropre au libertinage.

Jacqueline se rapproche. Cette souffrance est moins douloureuse que l'amour. Mieux vaut un bras écorché qu'un cœur qui saigne. Un homme peut mourir d'un amour non partagé, pas d'un bras griffé. On meurt pour une belle Sylvie, pas d'une égratignure.

Pascal pose le postulat : « Tous les hommes recherchent d'être heureux. » La recherche du bonheur est universelle. Pascal porte la chaîne à pointes pour se protéger des souffrances de l'amour.

Gilberte s'inquiète. Blaise développe une méfiance excessive des femmes, au point de ne pas supporter qu'elle évoque une jolie fille devant ses enfants. Il la reprend, lui déconseille de tenir ce genre de discours devant les jeunes gens. Elle ne sait pas « quelles pensées cela peut exciter en eux ». En eux ou en lui ?

On dit que l'étrange enfant qu'il fut souffrait de convulsions à la vue de ses parents amoureux, et que plus tard il serait mal à l'aise devant Gilberte qui caressait sa progéniture. Même logique. Les gestes de tendresse lui sont insupportables, ils représentent un danger, un impardonnable péché pour le jeune Blaise. Plutôt se priver du jardin d'Éden et s'exclure du paradis de l'amour.

Quelle sorte d'attirance le lie à Jacqueline ? Une de celles qui contredisent la pureté ? Blaise lutte contre lui-même. L'amour est l'ennemi. Il se méfie des femmes, jusqu'à leur conversation.

Jacqueline, derrière ses murs, ne devrait pas s'inquiéter, son frère, le bras ou la cuisse enserré dans une ceinture d'acier, s'applique scrupuleusement à se gâcher la vie.

## Les leçons de Blaise et de Jacqueline

Blaise repousse indéfiniment sa visite au parloir. Il redoute les reproches de sa petite sœur. Il la craint comme une épouse, alors qu'elle l'aime comme une sœur.

S'il se rend à Port-Royal, Jacqueline vilipendera ce frère devenu trop célèbre. La plupart des informations lui arrivent déformées. Si elle avait su que sa renommée l'aidait à convertir les mondains au jansénisme, son indulgence aurait été plus grande. Dans les salons, Blaise passe pour un zélateur, il défend la doctrine de saint Augustin, plaide pour la grâce, pour la négation de la liberté humaine. C'est Jacqueline qui s'exprime à travers lui. Certains l'admirent, d'autres s'étonnent de la prétention de cet homme qui « semblait toujours qu'il tenait le dessus »...

Quand il s'entretient avec les jeunes libertins, ceux dont la croyance est encore fragile, il endosse le rôle de professeur, il évoque l'énigme que ne cessera de lui poser la coexistence entre grandeur et misère chez l'homme. Si l'homme était purement misérable, il n'y aurait pas de mystère.

Pascal bouscule, prend plaisir à entrer en conversation

avec les libres penseurs. Il est prêt à les aider à trouver le chemin de Dieu. Si Jacqueline l'entendait éveiller les esprits à la misère de leur condition, elle réviserait son jugement. Petit à petit, Blaise devient le digne frère de Jacqueline, le défenseur de la religion chrétienne.

Le jeune duc de Chevreuse, fils aîné du duc de Luynes, le sait bien. Il a vu Blaise à l'œuvre. Ce dernier lui a fait la leçon afin qu'il ne confonde pas son rôle social et son moi, sa personne intime. Il n'y est pas allé par quatre chemins pour le persuader qu'il n'était qu'un « amas d'incertitudes », un « rebut de l'univers » égaré sur la terre s'il ne prenait pas conscience de sa condition. « Corruption des biens terrestres ! » Celui-ci, secoué mais reconnaissant, comprend qu'il est malvenu de se réjouir de ses châteaux, de ses carrosses, que tout cela ne vaut rien, que l'homme est un être déchu… Celui qui a été élevé dans la gloire de ses ancêtres, pair de France et connétable, appelé à devenir un héritier, un grand du royaume, duc de Chevreuse, troisième duc de Luynes, a écouté stoïquement le discours de Blaise, prêt à descendre de son piédestal.

La leçon ne s'arrête pas là. Comme s'il s'adressait à un enfant, celui qui dénonçait l'imagination comme « maîtresse d'erreur et de fausseté » invente une fable pour mieux convaincre le jeune homme au foulard de mousseline : l'histoire d'un homme jeté par la tempête sur une île inconnue dont les habitants auraient perdu leur roi. Cet homme ayant beaucoup de ressemblance avec le souverain disparu est pris pour lui par le peuple ; décidé à se prêter à sa bonne fortune, il se laissa traiter de roi. Cet homme règne donc par hasard, à la suite d'une méprise. Pascal tente ainsi de démontrer que rien ne justifie nos privilèges, notre naissance. Le jeune duc ne devra pas oublier quand il recevra des honneurs qu'il n'est roi que de comédie, que le royaume ne lui appartient pas, que seul un hasard l'a mis dans son palais. Il peut jouer son rôle devant les autres, mais il ne doit pas être dupe dans son for intérieur.

Les entretiens de Pascal et de Luynes donneront un ensemble de textes éducatifs, les *Trois discours sur la condition des Grands*, les seuls de Pascal consacrés à la politique, reconstitués et retranscrits par son ami Pierre Nicole, témoin de cet enseignement.

Jacqueline, après avoir vécu en simple religieuse, puis en supérieure de Port-Royal des Champs, maîtresse des novices, s'occupera, avec plus de douceur que ne le fit son frère pour Luynes, d'éduquer les jeunes filles et rédigera à l'instigation d'Antoine Singlin un *Règlement pour les enfants de Port-Royal*.

Dans une lettre du 17 avril 1657 et destinée à l'abbé Singlin, dans un style plus modeste que son frère et avec toujours la même soumission, Jacqueline rend compte à son honoré père de la manière dont elle conduit les enfants avec beaucoup d'humilité et une grande témérité, « ayant si peu de lumière pour un emploi si difficile. Car je vous puis assurer qu'il n'y a que la seule obéissance qui soit capable de me faire faire la moindre chose ».

Jacqueline est toute dévouée à sa religion, protégée derrière les murs de son abbaye. Elle ne s'est jamais occupée des problèmes d'argent, sauf pour donner son héritage à Port-Royal. Blaise, lui, doit gérer ses affaires domestiques. Ses expériences scientifiques coûtent cher et il ne dispose pas des mêmes ressources que du temps de son père.

Vivre dans le monde demande des moyens. L'argent provenant de la succession n'est pas suffisant et l'oblige à faire des placements. Il acquiert en 1654 la troisième arcade de la Halle aux blés de Paris et s'associe à l'assèchement du Marais poitevin, une des grandes entreprises du XVII^e^ siècle.

Deux mondes évoluent parallèlement, celui de Blaise et celui de Jacqueline, pour bientôt se rejoindre. Tandis que Blaise est son propre maître, Jacqueline continue son chemin. Après son père, son frère, elle est soumise de nouveau à un homme : l'abbé Singlin, auquel elle rend compte de sa façon de répartir les heures de sa journée, de son enseignement pour la conduite spirituelle et corporelle des enfants. Du lever au coucher. Sans oublier un seul petit moment, sans omettre de réprimer le moindre plaisir de bouche ou le moindre manque d'attention au travail, le moindre regard étourdi en croisant une sœur.

Jacqueline passe en revue l'habillement, la prière du matin, les lits, le travail qui « plaira d'autant plus à Dieu qu'il leur plaira moins ». Toujours la même quête : tirer le moins de plaisir possible. Prier à genoux à toute heure de la journée, se tenir droite et de bonne grâce.

Au réfectoire : « Manger de tout indifféremment, commencer par celle de leurs portions qu'elles aiment le moins, par esprit de pénitence… »

Se croiser en baissant « les yeux sans regarder de côté ni d'autre ; (…) éviter les plus petites paroles (…) que leur sœur ne trouverait pas bon que l'on dît d'elle »…

Éviter « toutes sortes de familiarités les unes envers les autres, comme de se caresser, baiser ou toucher, sous quelque prétexte que ce puisse être (…) et elles ne doivent parler qu'en présence de leur maîtresse, et par quelque besoin ».

Le règlement pour les enfants de Jacqueline d'un côté, les *Trois discours sur la condition des Grands* de l'autre : les Pascal font la leçon.

# Le repos chez les Périer

Blaise ne tarde pas à être dégoûté du monde, de « l'homme (…) égaré dans ce recoin de l'univers sans savoir qui l'y a mis, ce qu'il y est venu faire, ce qu'il deviendra en mourant… ». Jacqueline gagne du terrain… ses prières font effet. Pour rompre ses habitudes, renoncer à toute vanité, Blaise se rend chez les Périer. Il y résidera par intermittence entre 1652 et 1660.

Le hululement des oiseaux la nuit remplace le brouhaha des salons. Blaise se promène au pied des volcans près de Bien-Assis, enjambe les anciennes coulées de lave qui barrent encore le lit des rivières, il marche pour oublier l'absence de Jacqueline. Ni les salons ni les montagnes ne l'apaisent, sa douleur se déplace avec lui. Le lieu n'y change rien. Il n'est pas fait pour le monde. « Il est fâcheux de s'arrêter à ces bagatelles ; mais il y a des temps de niaiser. » Le temps de *niaiser* s'éloigne. Cela se mesure à de petits signes. L'intérêt qu'il suscitait auprès des uns et des autres l'ennuie. Il perd le goût de la dialectique, ne cherche plus à résoudre le conflit entre la misère et la grandeur de l'homme. Le divertissement ne l'empêche pas de se poser des questions. La gloire dont il est l'objet, loin de lui tourner la tête, demeure pour lui « la plus grande bassesse de l'homme ».

Il avait pourtant écrit que la reconnaissance est pour l'homme « la plus grande marque de l'excellence ; car, quelque possession qu'il ait sur la terre, quelque santé et commodité essentielle qu'il ait, il n'est pas satisfait s'il n'est dans l'estime des hommes ». Blaise se détache du besoin de reconnaissance. Les paradoxes et les contradictions s'additionnent, comme le besoin d'être admiré par ceux qu'on méprise.

Jacqueline raillait avec lui l'embellissement du château. Blaise se souvient quand ils écrivaient de conserve à leur beau-frère être « dans des études si éloignées de cet esprit-là ». Les falbalas des salons parisiens n'ont pas modifié son goût de la simplicité. Blaise demeure sur la ligne tracée avec Jacqueline.

Au dégoût du monde s'ajoute celui de la famille. L'affection d'une mère pour son enfant, d'un mari pour son épouse l'indispose. Comme Jacqueline, il refuse qu'on l'aide, il se passe de domestiques, fait son lit, dîne d'un peu de pain et d'un bol de lait, habite la chambre de sa petite sœur, cette pièce sans cheminée où l'on meurt de froid. Il s'isole, consacre son temps à la prière et à la lecture de la Bible.

Avec Gilberte, le soir, il commente les Écritures saintes, persuadé qu'elles ne sont « pas une science de l'esprit, mais une science du cœur, intelligible que pour ceux qui ont le cœur droit, et que tous les autres n'y trouvent qu'obscurités ». Ce respect pour la religion dans lequel il a été élevé « s'est changé en un amour ardent et sensible pour toutes les vérités de la foi (...) et cet amour le portait à travailler sans cesse, à détruire tout ce qui pouvait s'opposer à ces vérités ».

Mais au bout de quelques jours, Pascal ne tient plus en place, l'existence de petit châtelain ne lui convient pas, la vie de pénitent peut se poursuivre à Paris, loin des rires des enfants. Il n'a pas renoncé à son travail, il continue d'ouvrir ses livres de sciences, de tracer des figures. Il s'en culpabilise, bien sûr, tout en se demandant pourquoi Dieu lui interdirait de raisonner. Sur ce point, il ne cédera jamais à Jacqueline. Elle remportera toutes les batailles, sauf celle-là.

La science est inhérente à lui, comme la religion. Il a besoin de ses livres, de ses tubes, de ses calculs, de sa table de travail où s'accumule une multitude de notes. Il est insatiable. Son agitation cependant ne combat pas le manque de Jacqueline. Il ne l'a pas revue depuis qu'elle a prononcé ses vœux. Son esprit demeure dans cette chambre aux murs humides imbibés de pluie, celle-là même qu'elle occupait à Bien-Assis.

Il a faim, il a froid. Il lutte contre les crampes d'estomac, contre l'air glacé qui pénètre son corps agenouillé dans la prière. Gilberte s'inquiète. Les souffrances de Jacqueline sont devenues les siennes. Mais cela ne lui suffit pas, elle lui manque physiquement. Il veut la voir.

Blaise quitte Clermont à la fin de l'été 1654. Bien que son ami le duc de Roannez l'ait invité dans son château dans le Poitou, il préfère préparer son emménagement rue des Francs-Bourgeois-Saint-Michel pour se rapprocher de Jacqueline.

Le silence règne dans Paris à cette saison et lui rappelle le silence de l'abandon qui suivit la nuit du départ de Jacqueline.

Blaise doit se rendre à Port-Royal. Il traverse le jardin de Marie de Médicis, longe les chênes, dépasse la fontaine, il a mal au dos, très mal, alors lui vient l'idée d'un transport en commun : cinq lignes de carrosses qui relieraient plusieurs quartiers de Paris et qui faciliteraient les déplacements. Blaise ne peut s'empêcher d'élaborer.

# Au parloir de Port-Royal

Enfin arrivé au parloir, Blaise demande sœur Sainte-Euphémie. Il répugne à la nommer ainsi, mais ici, Jacqueline n'existe pas. Les visites sont surveillées et limitées, soumises à des horaires. Et si Jacqueline suivait l'exemple de mère Angélique avec ses parents, pourrait-elle renvoyer son frère ?

Il patiente.

Il est huit heures du matin. Le soleil se levait quand il est parti de chez lui. Assis sur un banc à l'entrée, il redoute l'état d'esprit dans lequel il trouvera sa sœur. Déjà plus d'une heure qu'il patiente.

À quel moment de son rituel se trouve Jacqueline ?

Il imagine qu'elle a déjà fait son lit, sa toilette, sommaire forcément, elle a le droit de s'essuyer le visage avec un linge propre, de se laver les mains à l'eau pure, de se frotter les dents avec « de la croûte de pain brûlé, du son ou de l'oseille ». Puis elle a pris sa collation, selon les consignes habituelles : commencer « par choisir dans son assiette ce qu'elle aime le moins ». L'heure de la bénédiction a sonné, sa récréation se niche quelque part dans ce programme, et c'est pendant ce temps très court que Blaise doit trouver sa place. Il patientera longtemps s'il le faut, qu'importe de perdre une journée de travail pour quelques minutes avec Jacqueline. Assis sur le banc de l'entrée, l'idée d'un transport en commun ne le quitte pas. Chaque passager payerait cinq sols, rien à voir avec le coût exorbitant d'un carrosse personnel. Pourquoi ne pas utiliser les carrosses commandés pour les parades ? Ceux du sacre de Louis XIV à Reims doivent dormir quelque part. Il faudrait obtenir l'autorisation du roi par lettres patentes pour les utiliser. Roannez, qui est bien introduit, pourrait s'en charger. (Le 19 janvier 1662, juste avant la mort de Pascal, Louis XIV donnera l'autorisation de mener à bien ce projet.)

Blaise lève la tête et soudain, au bout du couloir, la petite silhouette de Jacqueline apparaît.

Sa démarche a changé, sa robe longue enserre ses jambes et l'empêche de se déplacer aussi lestement qu'auparavant. Elle a appris la lenteur des religieuses. Ce n'est plus la silhouette légère et joyeuse de sa petite sœur qui s'approche, mais celle de l'austérité. Son visage est nu, pas un cheveu ne dépasse du voile blanc qui lui emprisonne la tête. Port-Royal a pris son insouciance mais n'a pas tué son regard, ce regard qui le renvoie à sa vérité, qui le gronde sans qu'elle ait même prononcé un mot.

Blaise porte sa veste de velours noir, celle qu'elle préfère, il lui ouvre les bras alors qu'elle est encore loin, mais la mère supérieure est là, le regarde, il les referme aussitôt. Elle fait signe à Jacqueline de baisser son voile. Jacqueline obéit, elle devient un fantôme, une vestale, une vierge consacrée. Elle n'existe plus. Pourquoi tant de sévérité avec un frère ? Le voile a une signification, indiquer qu'elle est mystiquement mariée. Il le sait. Blaise adresse un regard interrogateur à la surveillante pour amadouer ce bloc de femme à la lèvre supérieure couverte de duvet noir.

Le fantôme de Jacqueline accélère le pas, elle craignait de ne plus revoir Blaise à cause des reproches et des moqueries qu'elle lui avait adressés, elle craignait de devoir se contenter jusqu'à son dernier souffle des nouvelles que Gilberte lui en donnait. Il craignait de ne plus la revoir pour les mêmes raisons.

Jacqueline savait que Blaise avait rendu visite à Clermont aux Périer, qu'il avait peu mangé et beaucoup prié, qu'il avait dormi dans la même chambre qu'elle. Elle en avait été très émue, au point d'avoir le cœur serré et de pleurer sans savoir si c'était de joie ou de tristesse.

La lettre de Gilberte avait ravivé sa nostalgie des soirées en famille, ces moments heureux, lorsque Blaise lisait à la chandelle des passages de la Bible ou d'Épictète au coin de la cheminée. La nostalgie qui pouvait virer à l'acédie menaçait les nouvelles venues. Jacqueline avait prié à haute voix, longtemps, pour chasser ce souvenir, elle avait prié pour que Dieu pardonne ses médisances et sa jalousie, ce reste de poison du monde, dont elle n'était pas encore totalement débarrassée. Blaise heureux sans elle demeurait une image douloureuse.

L'entretien se déroule dans un parloir derrière un « grillage ». Une supérieure est présente ; comme il s'agit d'un parent proche, avec sa permission, Jacqueline peut lever son voile et tirer le rideau.

Son visage réapparaît.

Jacqueline et Blaise se regardent intensément, ils ne se sont pas vus depuis la vêture et ils ont l'impression de se découvrir.

Quelques fils argentés parsèment la chevelure de Blaise, c'est nouveau et c'est beau. Les larmes montent aux yeux de Jacqueline. Son visage a toujours ce côté enfantin, ses sourcils sont bien dessinés, une fossette qu'il avait oubliée lui fend le menton. Son sourire est celui de Mona Lisa, c'est ainsi que je l'imagine avançant vers son frère, un sourire dans les yeux, pas sur les lèvres.

Il lui demande à voix basse si elle va bien. Il y a dans cette attention quelque chose de dominateur, un besoin de la protéger encore. Elle répond d'un signe de tête, étonnée, plus personne ne s'adresse à elle avec cette mâle affection.

Il lui demande si elle a le droit de parler. Il insiste, il veut savoir si elle ne regrette pas sa vie d'avant, si elle ne regarde pas derrière elle.

Elle n'a le droit d'échanger que des propos banals, elle ne peut pas parler d'elle, ni s'intéresser aux problèmes des autres ou à ceux d'un monde qui ne doit plus exister pour elle.

Elle est plus simple et plus logique que son frère, même s'il n'en revient toujours pas de la voir là, elle n'a pas hésité à s'engager dans la voie étroite et lumineuse de son Dieu. Son sacrifice est complet, définitif.

– Et toi, tu vas bien ?

Le ton de sa voix traduit cette pitié inquiète, cette sollicitude quasi maternelle pour la pauvre santé de son Blaise. Dans l'affection de Jacqueline il y a de la grâce, de l'admiration pour son génie de grand frère.

Il lui dit ce qu'elle savait déjà par Gilberte, qu'il a dormi dans sa chambre et qu'il y était bien. Il avait troqué son matelas de laine épaisse contre sa paillasse. Il a eu forcément froid, forcément mal contre le sol de pierre humide ; il l'a rejointe dans la douleur puisqu'il ne pouvait la rejoindre dans le bonheur.

Jacqueline baisse encore les yeux, elle connaissait ces détails par Gilberte, mais dans la bouche de Blaise, c'est une déclaration.

Il venait là où elle voulait l'attirer et il la bouleversait.

Jacqueline dissimule mal son émotion, lui ne perd pas une miette de ce moment, de cette joie qu'il lui offre, la seule à sa portée.

La surveillante écoute, il faut changer de sujet. Les relations avec la famille ne doivent pas raviver les regrets du monde.

– Est-ce que tu écris toujours des poèmes ?

Il sait que c'est interdit, mais il espère une petite résistance de sa part.

Jacqueline répond non.

La supérieure écoute.

Jacqueline dit qu'elle n'a plus d'intérêt que pour le Ciel.

Blaise ne peut admettre que le Ciel interdise d'écrire ou de se cultiver.

– Plus une rime, plus un poème ?

– L'imagination est une diabolique intruse, que l'on doit vaincre à tout prix.

« Diabolique intruse » ? Ces mots n'appartiennent pas à sa sœur. Blaise est étonné de la violence de cette expression nouvelle. Jacqueline est devenue la plus radicale de toutes les religieuses. La poétesse a disparu.

La tierce s'approche, Jacqueline ne doit se livrer à aucune confidence contraire à la décence monastique.

– Tu as accès à une bibliothèque ?

Jacqueline lui fait signe que oui.

– Quelle sorte d'ouvrages ?

Jacqueline ne répond pas. Si elle dévoile que seuls des ouvrages de piété et de théologie garnissent les étagères, Blaise s'insurgera, il n'y a pas de quoi satisfaire toutes les curiosités intellectuelles.

Après un long silence, à mi-voix, elle demande pardon à son frère. Pardon de l'avoir critiqué auprès de mère Angélique, pardon d'avoir exagéré ses défauts et d'avoir douté de lui. Elle joint ses mains en prière, le bout de ses doigts effleure ses lèvres.

Le spectacle de sa petite sœur repentante prisonnière de ces murs et de son costume lui déchire le cœur. Il proteste, mais non, tout est sa faute, c'est lui qui présente ses excuses, il aurait dû la féliciter, donner son argent à Port-Royal sans attendre, mais il avait tant de peine, son départ lui était si insupportable qu'il s'est stupidement comporté. Il regrette, c'est lui qui demande pardon.

Maintenant qu'ils se sont tous les deux repentis, Jacqueline peut aborder sa vraie préoccupation : si Blaise l'aime autant qu'il le dit, il doit la suivre. La vraie vie est là, dans la piété, dans la sainteté et la vérité. Ils ont tout partagé, pourquoi pas l'ascétisme et le renoncement à la société ? Comment peut-il envier le silence et la solitude qui l'entourent sans se résigner à quitter le monde ?

Une cloche tinte, Jacqueline doit partir. L'oraison l'attend.

Pascal confesse qu'il a eu, pendant sa période mondaine, « d'horribles attaches pour résister aux grâces », sans répondre à la question qu'elle a posée. Jacqueline lui écrira en août 1652 : « Quittez par avance ce qu'il faudra quitter par nécessité dans quelque moment. »

La repentante d'aujourd'hui ne sera peut-être pas celle de demain. Dans le sang de Jacqueline coule la lave du volcan au pied duquel ils sont nés tous les deux.

Jacqueline avance la main, elle veut toucher l'épaule de son frère pour le remercier de cet aveu, mais ses doigts restent accrochés à la grille.

Il reviendra.

Elle lui adresse un demi-sourire et s'éloigne à petits pas rapides.

La supérieure tire le rideau.

Fin de la visite.

## Accident ou légende ?

Il fait glacial en ce début de mois de novembre, il y a bien une cheminée dans sa chambre, mais pas de bois. L'escalier de la maison de la rue des Francs-Bourgeois-Saint-Michel est abrupt, l'immeuble étroit, mais proche de Port-Royal.

La maison est peu meublée, le strict nécessaire. Dans sa chambre, un lit, une tapisserie, un tableau représentant le Christ qui appartenait à son père et une table de travail. Le dernier modèle de la machine arithmétique, la pascaline, est posée dessus. Il n'y a pas si longtemps, Jacqueline tapait à sa porte pour l'avertir que le repas était servi. Plus personne ne lui apporte une boisson tiède. Alors, un soir de tristesse, il décide d'aller une fois encore se réchauffer chez son ami le duc à l'hôtel de Roannez situé près du cloître Saint-Merri. Depuis quelque temps, celui-ci a mis à sa disposition un carrosse. Pascal s'habille et l'emprunte pour une promenade, avant le dîner.

Le cocher traverse la Seine quand soudain, sur le pont, les chevaux s'emballent, le sol devient glissant sous les sabots ferrés, les animaux trébuchent et tombent, par-dessus le parapet, dans le fleuve. Par chance, l'attelage rompt, le carrosse demeure sur le bord, les roues tournent dans le vide. Blaise est projeté à l'avant du véhicule, le cocher parvient à s'extraire et à dégager son passager juste à temps. Trois des six chevaux sont noyés.

Cet accident aurait eu lieu « quelques années avant sa mort ». La date exacte n'est pas mentionnée. L'événement aurait précipité sa seconde conversion, avant « la Nuit de feu ».

Pour l'abbé Boileau, connu pour ses sarcasmes, « ce grand esprit croyait toujours voir un abîme à son côté gauche, et faisait mettre une chaise pour se rassurer ». Ses amis, son confesseur, son directeur avaient beau lui dire qu'il n'y avait rien à craindre, que « ce n'était que les alarmes d'une imagination épuisée par une étude abstraite et métaphysique », Pascal en convenait sur le moment et, un quart d'heure après, « il se creusait de nouveau le précipice qui l'effrayait ».

L'accident a-t-il eu lieu ? S'il n'a pas eu lieu, pourquoi inventer une telle mésaventure ? Pascal n'avait pas besoin de frôler un précipice pour prendre conscience de la fragilité de la vie, sa santé était mise à l'épreuve depuis son plus jeune âge. Il est peu logique de réduire la conversion pascalienne à un accident de carrosse. L'accident a peut-être eu lieu, mais c'est Jacqueline qui l'entraîne vers ce chemin, pas la peur de la mort.

En se rapprochant de Port-Royal, il se rapproche d'elle.

# La Nuit de feu

Dans la nuit du 23 au 24 novembre 1654, alors qu'il est chez lui, rue des Francs-Bourgeois-Saint-Michel, Dieu vient à Blaise.

Ses mains sont glacées, sa tête en feu. Il tombe à genoux sur le parquet, il regarde fixement le tableau du Christ cloué sur la croix. Jacqueline l'a quitté pour Lui. Un brouhaha dans la tête, Pascal entend des voix, puis une seule, la sienne, c'est lui qui parle, qui forme des phrases nouvelles, il frémit, Dieu a pris possession de lui, c'est Lui qui s'exprime avec Ses mots, les mots qu'il prononce sont les Siens. Ils viennent d'en haut. Blaise traduit la grâce divine du Ciel.

Il tremble, lève la tête, implore. Il répète ce qu'il entend, dans un grand affolement il cherche une feuille, il doit noter, retranscrire, ne pas perdre un seul mot de ce qui lui vient du Ciel, en extase. Il est dix heures et demie du soir, habituellement à cette heure tardive, il dort ou tente de s'endormir. Mais cette fois, malgré sa fatigue, une force l'a aidé à se lever, puis à s'agenouiller. Une lumière l'éblouit, il est visité par Dieu. Et voilà que soudain, il exprime sa conversion à Jésus-Christ, tandis qu'il la vit.

Les paroles lui viennent naturellement, c'est Dieu qui lui parle :

*Dieu d'Abraham, Dieu d'Isaac, Dieu de Jacob,*
*Non des philosophes et des savants.*
*Certitude. Certitude. Sentiment. Joie. Paix.*
*Dieu de Jésus-Christ.*
*Deum meum et Deum vestrum*
*Ton Dieu sera mon Dieu.*

*Oubli du monde et de tout hormis Dieu*
*Il ne se trouve que par les voies enseignées dans l'Évangile.*
*Grandeur de l'âme humaine.*
*Père juste, le monde ne t'a point connu, mais je t'ai connu.*
*Joie, joie, joie, pleurs de joie.*
*Je m'en suis séparé.*
*Dereliquerunt me fontem aquae vivae.*
*Mon Dieu, me quitterez-vous ?*
*Que je n'en sois pas séparé éternellement.*

Pascal pleure, la fièvre monte, il est proche de s'évanouir, mais il résiste. Ce message qu'il vient de recevoir le plonge au cœur de ses interrogations. Il écrit. Une écriture folle, emballée, effleure le parchemin, à peine si elle est lisible, des traits finissent les vers, comme si sa main était emportée. Une ligne pour traduire l'indicible, le mystère, la transe. L'absence et la présence à la fois. Tout va changer à partir de cette nuit-là. Un bouleversement profond le submerge, coule en lui une joie éblouissante, la source d'un rayonnement incomparable.

Ce moment, il veut le garder à l'esprit, ne jamais l'oublier, il recopie donc les notes prises à la hâte sur un petit parchemin. Il le plie, déchire son pourpoint et le glisse à l'intérieur contre son torse, juste une fine couche de soie l'en sépare. Il cherche dans la maison du fil et une aiguille, il se demande où la sœur de Louise a bien pu ranger la boîte à couture et, quand il a trouvé le nécessaire, il coud son vêtement afin de toujours garder sur lui la trace de cette nuit. Jusqu'au soir de sa mort, ces mots ne le quitteront plus. Le Mémorial aurait pu être enterré avec Pascal, comme un éternel secret. Un domestique s'est aperçu par hasard qu'il y avait quelque chose de plus épais dans le bas du pourpoint : il en a sorti un parchemin plié en huit. On peut encore apercevoir les traces des pliures. C'est à cause de cette suite improbable de miracles que je tiens le Mémorial entre les mains.

Quatre siècles se sont écoulés, mon émotion est grande quand je me retrouve dans cette salle de la Bibliothèque nationale interdite au public, devant un livre en cuir vert grand ouvert, à l'intérieur duquel sont collées les pages du Mémorial et les pensées d'un homme nommé Blaise Pascal. Les feuilles qui se trouvaient rue des Francs-Bourgeois-Saint-Michel sont maintenant rue de Richelieu. Je viens de passer deux années avec la famille Pascal, et malgré mon inévitable attachement d'auteur à ses personnages, je me sens une intruse devant ces pages.

Avant de quitter le secret le plus cher de Blaise Pascal, je m'imprègne de ses caractères, de son rythme, de sa folie d'un soir :

*Dieu d'Abraham, Dieu d'Isaac, Dieu de Jacob,*
*Non des philosophes et des savants.*

Jacqueline a presque gagné. Pascal se passera des salons – mais de son travail ? de ses recherches ? Le Dieu d'Abraham, Dieu d'Isaac et Dieu de Jacob lui apportera-t-Il le pardon ? Pascal a encore des choses à écrire, à trouver, pourquoi tant de sévérité ? Jacqueline est plus forte que lui, Jacqueline est presque parvenue à se détacher du monde et de la poésie. Elle qui aimait déclamer a renoncé pour une vie de prières. Et lui, en serait-il capable ? Dieu l'a visité trop tard, la recherche, puis l'écriture font partie de lui. Pourquoi renoncer à ses travaux alors qu'il les a toujours exercés avec humilité, en publiant sous pseudonyme la plupart de ses ouvrages ?

Pourquoi Jacqueline est-elle aussi exigeante avec Blaise ? Parce qu'elle le veut plus près d'elle ? Mais il se rapproche d'elle par l'esprit, il combat les impies, il tente de les convertir comme jadis les apôtres. Au château de Bien-Assis, des gens venaient le trouver, ils attendaient dans la cour pour le voir, le toucher, s'entretenir avec lui. Ils lui posaient des questions, il se retrouvait dans la situation d'un saint adulé alors qu'il fuyait la renommée.

Quand il est rentré à Paris, le même phénomène s'est produit. Les plus hardis montaient jusqu'à son appartement pour lui demander des explications sur la foi. Sa conversion entraîna des réactions en chaîne, non seulement celles des inconnus qui frappent à sa porte, mais aussi celle du duc de Roannez et de sa sœur Charlotte. Pascal partage la grâce qu'il a reçue.

Le Mémorial est-il un moment d'exaltation ou un moment de folie ? S'agit-il d'une « neurasthénie héréditaire » ? s'interrogera plus tard le docteur Louis Francisque Lélut dans *L'Amulette de Pascal pour servir l'histoire des hallucinations.*

Martèlement d'affirmations, pleurs, éblouissement se confondent avec l'angoisse. Toujours la vieille angoisse de la séparation, de l'abandon, du vide, cette soif d'amour absolu que rien n'étanche. Pour résister à l'assaut de la fièvre, à un accès de mélancolie, il faut « avoir le courage d'un dompteur de bêtes sauvages, disposer d'une philosophie à toute épreuve et d'une raison enracinée dans les entrailles de la terre », écrit Virginia Woolf.

L'écrivaine anglaise a elle aussi été ce dompteur de bêtes sauvages. Mais loin de se révolter, Blaise prend exemple sur Jacqueline, qui remerciait Dieu de lui avoir envoyé la petite vérole, et il écrit une prière pour demander à Dieu le bon usage des maladies : « Vous m'aviez donné la santé pour vous servir ; et j'en ai fait un usage tout profane. Vous m'envoyez maintenant la maladie pour me corriger. J'ai mal usé de ma santé, et vous m'en avez justement puni. Ne souffrez pas que j'use mal de votre punition. » Blaise et Jacqueline ne sont pas mélancoliques, ils sont jansénistes. La maladie les rassure, elle protège de la sensualité, de la convoitise, de l'appétence. Ils ne souffrent pas de cette bile noire qui provoquerait une tristesse propre aux génies. Ils étaient tour à tour joyeux et austères, Blaise plus fragile que Jacqueline. La grande sœur établit un lien entre les maladies du passé et celles du présent : « Cela n'était pas proprement une maladie qui fût venue nouvellement, mais un redoublement de ces grandes indispositions où il avait été sujet dès sa jeunesse. »

Pascal n'aurait pu travailler en s'enfermant dans un monastère. Sans la souffrance endurée, ses écrits auraient été différents, le roseau faisant place au chêne il aurait perdu son inquiétante lucidité.

Il adore Jacqueline mais ne la suivra pas à Port-Royal.

Épuisé, le lendemain de la Nuit de feu, Pascal ne pense qu'à une seule chose : retrouver Jacqueline à l'abbaye pour lui dire, cette fois, qu'il la rejoint auprès de son Dieu. Il n'a pas dormi de la nuit, il marche, titube le long du jardin du Luxembourg. Depuis l'aube, il attend ce moment.

Sa visite dérange les sœurs, c'est évident, mais aucune remarque ne lui est adressée. Il attend assis sur le banc du parloir, le dos appuyé contre le mur glacé. L'ambiance est à la suspicion, les familles envahissantes sont redoutées, parfois même rejetées. Mais Blaise bénéficie de sa notoriété. Comment raconter sa nuit à Jacqueline ? Lui confier que la grâce l'a visité ? Le rêve de Jacqueline s'est réalisé. Il est un autre.

Il respire à pleins poumons cette odeur d'encens, quand soudain il entend le petit pas retenu de Jacqueline. Elle apparaît au loin, elle semble encore plus petite que la dernière fois, l'épaisseur des murs l'écrase. Elle se déplace lentement, le rythme des sœurs est devenu le sien. Il ne s'habitue pas à ces couches de vêtements qui s'entassent sur son petit corps et la grossissent. Il ne reste d'elle que ses pâles mains jointes, un bout de nez. Son front, ses joues sont à moitié dissimulés sous une cagoule noire, elle-même surmontée d'un voile. Ses beaux cheveux ont disparu. Demeurent ses yeux noirs, vifs, affolés, ses yeux qui le cherchent et le fixent quand ils l'ont trouvé.

Il veut lui raconter en détail sa nuit, il veut lui montrer à quel point il l'a rejointe. Pourrait-elle ne pas le croire, se moquer du « nouveau converti », comme elle s'était moquée du mondain ? Elle est devenue si intransigeante avec lui.

Elle s'assied.

La tierce debout à ses côtés lui recommande une fois encore la plus grande réserve.

Sœur Sainte-Euphémie se tient bien droite. Sur son tabouret derrière le grillage, elle est plus intimidante que tous les savants de l'Académie des sciences réunis.

Blaise ne lui demande plus de ses nouvelles. C'est interdit.

Il a quelque chose d'important à lui dire. Quelque chose qui va bouleverser sa vie.

Par où commencer ? Comment révéler à sa petite sœur que Dieu, pour la seconde fois, a frappé à la porte de son âme ?

Alors, il dit simplement que, la nuit dernière, la grâce l'a touché.

Jacqueline le regarde, stupéfaite. Malgré ses accusations passées, elle n'hésite pas à le croire. Elle porte une main à son cœur.

– La grâce ?

Son frère aurait reçu un signe de Dieu ?

Blaise s'exprime tranquillement, déjà apaisé malgré sa fatigue.

Il la supplie de ne pas douter de lui, il a trente et un ans, bientôt l'âge du Christ crucifié sur la croix, sa vie est transformée, il lui jure un oubli du monde et de tout, hormis Dieu.

Sœur Sainte-Euphémie fronce les sourcils, son regard soudain se durcit. On ne plaisante pas avec ces choses-là.

– Prêt à oublier le monde ?

Blaise acquiesce. Jacqueline pleure. Il lui tend la main, ses doigts heurtent le grillage.

C'est, avec celui de sa vêture, le plus beau jour de la vie de Jacqueline. Dieu a reconnu son frère. Celui qu'elle croyait être un pécheur a reçu le plus grand signe qu'un homme puisse recevoir. Elle le regarde, admirative. Le moment n'est pas venu pour Blaise de lui parler de science, de remettre en cause sa certitude que l'on peut être tout à Dieu et avancer dans ses recherches.

Elle le veut croyant, pas savant.

Il pense que l'on peut être croyant et savant.

Ce sera leur dernier affrontement, mais ce jour-là Jacqueline a gagné. Dieu a exaucé ses prières. Son frère est prêt à rencontrer Singlin et à partir en retraite.

Le frère et la sœur n'ont jamais été aussi proches. Blaise a retrouvé l'amie, l'unique amour. Son directeur de conscience, la maîtresse de son cœur, c'est elle, la petite sœur cloîtrée. C'est elle qui l'a converti, plus que la Nuit de feu.

L'« effrayant génie » se remet entre ses mains, le savant se rend à sœur Sainte-Euphémie. Le profane à la sainte.

Il ne fera rien sans elle. Il admire sa bonté, sa pureté, il regrette le passé, le monde.

Il se rend à Jacqueline.

La tierce se fait discrète tant elle est émue. Ils ont gagné quelques minutes de plus avant que la cloche ne sonne la fin. Jamais ils n'ont autant eu envie de prolonger leur rencontre, de se serrer dans les bras malgré la grille qui les sépare.

La cloche a sonné, il va retourner chez lui dans cette maison en hauteur louée pour se rapprocher d'elle. Il va renvoyer la sœur de Madame Delfaut et son mari, il veut être seul. Il veut s'allonger sur le sol, se prosterner, se rendre disponible à l'appel divin, demeurer dans l'attente et dans l'humilité. Il tiendra deux jours durant sans boire, sans manger, pour se rapprocher de Dieu, pour se rapprocher d'elle, Jacqueline.

# La démesure de Port-Royal

Jacqueline a prié des jours entiers depuis la visite de Blaise pour remercier Dieu de l'avoir enfin exaucée. Dieu s'est manifesté auprès de son frère. Mais de quelle façon exactement ? Blaise est demeuré vague dans ses explications. Le 8 décembre 1654, elle prend la plume pour avertir Gilberte d'une « chose qu'elle ne comprend pas encore très bien : Il n'est pas raisonnable que vous ignoriez plus longtemps ce que Dieu opère dans la personne qui nous est si chère ; mais je désire que ce soit lui-même qui vous l'apprenne afin que vous puissiez moins douter ». Elle lui confie à quel point Blaise est par « la miséricorde de Dieu dans un grand désir d'être tout à Lui sans néanmoins qu'il ait encore déterminé dans quel genre de vie ».

Cette première lettre est brève, c'est dans la seconde, celle du 25 janvier 1655, que Jacqueline développe et analyse la conversion de Blaise. Elle fait écho sans le savoir au texte de Pascal, *Sur la conversion du pécheur*, vraisemblablement antérieur.

Les rôles s'inversent. Le grand savant est maintenant asservi à sa petite sœur. Mais cet abandon, au lieu de la rassurer, l'inquiète. Il ne lui ressemble pas, « ce n'est plus son esprit naturel qui agit en lui ».

Elle écrit à Gilberte comme si elle se parlait à elle-même : Blaise lui inspire de la *pitié*. Le mot est mal choisi. Blaise pouvait inspirer beaucoup de sentiments, mais de la pitié ? C'était pourtant ce sentiment qui l'a envahie quand il s'est confié à elle. Blaise capitule. Le monde lui donne la nausée, il ne supporte plus de regarder la noblesse se divertir, ni même de chercher à la comprendre. Il se rend trop facilement.

Jacqueline s'est trompée, son frère n'était pas cet homme attaché à la société, bien au contraire, il a toujours été lucide, et à présent le voilà sincèrement résolu à la quitter. Son aversion est si extrême qu'elle s'inquiète, quel cataclysme s'est abattu sur lui pour qu'il demeure seul ? Écrasé par les reproches de sa petite sœur, Blaise a aussi cédé à sa conscience. Mais ce changement tant souhaité, au lieu de contenter Jacqueline, la contrarie. Et si son frère n'était pas à la hauteur de son idéal ? S'il ne parvenait pas à abandonner cette part indéfectible de lui-même : son travail ?

Port-Royal devient la nouvelle maison de famille. Autour de Jacqueline s'installent sa nièce, Marguerite, et son neveu, Étienne Périer. Gilberte lui confie ses enfants avant de tomber malade, épuisée par sa dernière grossesse. Sa vie est en danger, Florin est dans l'obligation et la tristesse d'annoncer à Jacqueline n'avoir « aucun lieu d'espérer ».

Jacqueline s'effondre. Elle tombe évanouie, incapable de maîtriser « les sentiments de la nature ». Elle y était parvenue en quittant Blaise. C'était un corps désincarné qui avait franchi le seuil de sa maison. Elle avait rendu le froid responsable de ses tremblements. Et voilà que le chagrin la bouscule de plein fouet, sans échappatoire. Gilberte lui a appris à lire et à écrire avec la patience d'une mère. Le désespoir l'envahit. Son cœur saigne, tandis qu'elle s'accable et se reproche cette souffrance.

Celle qui voulait éradiquer tout attachement n'y arrive pas. Ses forces la lâchent. Pour Blaise, elle n'avait pas le choix, leur amour était impossible. Un frère et une sœur ne peuvent faire alliance. Elle avait pu maîtriser ses émotions. Cette fois, la vie de sa sœur menacée, les sanglots la submergent, et elle s'en indigne. Les larmes sont interdites, l'attachement aussi.

Telle était la démesure de Port-Royal, de l'esprit du jansénisme que Jacqueline avait choisi pour viatique.

# Le pénitent réjoui

Jacqueline demande à Blaise de choisir Monsieur Singlin comme « directeur spirituel » et il se plie au désir de sa sœur. Encore faut-il qu'Antoine Singlin l'accepte.

Antoine Singlin est un homme de bon sens, philosophe, théologien, mathématicien lui aussi, et pourtant il hésite. Diriger Pascal n'est pas une tâche qui s'accepte à la légère. L'ecclésiastique, membre éminent de la communauté janséniste, est impressionné par le savant. Pascal n'appartient à personne.

Jacqueline insiste auprès de Singlin, Dieu a désigné son frère, il doit s'occuper de lui. Singlin ne résiste pas à sa fougue et finit par accepter, malgré son appréhension, l'honneur qui lui est fait. Jacqueline a une fois de plus obtenu ce qu'elle voulait et espère que son frère sera dans « une soumission d'enfant » avec lui.

La conversion de Pascal est une chance, et son ralliement à la cause de Port-Royal un atout qui réjouit tout le monde, Antoine Arnauld en particulier.

Blaise est résolu à faire tout ce que Singlin lui ordonnera. Le premier souhait de son nouveau directeur est de l'envoyer à Port-Royal des Champs. Louis-Isaac Le

Maistre, sieur de Sacy, théologien, humaniste et traducteur de la Bible de Port-Royal, et Arnauld seront présents. Recommandé par Monsieur Singlin, Pascal arrive à destination, « l'affreux désert » de la marquise de Sévigné, qui redoutait l'isolement de ce lieu. Il est en compagnie de son ami, le duc de Luynes. Après un voyage chaotique, dont les soubresauts ont ravivé ses maux de dents, ils aperçoivent enfin, située au bout de la plaine de Trappes, dans un vallon retiré et broussailleux, l'abbaye. Le vent souffle au fond de la vallée de Chevreuse. Les Solitaires sont en haut, les religieuses en bas de l'escalier aux cent marches ; leur cloître est carré, soutenu par des arcades revêtues de briques rouges.

À l'évidence, la solitude doit peser en ce lieu où personne ne peut oublier qu'on est là pour se préparer à la mort. Autour d'une haute croix noire plantée en plein milieu du cloître, des petites croix marquent les sépultures : les sœurs mortes sont enterrées près des vivantes. Le préau sert de cimetière aux religieuses.

Chacune choisit un travail. Certaines lavent, cousent, pétrissent la pâte à pain, d'autres effectuent des ouvrages de maçonnerie, de menuiserie, de ferronnerie... Pascal n'est pas étonné d'apprendre que Jacqueline, lors de ses séjours, passait le plus clair de son temps à l'infirmerie. Avec les médicaments qu'elle composait au jardin des simples, elle soignait les malades des alentours, faisait des pansements et pratiquait même de petites opérations. Son habileté est louée devant lui, sans que personne fasse le rapprochement avec les soins qu'elle lui avait prodigués.

Après avoir dîné d'une tranche de pain des Messieurs, de quelques fruits provenant du jardin entretenu par Arnaud d'Andilly, le frère aîné de mère Angélique, Sacy et Pascal s'installent dans le logis des Solitaires, voisin des Petites Écoles où Jacqueline enseignera. Là, ils discutent, passent en revue saint Augustin, Montaigne, Épictète… Pascal parle plus que Sacy. Celui-ci comprend la réticence de Singlin, sa peur d'être dominé. Le savant s'emballe, et Sacy l'admire ; il l'admire au point de lui demander, avant même de mieux le connaître, de participer à la traduction de la Bible dans une édition destinée au grand public qui ne connaît pas le latin.

Cette conversation entre Pascal et Sacy n'est pas perdue grâce à Monsieur Fontaine, prêtre janséniste, secrétaire dévoué de Monsieur Sacy, qui la retranscrit avec la même application qu'il donnait aux Écritures saintes. Fontaine connaît son devoir, il a voué sa vie à Port-Royal des Champs.

Philippe de Champaigne assiste à la scène et propose de peindre Sacy et Pascal pendant leur entretien. Pascal refuse ce qu'il considère comme une vanité et réfute tous les arguments qu'on lui oppose. Champaigne insiste. Il s'agit d'immortaliser la trace que les hommes illustres doivent laisser, il a peint onze fois le cardinal de Richelieu, et même en pied, comme un roi. Ses propos glissent sur Pascal, qui ne se laisse pas influencer.

Et pourtant, à Port-Royal de Paris, les nouvelles de

Blaise inquiètent la petite janséniste, qui craint que son frère ne confonde sa retraite à Port-Royal des Champs avec une soirée chez le duc de Roannez.

Gilberte a repris des forces et Jacqueline, enfin rassurée, se montre comme à son habitude déterminée. Elle manifeste par une lettre du 19 janvier 1655 sa surprise de constater la gaieté de son frère en retraite. Voilà qu'elle l'affuble du sobriquet de « pénitent réjoui ».

Or la réjouissance est interdite à Port-Royal des Champs. La petite janséniste gronde. Blaise parle. Tous les jours, il échange avec Sacy et participe à un travail collectif sur la Bible. Il est moins seul en retraite que chez lui. Le lieu saint est divertissant. Jacqueline écrit : « Je ne sais comment M. de Sacy s'accommode d'un pénitent si réjoui et qui prétend satisfaire aux vaines joies et aux divertissements du monde par des joies un peu plus raisonnables et par des jeux d'esprit plus permis, au lieu de les expier par des larmes continuelles. » Elle s'est excusée pour ses accusations au sujet de l'héritage, mais ne lâche rien sur le divertissement : « Vous aviez mérité, en bien des manières, d'être encore quelque temps importuné de la senteur du bourbier que vous aviez embrassé avec tant d'empressement. » Jacqueline ne mâche pas ses mots, comme d'habitude.

Évidemment que Blaise et Jacqueline sont austères, mais les insultes de Jacqueline m'amusent. Blaise, le *pénitent réjoui*, condamné à la puanteur du *bourbier* par sa petite sœur, et Pascal qui explique au jeune duc, grande noblesse d'épée, archi-sang bleu, qu'il n'est rien… Ces deux jansénistes portent à rire.

Il n'y a pas de petit bénéfice, en pourfendant le milieu

mondain de son frère, Jacqueline fustige son propre passé. Elle aime se mortifier, raviver ses regrets et mieux torturer son âme inquiète.

Mortification pour ses passages à la Cour !

Mortification pour ses poèmes !

Mortification pour son théâtre !

Amour, folie, intransigeance, Jacqueline, si proche de la sainteté, ne sait pas pardonner les faux pas de son frère. Pourtant, une fois de plus, elle s'emporte trop vite et se trompe. Blaise désire quitter Port-Royal des Champs, il ne s'y trouve « pas là assez seul à son gré ».

Le 6 janvier 1655, jour de l'Épiphanie, en compagnie du duc de Luynes, il se rend au château de Vaumurier, qui appartenait à la mère de celui-ci. Le château a été mis à la disposition de quelques Solitaires lors des persécutions de la Fronde. Là, dans une cellule isolée, il trouve plus de dureté dans sa retraite. Il se lève à cinq heures, assiste à tous les offices. Il veille, il prie, il jeûne. Jamais assez pour Jacqueline. Le nouveau Blaise est l'œuvre de Jacqueline, sans pour autant devenir « un Monsieur de Port-Royal ».

Il est cet être hybride entre ciel et terre, entre Port-Royal et la rue des Francs-Bourgeois-Saint-Michel, savant et croyant à la fois, mathématicien et écrivain, tiraillé entre la noirceur et la lumière, la grandeur et la misère. Entre le Mémorial et *Les Provinciales*. Entre Dieu et les hommes. Entre Jacqueline et lui-même.

Il veut mener les deux vies. Son désir de demeurer dans l'estime et la mémoire de ses contemporains a disparu à tout jamais. Pascal a la capacité de mener une double existence, si l'on ne cherche en lui qu'une seule ligne nette, on ne la trouve pas. Son évolution religieuse est faite de reprises, d'hésitations, de doutes, d'oubli des sciences, de salons, de retours en arrière et de rappels à l'ordre.

Jacqueline tente de l'entraîner de son côté et, malgré toute sa force de petite sœur résolue, n'y parvient pas complètement.

La route du savant converti est confuse, pleine de pièges et de contradictions. D'un côté, Dieu ne peut interdire le réconfort d'un ami, la magie d'une équation, d'une expérimentation, de l'autre, Pascal n'hésite pas à se priver de personnel, de nourriture, à chercher la solitude.

Où est-il vraiment ?

Les rencontres au parloir de Port-Royal continueront, elles sont vitales pour Blaise et Jacqueline, malgré les remontrances de cette dernière. Mère Angélique et sœur Agnès ont toléré ces visites, même si leur fréquence était peu commune. Personne parmi les religieuses n'en recevait avec une telle régularité, mais comment séparer ce frère et cette sœur ?

Après avoir pesté contre le frère mondain et le frère en retraite, Jacqueline peste contre le frère saint. Elle devrait se réjouir, mais non. Pascal, considéré comme un saint, prodiguant des conseils spirituels à ses visiteurs de plus en plus nombreux, devient une menace pour lui-même. Cela ressemble à la renommée. Sœur Sainte-Euphémie le met en garde contre le succès responsable de tant de vanité. Et s'il prenait du plaisir à la conversion ? s'il se laissait prendre au jeu de la flatterie, aux pièges de l'amour-propre ?

Jacqueline n'a pas tort. Par sa conversion, Blaise exerce un rayonnement encore plus grand, et cela malgré ses précautions pour demeurer loin de toute reconnaissance. Des personnes se déplacent pour lui parler, où qu'il soit, jusqu'à la vallée de Chevreuse ou Clermont. Pour le voir, simplement. Blaise est devenu célèbre malgré lui. Il tiendra compte dans *Sur la conversion du pécheur* – un texte court et inachevé – des mises en garde de sa sœur et analysera clairement son combat spirituel, celui d'« une âme tiraillée entre la vie ordinaire du monde et l'appel pressant de Dieu à mener une vie plus parfaite ».

La voix de Jacqueline hante la vie de Pascal. Quand il sort, désormais, c'est avec le Mémorial sur le cœur et le cilice autour de la cuisse.

Devant un tel équipement, le diable lui-même reculerait.

# Jacqueline dans les *Pensées*

Blaise a défendu les idées de Port-Royal, mais il est resté un homme libre. Personne n'a pu emprisonner la fulgurance de son esprit. Pas même Dieu.

Jacqueline n'a pas lu les *Pensées* de son frère, qui passent de façon restrictive pour être une « apologie de la religion chrétienne » dont le but est théologique et apologétique. Blaise ne les achèvera pas.

Le visage de la petite sœur se reflète dans ses pages, son visage d'avant la maladie et celui d'après. Elle se penche sur lui, son ombre bienfaisante lui tend une tisane d'herbes pour soulager ses maux de tête et le frère retranscrit les phrases qu'elle lui inspire : « Celui qui aime quelqu'un à cause de sa beauté, l'aime-t-il ? Non : car la petite vérole, qui tuera la beauté sans tuer la personne, fera qu'il ne l'aimera plus. » C'est forcément à Jacqueline que Pascal envoie ce message. L'amour de ce frère défie la beauté, la mémoire, le jugement, la réussite.

Jacqueline était là, lorsqu'il s'appliquait à coups de métaphores à ruiner la confiance de l'homme en ses propres capacités : « Il ne faut pas que l'univers entier s'arme pour l'écraser ; une vapeur, une goutte d'eau, suffit à le tuer. » L'homme doit connaître son impuissance, c'est l'unique façon de l'inciter à se convertir.

Jacqueline lui a tellement reproché son divertissement. Comment le justifiait-il à ses propres yeux ? Pascal imagine une situation extrême : un homme qui a perdu depuis peu son fils unique et qui n'y pense plus. « Ne vous en étonnez pas, il est tout occupé à voir par où passera ce sanglier que les chiens poursuivent avec tant d'ardeur depuis six heures. Il n'en faut pas davantage. L'homme, quelque plein de tristesse qu'il soit, si on peut gagner sur lui de le faire entrer en quelque divertissement, le voilà heureux pendant ce temps-là. » Tout homme est en attente de sa condamnation. Il se divertit pour oublier la mort.

Blaise continue le chemin emprunté par Jacqueline en avançant dans l'*Apologie de la religion chrétienne*, il écrit sur des feuilles de 23,5 sur 33 cm, qu'il réunit en liasses tenues par un fil, cousues de ses propres mains.

Sur le manuscrit qui est à la Bibliothèque nationale, j'ai pu encore déceler, en haut à droite de certaines feuilles, les trous percés par l'aiguille de Blaise, points noirs minuscules presque comblés par la poussière des ans. Après avoir écrit ses *Pensées* qui traverseront les siècles, Pascal s'adonne à une séance de couture, il s'applique à faire entrer un fil dans le chas d'une aiguille, traverse le papier après avoir rassemblé quelques feuilles seulement. Le reste de son travail est étalé sur sa table, sur le dessus de la cheminée, sur son lit. Ce désordre est le sien, peut-être y aurait-il remédié s'il n'avait pas quitté son domicile précipitamment. Blaise n'est jamais revenu. Le désordre est resté.

Jacqueline a quitté Port-Royal de Paris pour Port-Royal des Champs le 6 ou 7 novembre 1659. Elle ne reviendra plus. Elle se retire pendant des heures au lieu-dit de la Solitude. Dans le seul endroit où les religieuses peuvent parler, elle se tait, plongée dans ses pensées. S'adresse-t-elle à Dieu, à son frère ?

Elle travaille au potager et se recueille près du puits.

Lors de mon passage à Port-Royal des Champs, j'ai découvert à côté du jardin de simples, une indication selon laquelle Pascal aurait mis au point « un mécanisme pour faciliter le levage par un adolescent d'un seau rempli de 126 litres d'eau environ ».

Blaise lui manque, et pourtant Jacqueline s'empêche de lui écrire pendant un an. À force d'obstacles, elle ne trouve plus l'énergie nécessaire pour exprimer ses sentiments, même si ses sentiments pour lui s'élèvent jusqu'à l'infini. Mais sa main fléchit, les mots ne jaillissent plus de sa jeune tête. Elle est loin du monde, détachée du bonheur d'écrire, de parler, d'aimer, mis à part Dieu ; la joie d'écrire à son frère s'est tarie. La mort l'a attrapée de son vivant. Écrire à sa famille est son dernier renoncement, les mots qu'elle envoie à Blaise ont perdu de leur violence, de leur enthousiasme, ils sont vides, ou plutôt sans vie : « Bon jour et bon an, mon très cher frère ; vous ne doutez pas que je vous l'ai souhaité de bon cœur dès le commencement, quoique je n'aie pu vous le dire qu'à la fin. »

La petite Jacqueline si vive s'efface doucement de ce monde. Et Blaise ne peut plus rien pour la retenir. Ses dernières lettres ne sont que douleur. Le 23 juin 1661, Jacqueline écrit à Antoine Arnauld : « J'espère que la grâce me soutiendra… », et elle précise que sa lettre peut être lue par « ma sœur Angélique, ma sœur et peut-être mon frère, si il se porte bien ».

Elle est désespérée. Les ecclésiastiques du royaume de France doivent signer le Formulaire, cette profession de foi qui approuve la condamnation par le pape Innocent X de cinq propositions sur la grâce attribuées à Jansénius. Jacqueline se montre résignée : « Du reste, arrive ce qui arrivera, la prison, la mort, la dispersion et la pauvreté ; tout cela ne me semble rien en comparaison de l'angoisse où je passerais le reste de ma vie si j'avais été assez malheureuse pour faire alliance avec la mort en une si belle occasion de rendre à Dieu les vœux de fidélité que mes lèvres ont prononcés. »

Une alliance avec Dieu, après une alliance avec Blaise.

# La fin de Jacqueline

Les prières de Jacqueline ne l'empêchent pas de craindre les persécutions. Son monde est sur le point de s'effondrer, tout ce qu'elle a voulu va disparaître. Angélique, qu'elle considérait comme sa mère, mourra, les sœurs seront expulsées, les jansénistes subiront les foudres du roi, et même du pape. Louis XIV menacera de raser l'abbaye. Il le fera plus tard, et le pape, à sa demande, condamnera le jansénisme en 1713 par la bulle *Unigenitus*. Jacqueline se morfond. Sa douleur est plus forte que celle occasionnée par toutes les privations de nourriture et de couvertures qu'elle s'est infligées. Elle a abandonné son frère pour assister à ce saccage.

Les jésuites calomnient les sœurs de Port-Royal, et Jacqueline n'est pas épargnée. Blaise vole à leur secours d'un « vous me faites pitié, mes pères ». Blaise bataille, Jacqueline sombre dans le désespoir.

Les pensionnaires et les novices de Port-Royal, appelées à signer le Formulaire, cet instrument de lutte contre le jansénisme, sont affolées. La menace d'expulsion va être mise à exécution. Signer, c'est trahir. Trahir, pour

Jacqueline, c'est mourir. La vie de Jacqueline, cette tragédie cornélienne, joue son dernier acte.

Angélique quitte l'abbaye des Champs pour rentrer à Paris. Les jésuites, soutenus par Rome et par le roi, ont le dessus. Pour les jansénistes, la grâce du salut serait accordée par Dieu aux hommes indépendamment de leurs mérites, niant ainsi la liberté humaine au profit d'une prédestination divine, position insupportable pour les jésuites.

Des prières publiques et particulières sont instituées. Les religieuses font une neuvaine de procession, pieds nus dans le cloître alors que l'orage tonne, ce 10 mai 1661. Mère Angélique, malgré son âge, veut porter la croix, combattre les « furibonds », ces « mouches » devant Dieu. Mais voilà qu'elle se trouve mal et s'effondre sur le parvis. On la porte jusqu'à sa chambre, sa dernière demeure, elle ne pourra pas signer le Formulaire. Elle meurt le 6 août 1661, deux mois avant Jacqueline. Son corps est enterré sous les dalles au cœur du monastère. Elle a soixante-dix ans, et soixante-deux ans de vie monastique.

La petite Jacqueline est orpheline. Elle garde sur elle une des lettres de consolation qu'Angélique lui avait écrites : « Je prends part à votre douleur… » Les moniales devaient faire un usage modéré de l'écriture, selon le règlement du couvent, mais les saintes vierges s'accordaient quelques exceptions. Jacqueline sait qu'une lettre est un objet profane, elle ne devrait pas s'y attacher, mais cette marque d'affection, en ces moments si difficiles, lui est indispensable.

Jacqueline est seule maintenant. Son rêve de former une famille à l'abbaye, d'avoir son frère auprès d'elle, comme

Angélique avait eu Antoine, n'a pas été possible. Elle est anéantie. Frappée d'acédie. Elle se replie sur elle-même, néglige, à force de mal à l'âme, la pénitence et la lecture spirituelle. Antoine Arnauld est parti. Singlin s'est réfugié chez la duchesse de Longueville à Paris ; il a fui sans signer. Et elle, Jacqueline la soumise, se soumet encore, cette fois à la volonté du pape et de l'Église. Le 22 août, elle est convoquée par le remplaçant de Singlin. Elle sait ce qui l'attend : le nouveau directeur va l'interroger et lui demander de signer le formulaire du pape Alexandre VII qui, dans la continuité de ses prédécesseurs, réitère la condamnation du jansénisme. Jacqueline la soumise, à son corps défendant, signe et manque à sa vérité.

Le 8 juin 1661, Blaise a rédigé un texte sur le sens à donner à l'accord entre Port-Royal et les autorités ecclésiastiques de Paris. « Jacqueline n'accepte pas cette solution où elle voit une compromission digne de la casuistique la plus laxiste. » Et pourtant, elle a signé. Pourquoi ? Parce que Louis XIV a recours à la caution du pape Alexandre VII ? parce que le refus de signer serait une protestation contre les abus de pouvoir imputés à l'autorité royale et papale ?

Sa vie persiste à se dérouler comme une tragédie. Jacqueline a manqué à sa vérité, cette vérité qu'Angélique lui avait enseignée. Elle est au comble de la souffrance. Elle voudrait mourir.

Désespérée par la conviction d'avoir trahi sa foi, elle s'éteint à Port-Royal des Champs, dans les bras de Gilberte, le 4 octobre 1661. On ne sait pas quel mal l'emporte. Peut-être d'avoir signé trois mois auparavant.

Jacqueline a obéi. Jacqueline s'est soumise à ce que l'on

exigeait d'elle. « C'est ainsi que l'on meurt à Port-Royal. Aucun geste, aucun cri, aucune plainte ; des larmes tout intérieures ; mais le cœur se brise, et par la fissure intime, la vie s'écoule avec les pleurs. »

Il lui reste encore à franchir le passage d'un monde dans l'autre. Avant de disparaître, la soumise se rebelle, elle écrit à Antoine Arnauld : « Je sais bien que ce n'est pas à des filles de défendre la vérité, cette bataille revient aux papes et aux évêques. Mais c'est à nous de mourir pour la vérité. » Sa lettre sera publiée par Antoine Arnauld dans l'*Apologie pour les religieuses de Port-Royal*, expurgée – bien sûr – de la comparaison entre le courage des filles et celui des évêques : « Puisque les évêques ont des courages de filles, les filles doivent avoir des courages d'évêques. »

La petite Pascal laisse échapper sa colère, elle s'emporte contre le siècle, contre l'impuissance des femmes, la couardise des évêques. Elle se bat avec ses mots, avec son sang qui s'enflamme, avec son cœur qui cogne contre sa poitrine.

Le Grand Siècle a pesé sur sa destinée. Elle y a laissé son talent.

Les sœurs des grands hommes, « quand elles sont égales, sont plutôt supérieures à leur frère illustre. Elles se retrouvent meilleures. Ce sont comme des exemplaires de famille, des doubles du même cœur, qui se sont conservés sans aucune tache au sein du foyer, ou dans l'intérieur du sanctuaire », écrit Sainte-Beuve dans *Port-Royal*.

Jacqueline n'était pas supérieure à Blaise, mais qui sait si, nées à un autre siècle, la sœur de Shakespeare et celle de Pascal n'auraient pas égalé leur frère ?

# La fin de Blaise

Pour Gilberte, Jacqueline avait déjà disparu quand elle avait abandonné la maison pour se retirer à Port-Royal. Elle avait alors vingt-six ans et trois mois.

Dix ans plus tard, c'est Gilberte qui apprit à son frère la mort de leur sainte sœur.

À la mort de « la personne du monde qu'il aimait le plus », Pascal ne prononça que quelques mots : « Que Dieu nous fasse la grâce de mourir ainsi chrétiennement. » Puis dans une sorte de transport il ajouta : « Bien heureux ceux qui meurent, et qui meurent ainsi au Seigneur. »

Dans la mort comme dans sa vie, Jacqueline demeure l'exemple.

Blaise a appris à contenir ses émotions. La raison doit prendre le dessus quand la nature est touchée. Il est devenu celui que Jacqueline a toujours voulu qu'il soit : le chevalier servant de ses idées. Il était sa main quand la sienne ne pouvait plus écrire, son porte-parole quand elle ne s'exprimait qu'à son oreille. Pour défendre Antoine Arnauld, Port-Royal et le jansénisme, il avait multiplié les pamphlets entre 1656 et 1657.

Il s'est transformé en avocat de Port Royal pour l'amour de Jacqueline.

Il se bat avec sa plume, crée le mystère dans Paris : qui sont ce Louis de Montalte, cet Amos Dettonville, ce Salomon de Tultie ?

Pascal joue, se masque, se dédouble, attaque les jésuites dans le ton des mazarinades, et ses lettres remportent un grand succès dans les salons parisiens.

Singlin pense qu'on doit fidélité au désir des disparus. Pascal n'a pas besoin des conseils du directeur de conscience pour honorer la mémoire de sa sœur : « Il ne pouvait plus aimer personne qu'il n'aimait sa sœur. » Gilberte, qui connaissait leurs sentiments, leur désir d'alliance, répétait souvent à ses enfants qu'« assurément leurs cœurs n'étaient qu'un cœur ».

Blaise a choisi la pauvreté, il l'aime parce que le Christ l'a aimée. Les démunis l'occupent chaque jour davantage. Il se sépare de ses tapisseries, de son carrosse, de ses chevaux, de sa bibliothèque, de son argenterie pour venir en aide aux miséreux. Il fait *les choses* que Jacqueline lui *ordonnerait* de faire si elle était *encore au monde*.

La mort de sa sœur adorée sonne la fin de sa vie. Il erre dans sa maison vide, malade, dépouillé de tout. Il ne lui reste qu'une chandelle, une table en bois, et c'est d'une main tremblante qu'il continue d'écrire sur une liasse de feuilles son *Apologie de la religion chrétienne*. Le moment est venu d'avouer qu'il est l'auteur des « Lettres ouvertes à un provincial » publiées anonymement, et de mettre fin à l'énigme parisienne. Il a pris avec passion la défense de son ami Antoine Arnauld contre les jésuites, mais il a aussi bien aimé se moquer. Cette idée lui arrache un sourire, si c'était à refaire, il recommencerait, et « encore plus fort ».

À partir de septembre 1661, Gilberte est rentrée de Clermont pour récupérer ses filles chassées de Port-Royal. Elle loue un appartement rue des Fossés-Saint-Victor, aujourd'hui rue du Cardinal-Lemoine. La santé de Blaise l'inquiète. Elle vient quotidiennement l'assister, au 54 de l'actuelle rue Monsieur-le-Prince. Mais lorsqu'il décide d'héberger un pauvre enfant atteint de la petite vérole, maladie contagieuse, elle lui demande de le renvoyer. Pascal refuse, déterminé à suivre la voie de la sainteté. Alors, le 29 juin 1662, Gilberte l'entraîne chez elle pour le soigner. Péniblement accroché à son bras, il monte les deux étages qui mènent à son appartement.

Très vite son état empire, il est pris de coliques, de maux de tête. Les deux médecins que Gilberte appelle se révèlent de véritables charlatans, qui le soignent à coups de purges, de saignées – jusqu'à trois ou quatre dans le même bras –, de lavements composés de décoctions d'huile, de vin de miel de nénuphar. Comment ce savant a-t-il pu se livrer aussi docilement à ces médecins de théâtre ?

Épuisé, vidé de son sang, le souvenir de Jacqueline ne le quitte pas. À sa demande, Gilberte convoque le père Beurrier, le curé de Saint-Étienne-du-Mont, pour lui donner les derniers sacrements. Pascal a du mal à s'exprimer, mais il s'efforce de se confier à Gilberte. Il évoque son angoisse de ne pas avoir assez fait pour les pauvres. Sa sœur, l'oreille collée contre sa bouche, note chacun de ses mots, ses préoccupations, son détachement progressif des choses matérielles, ses obsessions ultimes. Une larme coule, une étoile d'encre se forme sur le papier, il ne la voit pas, aveuglé par sa terreur janséniste d'être aimé et de perdre la grâce. Gilberte s'essuie le visage d'un revers de manche. Elle ne devrait pas pleurer. Pascal est plus en sûreté dans la maladie qu'en bonne santé. Il bénit ses souffrances, qui le mettent à l'abri des concupiscences, comme Jacqueline bénissait la petite vérole.

Tandis que les maux de tête redoublent, les inénarrables médecins – sur la scène de Molière, ils porteraient des chapeaux pointus – espèrent le soigner avec du petit-lait. Ils le forcent à en boire, et le malade est alors pris de violentes convulsions.

Il va bientôt retrouver sa petite sœur. Sa fin approche, il le sent, et il demande que le père Beurrier l'accompagne pour sa dernière nuit. À minuit, il agonise mais trouve la force de se redresser sur son lit pour recevoir la communion. Il reçoit l'extrême-onction « avec des sentiments si tendres qu'il en versait des larmes ».

« Que Dieu ne m'abandonne jamais ! » sont ses dernières paroles. Jusqu'à l'ultime moment, cet esprit génial a eu besoin d'être consolé, assuré que la grâce de Dieu ne le quittait pas.

Jacqueline s'éteint le 4 octobre 1661, Blaise Pascal le 19 août 1662 à une heure du matin.

Les inséparables meurent à moins d'un an d'écart.

Jacqueline la première, lui, dix mois plus tard.

Elle à trente-six ans, lui à trente-neuf.

Les raisons de la mort de Blaise sont innombrables, celles de la mort de Jacqueline, inconnues.

Ils meurent torturés. Elle moralement, lui physiquement.

Lui s'éteint entouré, elle solitaire ou presque.

Lui libre, elle prisonnière.

Lui à Paris, elle à Port-Royal des Champs.

Lui dans la lumière, elle dans l'ombre.

Lui laissant la trace de son génie, elle une promesse.

Gilberte avait perdu les deux êtres qu'elle admirait et qu'elle aimait le plus.

Le monde avait perdu un génie et une inconnue.

# Épilogue

Pascal fut inhumé en l'église Saint-Étienne-du-Mont. Une cinquantaine de prêtres assistèrent à ses funérailles.

Faut-il ici évoquer les notes de Gilberte ou celles du père Guerrier après l'autopsie, qui s'étendent sur « le foie flétri et l'estomac gangrené » de Pascal ? Arrêtons-nous seulement sur « la prodigieuse abondance de cervelle, dont la substance était si solide, si condensée »…

Pascal laissait à sa mort un millier de fragments difficiles à déchiffrer, des reliques qui furent aussitôt copiées. Demeurent aujourd'hui deux *copies* et le *Recueil* autographe des fragments constitué par un neveu de Pascal, Louis Périer, en 1711.

Gilberte récupéra ses manuscrits. Avec l'aide de son mari et de son fils aîné, elle mit de l'ordre dans les notes éparses pour une première publication des *Pensées* en 1670.

Le duc de Roannez, qui avait participé à ce rangement, réussit à convaincre Gilberte de le laisser apporter quelques modifications et commentaires. Étienne Périer rédigea une préface, dans laquelle il souligna la difficulté de déchiffrer l'écriture de Blaise sur « les petits morceaux de papier : tout cela était si imparfait, si mal écrit ».

Gilberte, consciente d'appartenir à une famille exceptionnelle, entreprit la rédaction de ses *Mémoires*, dans une langue simple et dépouillée, qui font revivre l'extraordinaire histoire d'un amour familial et la naissance d'une poétesse et d'un génie.

En 1709, les derniers religieux furent chassés de Port-Royal des Champs, et en 1712, l'abbaye fut détruite sur ordre de Louis XIV.

Il n'en demeure que des ruines.

Augustin Gazier, historien du XIXe siècle et spécialiste du jansénisme, a su rendre compte de la violence avec laquelle les corps furent déterrés, « hachés à coups de bêche et en partie dévorés par des chiens ; leurs restes informes furent portés pêle-mêle dans des paniers à dos de cheval et jetés dans une fosse commune du cimetière de Saint-Lambert ».

Les corps des personnalités connues furent rapportés au caveau de leur famille.

Je n'ai pas trouvé la tombe de Jacqueline Pascal.

# Notes

Les citations de ce livre sont principalement extraites des *Œuvres complètes* de Pascal, Gallimard, « Bibliothèque de la Pléiade », 1997-2000 ; de *La Vie de Monsieur Pascal*, suivie de *La Vie de Jacqueline Pascal*, de Gilberte Périer (1663), publiées à La Table Ronde, collection « La Petite Vermillon », en 1994 ; de la correspondance de Jacqueline Pascal et de ses poèmes rassemblés par Victor Cousin et publiés par La Librairie académique Didier et Cie, en 1878) ; et des *Pensées* de Pascal dans leurs différentes éditions.

*Introduction*

Page 11. « Faire renaître une vie… » : Marguerite Yourcenar, *Mémoires d'Hadrien*, Carnet de notes.

*Portraits*

Page 14. « L'effrayant génie » : Chateaubriand, *Mémoires d'outre-tombe*.

Page 14. « Parfaitement belle et d'une humeur douce… » : Thérèse Picquenard, « Portrait dit de Jacqueline Pascal », dans *Chroniques de Port-Royal*, n° 31.

Page 15. « Un excès d'amour… » : Bernard Dorival, *Album Pascal*, Bibliothèque de la Pléiade, 1978.

*La ruche*

Page 16. « Cette réputation d'esprit... » : Gilberte Périer, *La Vie de Monsieur Pascal* (1663), La Table Ronde, coll. « La Petite Vermillon », 1994.

*Changer de vie*

Page 21. « Une netteté d'esprit admirable... » : *ibid.*

*Une prédisposition naturelle au sublime ?*

Page 36. « Ma grand-mère était... » : *Lettres, opuscules et mémoires de Madame Périer et de Jacqueline, sœurs de Pascal, et de Marguerite Périer, sa nièce*, éd. M.P. Faugère, Auguste Vaton éd. (1845), Hachette/BnF, 2019.

Page 37. « Exact pour l'essentiel... » : André Le Gall, *Pascal*, Flammarion, coll. « Grandes biographies », 1998.

*L'enfance en cachette*

Page 44. « Elle avait quelque chose de la trempe du génie de Pascal... » : Victor Cousin, avant-propos de *Jacqueline Pascal, Premières études sur les femmes illustres et la société du* XVII^e *siècle*, Didier et Cie, 1856.

Page 45. François Mauriac, *Blaise Pascal et sa sœur Jacqueline*, Hachette, 1931.

Page 46. « Les femmes sentent de la même façon que les hommes » : Virginia Woolf, *Une chambre à soi*, Paris, 10/18.

*La providence frappe à la porte*

Page 84. « Ses divines vertus n'ont point de pareilles » : « À Madame de Morangis », sonnet de Jacqueline Pascal, juillet 1638.

*Jacqueline joue devant Richelieu*

Page 82. « On croit parfois… » : cité par Georges Bordonove, *Richelieu tel qu'en lui-même*, Pygmalion, 1998.

*Chez Richelieu*

Page 93. « Je connais tout votre mérite… » : cité par Louise Colet, *Enfances célèbres*, Hachette, 1856.

*Jacqueline et Corneille*

Page 99. « Cesse donc de prétendre… » : vers de Jacqueline Pascal cités dans Victor Cousin, *Jacqueline Pascal*, Hachette/BnF, 2013.
Page 100. « Une indifférence admirable » : Gilberte Périer, *La Vie de Jacqueline Pascal, op. cit.*

*La vie à Rouen*

Page 108. « Un inscripteur constitué d'une série… » : cité dans *Pascal, le cœur et la raison*, catalogue publié par la BnF, sous la direction de Jean-Marc Chatelain, 2016.

*Égarement*

Page 113. « Un déguisement pour en permettre l'aveu… » : André Le Gall, *Pascal, op. cit.*

*Dieu, la science et la vanité*

Page 121. « Son maître » : lettre de Jacqueline Pascal à Blaise du 6 août 1652, citée in *Œuvres complètes*, « Bibliothèque de la Pléiade », 1998-2000.

Page 121. « Jacqueline est la première enfant de Blaise Pascal… » : André Bord, *Jacqueline Pascal*, Éditions du Jubilé, 2009.

*Vanités*

Page 126. Le flot « était combattu par un autre flot… » : François Mauriac, *Blaise Pascal et sa sœur Jacqueline, op. cit.*

*La visite de Descartes*

Page 143. Descartes a sollicité ce rendez-vous : cf. lettre du 25 septembre 1647 de Jacqueline Pascal, *Œuvres complètes*, *op. cit.*, t. I, p. 14.

Page 147. « Comme tous les grands orgueilleux… » : François Mauriac, *Blaise Pascal et sa sœur Jacqueline*, op. cit.

Page 148. Les médecins « rendent la santé malade… » : Montaigne, *Les Essais*, II, 37 ; II, 93.

*Première visite à Port-Royal*

Page 150. Juger « si elle est propre », c'est-à-dire bonne et miséricordieuse, selon le *Dictionnaire universel, contenant généralement tous les mots français tant vieux que modernes*, d'Antoine Furetière (édition 1702).

Page 150. Singlin « parlait tellement… » : Charles-Augustin Sainte-Beuve, *Port-Royal* (1840-1859), Hachette, 1867.

*Alliance de Jacqueline et de Blaise*

Page 153. Armand-Prosper Faugère (1830-1887), historien et éditeur de Blaise Pascal.

Page 153. Ce « mélange de dignité et de grandeur… » : Note en bas de page de M.P. Faugère, dans *Lettres, opuscules et mémoires, op. cit.*, page 313.

Page 154. « Nous ne doutons pas… » : extrait de la lettre du 1er avril 1648 de Jacqueline et Blaise à leur sœur Gilberte, La Pléiade, tome 2.

Page 156. « Renonçant » : cf. Emmanuel Le Roy Ladurie, *Saint-Simon ou le Système de la Cour*, Fayard, 1997.

*Le retour d'Étienne à Paris*

Page 165. « Une profonde et douloureuse surprise » : Gilberte Périer, *La Vie de Monsieur Pascal, op. cit.*

*La lettre du 19 juin 1648*

Page 166. « Je vous conjure mon père… » : extrait d'une lettre écrite par Jacqueline Pascal à Paris le 19 juin 1648, à « Monsieur mon père ».

*Fin de l'année 1650*

Page 185. « Si j'étais en société… » : Jean Mesnard, « Gilberte et Jacqueline Pascal au pays d'Auvergne », *Chroniques de Port-Royal* n°31.

Page 187. Sa sœur qui lui demande « de ne point lui ôter ce qu'il n'est pas capable de lui donner » : extrait d'une lettre de la sœur J. de Sainte-Euphémie Pascal à M. Pascal son frère, citée in *Œuvres complètes, op. cit.*, t. I, p. 16.

*La mort du père*

Page 190. « Si vous n'avez pas la force… » : lettre de Jacqueline Pascal, citée in *Œuvres complètes*, *op. cit.*, t. I, p. 16.

*Affaire réglée*

Page 199. « Si Pascal avait été cet escroc fraternel… » : André Le Gall, *Pascal*, Flammarion, coll. « Grandes biographies », 1998.

Page 201. « Un des textes les plus déchirants » : cf. Nicolas Fontaine, *La relation de Jacqueline*, publiée dans les *Mémoires pour servir à l'histoire de Port-Royal*, éd. Aux dépens de la Compagnie, 1742.

Page 204. « Ne m'obligez pas à vous regarder… » : lettre de Jacqueline Pascal, 7-9 mai 1652, citée in *Œuvres complètes*, *op. cit.*, t. I, p. 17.

*Période mondaine*

Page 211. Le « misanthrope sublime » : Voltaire, *Lettres philosophiques*, Folio classique, 1986.

Page 211. « Quand il ne fut occupé ni de sciences… » : M. P. Faugère (éd.), *Lettres, opuscules et mémoires de madame Périer…, op. cit.*

*Pascal dans le « bourbier »*

Page 216. « Le bourbier » : lettre de Jacqueline Pascal à son frère, 19 janvier 1955, citée in *Œuvres complètes*, *op. cit.*, t. I, p. 22-23.

Page 216. « Elle ne le lisait pas… » : Virginia Woolf, *Elles*, Rivages, 2012.

Page 217. « Il n'était pas possible qu'il usât de ses sens… » : Gilberte Périer, *La Vie de Monsieur Pascal, op. cit.*

*Les leçons de Blaise et de Jacqueline*

Page 222. À propos des *Trois discours sur la condition des Grands*, cf. Pierre Nicole, *De l'éducation d'un prince*, Librairie Juré, 1670.
Page 223. « Manger de tout... » : cité dans M. P. Faugère (éd.), *Lettres, opuscules et mémoires de madame Périer, op. cit.*

*Au parloir de Port-Royal*

Page 235. « Quittez par avance... » : lettre de Jacqueline à Blaise, 6-8 août 1652, citée in *Œuvres complètes*, *op. cit.*, t. I, p. 16.

*La Nuit de feu*

Page 242-243. « Cela n'était pas proprement une maladie... » : Gilberte Périer, dans la première version de *La Vie de Monsieur Pascal.*

*Le pénitent réjoui*

Page 256. « Une âme tiraillée... » : *Sur la conversion du pécheur*, vraisemblablement daté de 1654, in Pascal, *Œuvres complètes*, éd. Lafuma, Seuil, 1963.

*Fin de Jacqueline*

Page 263. « C'est ainsi qu'on meurt à Port-Royal... » : Victor Giraud, « Une héroïne cornélienne », *Revue des Deux Mondes*, avril 1909.

*La fin de Blaise*

Page 265. « Bien heureux ceux qui meurent… » : Gilberte Périer, *La Vie de Monsieur Pascal, op. cit.*

*Épilogue*

Page 272. Les corps furent déterrés, « hachés à coups de bêche… » : Augustin Gazier, *Port-Royal des Champs. Notice historique à l'usage des visiteurs* (1874), Hachette/BnF, 2016.

# Bibliographie

Sans les auteurs des ouvrages cités dans cette bibliographie, l'écriture de ce livre n'aurait pas été possible.

SOURCES

*Œuvres de Blaise Pascal*

*Œuvres complètes*, tomes I et II, éd. de Michel Le Guern, Gallimard, « Bibliothèque de la Pléiade », 1997-2000.
*Discours sur les passions de l'amour* (attribué à Blaise Pascal), Mille et une nuits, 1998.
*Opuscules philosophiques*, éd. Michel Boy, Hachette, 1980.
*Les Provinciales*, éd. de Michel Le Guern, Gallimard, « Folio classique », 1987.
*Trois discours sur la condition des Grands et six liasses extraites des* Pensées (1671), + dossier par Katia Genel + lecture d'images par Seloua Luste Boulbina, Gallimard, coll. « Folioplus philosophie », 2006.
*Ainsi parlait Blaise Pascal, dits et maximes de vie*, choisis et présentés par Bernard Grasset, Arfuyen, « Ainsi parlait littérature », 2020.

*Œuvres de Gilberte et Jacqueline Pascal et de Marguerite Périer*

*Lettres, opuscules et mémoires de Madame Périer et de Jacqueline, sœurs de Pascal, et de Marguerite Périer, sa nièce*, éd. M. P. Faugère, Auguste Vaton éd., 1845 – dont « La relation de Jacqueline », repris dans *Lettres, opuscules et mémoires* (1845), Hachette/BnF, 2019.

Pascal, Jacqueline, « Lettres », in *Œuvres complètes* de Blaise Pascal, éd. Michel Le Guern, « Bibliothèque de la Pléiade », 1998-2000.

Périer, Gilberte, *La Vie de Monsieur Pascal*, suivie de *La Vie de Jacqueline Pascal* (1663), La Table Ronde, « La Petite Vermillon », 1994.

*Autres sources*

Augustin (saint), *Confessions*, trad. d'Arnauld d'Andilly, Gallimard, « Folio », 1993.

Fontaine, Nicolas, *Mémoires pour servir à l'histoire de Port-Royal*, Cologne, Aux depens de la Compagnie, 1738.

Le Clerc, Pierre, *Vies intéressantes et édifiantes des religieuses de Port-Royal, et de plusieurs personnes qui leur étoient attachées*, vol. 3, s.l., Aux depens de la Compagnie, 1751.

ŒUVRES DES CONTEMPORAINS DE PASCAL

Baillet, Adrien, *La Vie de Monsieur Descartes* [1691], La Table Ronde, 1946.

Basile, Giambattista, *La Belle au bois dormant*, 1634.

Benserade, Isaac de, *Cléopâtre*, 1636.
Furetière, Antoine, *Dictionnaire universel contenant généralement tous les mots français* (2 volumes), Hachette Livre/BnF, 2013.
La Boétie, Étienne de, *Discours de la servitude volontaire*, Gallimard, coll. « Folioplus Philosophie », 2016.
Montaigne, *Les Essais*, Robert Laffont, « Bouquins », 2019.
Nicole, Pierre, *De l'éducation d'un prince*, 1670.
Poulain de La Barre, François, *De l'égalité des deux sexes : De l'éducation des dames*, 1674.
Racine, *Abrégé de l'histoire de Port-Royal*, in *Œuvres complètes*, Gallimard, « Bibliothèque de la Pléiade », 1966, t. II.
Sévigné, Madame de, *Lettres*, Flammarion, coll. « GF », 1993.
Souvré, Madeleine de, *Maximes de Madame la marquise de Sablé et pensées diverses* (1678), Hachette/Bnf, 2017.

LITTÉRATURE CRITIQUE

Allard, Robert, *La Jeunesse de Pascal. De la légende à l'histoire*, Jean Lagneau, 1994.
Aronson, Nicole, *Madame de Rambouillet, ou la Magicienne de la Chambre bleue*, Fayard, 1988.
Attali, Jacques, *Blaise Pascal ou le Génie français*, Fayard, 2000.
Bord, André, *Jacqueline Pascal. Biographie*, Éditions du Jubilé, 2009 ; *Pascal vu par sa sœur Gilberte*, Pierre Téqui, 2005 ; *La Vie de famille chez les Pascal*, Éditions du Cerf, « L'Histoire à vif », 2012.
Brunschvicg, Léon, *Blaise Pascal*, Vrin, 1953.
Buti, Gilbert, *Colère de Dieu, mémoire des hommes. La peste en Provence, 1720-2020*, Éditions du Cerf, 2020.

Chevallier, Pierre, *Louis XIII, roi cornélien*, Fayard, 1979.
Cottret, Monique, *Histoire du jansénisme*, Perrin, 2016.
Cousin, Victor, « Jacqueline Pascal », Bibliothèque de l'École des chartes, 1844, tome 5, p. 301-338.
Cousin, Victor, *Jacqueline Pascal, Premières études sur les femmes illustres et la société du XVII^e siècle*, Didier et Cie Libraires-éditeurs, 1856.
Delforge, Frédéric, *Jacqueline Pascal, 1625-1661. Biographie*, Nolin, 2002 (rééd. Garnier, 2017).
Delforge, Frédéric, *Les Petites Écoles de Port-Royal, 1637-1660*, Éditions du Cerf, 1985.
Descotes, Dominique, *Pascal, auteur spirituel*, Honoré Champion, 2006 ; *Pascal. Biographie, étude de l'œuvre*, Albin Michel, 1994.
Duchêne, Roger, *Madame de Sévigné*, Tallandier, 2012.
*Femmes et littérature. Une histoire culturelle, II*, Martine Reid (dir.), Gallimard, « Folio Essais », 2020.
Feugère, Léon, *Les Femmes poètes au XVI^e siècle*, Didier et Cie Libraires-éditeurs, 1860.
Gallo, Max, *Richelieu, la foi dans la France*, XO, 2015.
Gazier, Augustin, *Port-Royal des Champs. Notice historique à l'usage des visiteurs* (1874), Hachette/BnF, 2016.
Giraud, Victor, « Une héroïne cornélienne », *La Revue des Deux Mondes*, vol. 50, n° 4, avril 1909, p. 872-910.
Goyet, Thérèse, « Le cornélianisme dans la famille Pascal », *Études normandes*, 33^e année, n°1, 1984, « Corneille et la Normandie. Prélude à l'année Corneille », p. 48-60.
Jaloustre, Élie, « Une nièce de Pascal, Marguerite Périer », *Bulletin historique et scientifique de l'Auvergne*, 1902, p. 68-96.
Krajewska, Barbara, *Les Salons littéraires*, Jourdan, 2018.
Lacouture, Jean, *Jésuites*, vol. 1. *Les Conquérants*, Seuil, « Points », 2013.

Le Gall, André, *Pascal*, Flammarion, « Grandes biographies », 1998.

Le Roy Ladurie, Emmanuel, *Saint-Simon ou le Système de la Cour*, Fayard, 1997.

Le Guern, Michel, *Études sur la vie et les* Pensées *de Pascal*, Honoré Champion, 2015.

Mauriac, François, *Blaise Pascal et sa sœur Jacqueline*, Hachette, 1931.

Mesnard, Jean, « Gilberte et Jacqueline au pays d'Auvergne », *Chronique de Port-Royal*, n° 31.

*Pascal, le cœur et la raison*, Jean-Marc Chatelain (dir.), BnF éditions, 2016.

Pernot, Michel, *La Fronde, 1648-1653*, Tallandier, « Texto », 2019.

Pingaud, Bernard, *Mme de La Fayette par elle-même*, Seuil, « Écrivains de toujours », 1959.

*Port-Royal, littérature et cinéma (XXe-XXIe s.). Chroniques de Port-Royal*, n° 70, Société des Amis de Port-Royal, 2020.

*Port-Royal. Une anthologie*, présentée par Laurence Plazenet, Flammarion, 2012.

Pommier, Jean, « *La Vie de Pascal* par Gilberte Périer. Étude critique et littéraire », *Archives des lettres modernes*, 57, J. Minard, 1964

Pouget, Régine, *Chronique des Pascal. « Les affaires du monde » d'Étienne Pascal à Marguerite Périer (1588-1733)*, Honoré Champion, 2001.

Rennes, Jacques, *Vie de Jacqueline Pascal*, Genève, Roulet, 1948.

Reynes, Geneviève, *Couvents de femmes. La vie des religieuses cloîtrées dans la France des XVIIe et XVIIIe siècles*, Fayard, « Histoire », 1987.

Sainte-Beuve, *Port-Royal (extraits)*, Larousse, « Classiques Larousse », 1939.

Schneider, Michel, *Pascal*, Buchet-Chastel, 2016.
Sellier, Philippe, *Pascal et saint Augustin*, Albin Michel, 1995.
Sibony-Malpertu, Yaelle, *Une liaison philosophique. Du thérapeutique entre Descartes et la princesse Élisabeth de Bohême*, Stock, « L'Autre Pensée », 2012.
Taussig, Sylvie, *Richelieu*, Gallimard, « Folio biographies », 2017.
Timmermans, Linda, *L'Accès des femmes à la culture (1598-1715). Un débat d'idées de saint François de Sales à la marquise de Lambert*, Honoré Champion, 1993.

AUTOUR DE

*Pascal. Le Cœur et la Raison*, catalogue publié par la BnF sous la direction de Jean-Marc Châtelain, 2016.
Bernanos, Georges, *Dialogues des carmélites*, Seuil, « Points », 2007.
Brisville, Jean-Claude, *L'Entretien de M. Descartes avec M. Pascal le Jeune*, Toulouse, Actes Sud-Papiers, 1986.
Brontë, Charlotte, *Jane Eyre*, trad. Ch. Maurat, Le Livre de Poche, 1967.
Cabanès (Dr), *Grands névropathes*, tomes I, II, III, Albin Michel, 1930-1935.
Chardak, Henriette, *Shakespeare, l'œuvre au rouge*, l'Archipel, 2016.
Chateaubriand, *Mémoires d'outre-tombe*, tome 1, Le Livre de Poche, 2001 ; *Vie de Rancé*, Gallimard, « Folio classique », 1986.
Colet, Louise, *Enfances célèbres*, Hachette, 1862.
Compagnon, Antoine, *Un été avec Montaigne*, Éditions des

Équateurs/France Inter, 2013 ; *Un été avec Pascal*, Paris, Éditions des Équateurs/France Inter, 2020.
Diderot, *La Religieuse*, Flammarion, « GF », 2009.
Gallo, Max, *Richelieu. La foi dans la France*, XO éd., 2015.
Handke, Peter, *Don Juan (raconté par lui-même)*, Gallimard, « Folio », 2014.
Laclos, Pierre Choderlos (de), *Les Liaisons dangereuses*, Gallimard, « Folio classique », 2006.
Michelet, Jules, *La Sorcière* [1862], Garnier-Flammarion, 1982.
Montherlant, Henry de, *Port-Royal*, Gallimard, « Folio », 1972.
Quignard, Pascal, *Sur l'idée d'une communauté de solitaires*, Arlea, 2015.
Sureau, François, *Inigo*, Gallimard, 2010.
Valéry, Paul, « Variation sur une pensée », *Variété*, 1924, in *Œuvres*, tome 1, Gallimard, « Bibliothèque de la Pléiade », 1957, p. 458-473.
Voltaire *Lettres philosophiques*, éd. Frédéric Deloffre, Folio classique, 1986.
Woolf, Virginia, *Elles*, trad. Maxime Rovere, Rivages Poche, 2012 ; *Une chambre à soi*, trad. Clara Malraux, Paris, 10/18, 2001 ; *De la maladie*, trad. Élise Argaud, Payot et Rivages Poche, 2007.
Yourcenar, Marguerite, *Mémoires d'Hadrien*, Gallimard, « Folio », 2019.
Zweig, Stefan, *Marceline Desbordes-Valmore*, trad. Alzir Hella, Le Livre de Poche, 2020 ; *Sigmund Freud. La guérison par l'esprit*, trad, Alzir Hella, Le Livre de Poche, 2010.

# Remerciements

à Richard Ducousset, mon éditeur de toujours, pour ce vingtième livre ensemble,
à Francis Esménard pour sa fidélité,
à Anna Pavlowitch et Gilles Haéri pour leur confiance,
à Véronique Ovaldé, mon éditrice,
à Marie-Pierre Coste-Billon,
à Élisabeth Lesne,
à M. Xavier Darcos, de l'Académie française, pour m'avoir ouvert les portes de la Bibliothèque nationale,
à Mme Laurence Engel, présidente de la Bibliothèque nationale de France, et à Mme Laurence Le Bras, conservatrice chargée des collections pour les manuscrits modernes et contemporains du département des manuscrits de la Bibliothèque nationale de France, qui m'ont permis de consulter les manuscrits des *Pensées* et du Mémorial de Blaise Pascal.
à M. Fabien Vandermarcq, pour m'avoir ouvert les portes de la Bibliothèque de Port-Royal et permis de voir l'original du masque mortuaire de Blaise Pascal.
à M. Philippe Luez, conservateur général du patrimoine, directeur du Musée national de Port-Royal des Champs pour notre conversation,
à M. Michel Dubus, conservateur de Port-Royal des Champs,
à Mme Monika Gotlib, pour m'avoir permis de consulter la bibliothèque et de me promener entre les jardins et les ruines de Port-Royal des Champs.

# Table